AF210625

Vorwort

Meine geliebten Großeltern leben heute noch glücklich zusammen in einem mit Efeu bewachsenen Häuschen in Wildtal bei Freiburg im Breisgau.

Bei der Suche nach meinen Wurzeln bin ich auf das Manuskript mit den Lebenserinnerungen meiner Großmutter gestoßen, welches sie über viele Jahre an ihrer Schreibmaschine in mühevoller Detailarbeit geschrieben hat und einem wahren Liebes- und Abenteuerroman gleicht.

Die Veröffentlichung dieser Memoiren widme ich meinen Großeltern und möchte mich damit für die zahlreichen schönen Erinnerungen, die ich bis heute mit ihnen verbinde, bedanken.

Besonders möchte ich mich auch bei Heiko Frey und Götz Ahrendt bedanken, die mich durch ihren Einsatz großartig bei der Umsetzung unterstützt haben.

Christian Walter

Inhaltsverzeichnis

Die Erinnerung alter Menschen,
sagt man, sind ein Teil Erbe,
das sie zu ihren Lebzeiten weitergeben müssen.

Georges Lenôtre

Der Efeu blüht

Sophie Fanny Else Ursula Zimmermann

Ich stehe am Fenster und schaue in den Garten. Da steht ein Mann und schneidet den Efeu zurück. Es ist Günther, mein Mann, mit dem ich seit 40 Jahren verheiratet bin.

Wie vertraut er mir ist, denke ich, und ein warmes Gefühl der Zuneigung ergreift mich. Er wirkt, trotz seiner grauen Haare, jugendlich und tatkräftig. Alt und schäbig ist seine Hose, er kann sich nicht davon trennen.

Erinnerungen kommen. 25 Jahre schon leben wir in diesem Haus. Es ist ein glückliches Haus, in dem unsere beiden Kinder groß geworden sind. Ich denke an all das, was die Erinnerung bereichert hat, auch die dunklen Stunden voller Ängste, Zweifel, Sorgen gehören dazu.

Mein Blick fällt auf die abgeschnittenen Efeuranken. Zwei Pflänzchen haben wir damals in den noch leeren Garten gesetzt. Jetzt muss er jedes Jahr zurückgeschnitten werden, damit er auch anderen Pflanzen Freiraum lässt. Geht es uns nicht ähnlich?

Schon lange möchte ich die Vorgeschichte, die uns zusammengeführt hat, wieder lebendig werden lassen, in Dankbarkeit für die vielen gemeinsamen Jahre. Ich setze mich an den Schreibtisch und fange an zu erzählen:

Kinderjahre

Zuerst wollte ich nur meine Kriegserlebnisse für unsere Kinder und Enkel niederschrieben. Doch mit dem Schreiben wurden die Erinnerungen wach und drängten sich förmlich auf das Papier. Auch stieß ich bei meiner Familie auf so viel Ermunterung und Interesse, dass ich beschloss, von meinem ganzen bisherigen Leben zu berichten. – Ein wahrheitsgetreuer Bericht im Rückblick.

Am 24.09.1921 kam ich in Chemnitz in einer herrschaftlichen Villa am Kassberg, der vornehmsten Gegend der Stadt, auf die Welt. Mutter hat mir erzählt, dass sie am Tage meiner Geburt ein großes Glück empfunden hatte. Wie meine Brüder, Wilhelm und Christian, sieben und fünf Jahre alt, mein Erscheinen aufgenommen haben, kann ich nicht sagen. Von ihnen will ich später ausführlich berichten. Für Vater war ich immer der Sonnenschein, wie er es damals an unserer Verlobung beteuert hat.

Vater hatte zusammen mit seinem jüngeren Bruder Max schon im 1. Weltkrieg die väterliche Stofffabrik in jungen Jahren übernehmen müssen, da mein Großvater sehr früh verstorben war. Vater hatte die Weberei erlernt, während Max den kaufmännischen Teil übernahm.

Die Brüder waren sehr verschieden und vertrugen sich überhaupt nicht. Ihr ständiger Streit überschattete maßgeblich unser Familienleben. Max war der Liebling seiner Mutter. Ihre ungerechte Behandlung der Söhne übertrug sich auch auf die Schwiegertöchter. Mutter hat darunter sehr gelitten. Auch sie stammte aus einer Kaufmannsfamilie, aus Hartha bei Chemnitz. Sie hatte während ihres ganzen Lebens ihren Vater zum Maßstab alles Männlichen erhoben, worunter Vater sehr gelitten hat, denn diesem Vergleich hielt er nicht stand, da er völlig anders geartet war. Nach den Erzählungen war Großvater Fein, er starb im Jahr meiner Geburt, eine souveräne Persönlichkeit innerhalb der Familie, der auch seine Schuhfabrik sozial und fortschrittlich leitete und als Kommerzienrat in der Stadt hoch geachtet war. Großmutter ging oft auf den Friedhof, denn sie lebte mehr in der Vergangenheit. Wenn ich sie zum Familiengrab begleitete, welches aufs Liebevollste angelegt war, saßen wir auf einer kleinen Bank, wo Großmutter in unverminderter Trauerstimmung still verharrte. Wir saßen in einem kleinen, von Tannen begrenzten verwunschenen Garten mit Rosen, Maiglöckchen und Veilchen, alles Großvaters Lieblingsblumen, beherrscht von dem rieseigen Findling mit der Inschrift: „Hier ruht ein Arbeiter". Großmutter hatte mir erklärt, dass er dies so gewollt habe, da es seiner schlichten Art entsprochen habe.

Großmutter war eine gefühlstiefe Frau, die ihren Mann, den sie schon mit 17 Jahren gegen den Willen ihrer Eltern geheiratet hatte über alles liebte. Allerdings erzählte Mutter von ihrer großen Eifersucht, da Großvater ein sehr schöner Mann war und die Frauen für ihn schwärmten. Erwähnenswert ist, dass er kostbaren Schmuck liebte, womit er seine Frau und seine Töchter beschenkte. Dieser Erbschmuck sollte später noch eine wichtige Rolle spielen.

Weil Großmutter in ihrem Haus mit den vielen, jetzt ungenutzten Zimmern in Hartha sehr unter Einsamkeit und Ängsten litt, wurde ich oft zu ihr geschickt. Ihre Schwermut bedrückte mich, trotzdem ging ich gerne zu ihr.

Ein Gefühl der Sehnsucht ist mir geblieben nach dem romantischen Garten mit der frisch weiß gestrichenen, durchbrochenen Gartenlaube, in der man nachmittags Kaffee trank und den einzigartigen sächsischen Kirschkuchen aß. Die Atmosphäre des Hauses war geprägt von Großmutters Schönheitssinn und ihrer Sauberkeit.

Zweimal am Tag wurde das Parkett im Gang gebohnert, an jedem Tag die Türgriffe aus Messing geputzt, sodass sie wie Gold schimmerten. Das ganze Haus roch nach Bohnerwachs, Kölnisch Wasser, Äpfeln, gesonnten Betten und frischer Wäsche. Mittags gab es Großmutters Apfelsaft in alten geschliffenen Gläsern. Nie wieder hat mir Apfelsaft so gut geschmeckt. Besonders erinnere ich mich an Frau Krell, Großmutters treues, alter Hausfaktotum, die seit ihrer Kindheit in der Familie war. Wir nannten sie nur die „Kreline". Ich hörte mit angehaltenem Atem ihren grauslichen Geschichten zu, wenn sie im „Putzkabinett" Silber oder Schuhe putzte.

Jedes Mal, wenn ich von Hartha kam, brachte ich einen Koffer voll mit Rüschen und Volants mit, die Großmutter mir von Ihrer Schneiderin machen ließ. Mutter fand sie gar nicht so schön.

In jedem Jahr ging Großmutter vier Wochen zur Kur nach Bad Elster, und ich durfte sie, als ich noch nicht zur Schule ging, begleiten. Sie wohnte immer im gleichen Hotel im Bäderstil. Auf dem Balkon nahmen wir immer das Frühstück ein. Dazu gab es eine Wurst, deren besonderer Geschmack mir heute noch unerreicht scheint. Als Erstes kaufte mir Großmutter ein weißes Stöckchen und eine Sonnenbrille. Auf beides war ich sehr stolz, und dieses Rüstzeug tröstete mich über die häufige Langeweile, die besonders schlimm war, wenn Großmutter auf der Waldwiese ihre „Ruhekur" machte. Ich bekam auch einen Liegestuhl und musste unter den vielen älteren Kurgästen mäuschenstill ein bis zwei Stunden liegen. Es herrschte dort eine Grabesstille. Ich glaube, selbst die Vögel achteten das Gesetz der absoluten Ruhe.

Einmal waren meine Eltern zu Besuch. Vater schnarchte auf der Waldwiese so laut, dass Mutter ihn weckte. Doch nach kurzer Unterbrechung zersägte er fühlbar die Stille, sodass er sich entfernen musste. Ergänzen muss ich noch, dass der Kauf des Stöckchens sich deshalb jedes Jahre wiederholte, weil Vater es dazu benutzte, meinen Bruder Christian, der voller Streiche war, zu züchtigen und das Stöckchen dabei zerbrach - wahrscheinlich nicht auf Christians Hinterteil, sondern wenn er vor Zorn auf den Tisch haute, da Christian ihm meistens entwischte.

Großmutter Fein hatte vier Kinder. Ein Junge war als Baby gestorben. Dann folgten Mutter, Fritz und Hanna. Mutter war feingliedrig, geistig sehr beweglich, fröhlichen Gemüts und hatte eine schöne Stimme. Ihre Musikalität verstand sie in ihrem vorzüglichen Klavierspiel auszudrücken.

Hanna war eine dunkle, melancholische Schönheit. Es existieren viele Fotos, die ihr schönes Profil in romantischen Posen zeigt. Feuerbach hätte sie sicher gerne gemalt. Als meine Patentante sollte sie noch oft in meinem Leben als gütige Fee eine Rolle spielen.

Onkel Fritz, unverheiratet, wohnte bei der Großmutter in Hartha. Chemiker mit Leib und Seele war es für ihn ein Unglück, nach Großvaters frühem Tod die Schuhfabrik übernehmen zu müssen.

Da ihm das Kaufmännische völlig wesensfremd war, ging die Fabrik in der damaligen Wirtschaftskrise in Konkurs. Er starb mit 48 Jahren an Nierenschwund, aber sicher auch, weil ihm im Leben verwehrt war, seine berufliche Bestimmung zu verwirklichen. Ich hatte immer etwas Angst vor ihm, weil er mir so ernst und düster erschien. Seine großen, dunklen Augen blicken mich heute, allerdings fröhlicher, aus meinem Enkel an.

Wie war ich als kleines Kind? Es gibt ein Foto von mir im königsblauen Samtmäntelchen mit weißem Pelzbesatz, mitten im Winterwald. Ich sehe darauf aus, als wäre ich gerade vom Himmel gefallen. Ich glaube, ich war damals, mit drei oder vier Jahren, wirklich noch nicht richtig auf der Erde. Meine Puppen gingen mir über alles und ich baute mir meine eigene Fantasiewelt auf. Ich war ein dankbares Objekt für meine Brüder, für ihre Spottlust und ihre Hänseleien. Besonders Christian trieb es, bis ich in Tränen ausbrach.

Einmal spielte er „Gerichtsverhandlung" und als Richter verurteilte er meine Lieblingspuppe zum Tode durch den Strang. Er vollzog die Strafe, indem er die Gardinenschnur um ihren Hals band und sie hochzog. Seine schauspielerischen Fähigkeiten nahmen mir völlig den Sinn für die Wirklichkeit und ich weinte bitterlich. Immer dachte er sich etwas Neues aus und ich fiel prompt darauf herein. Wie quälend waren meine Ängste, wenn er mich unter einem Vorwand hinter die Couch lockte, sie dann an die Wand schob, sodass ich mich nicht allein befreien konnte, und sagte: „So, jetzt musst Du verdursten". Ich weiß nicht mehr, warum „verdursten" in meinen ersten Jahren mich in solche Angstzustände versetzte.

Solche Späße erlaubte er sich nur, wenn Mutter nicht zu Hause war. Nie habe ich ihr ein Sterbenswörtchen von diesen Quälereien erzählt, denn „klatschen", wie meine Brüder es nannten, war feige und das wollte ich um alle Welt nicht sein. Oft waren auch beide Brüder beteiligt und dachten sich Mutproben für mich aus. Ich sollte auf der mit kaltem Wasser gefüllten Badewanne balancieren. Da ich stolz war, wenn die großen Jungen sich mit mir beschäftigten, kletterte ich folgsam auf den Rand, hatte aber nicht bemerkt, dass sie diesen vorher mit Seife eingeschmiert hatten. Natürlich rutschte ich nach einigen Schritten aus und fiel völlig angezogen in das kalte Wasser, während sie sich halbtot lachten.

Ein anderes Mal, in den Ferien, musste ich zur Geisterstunde meine arme Puppe, die sie abends an den Teich gelegt hatten und die jetzt, wie sie sagten, sicher vor Angst weinen würde, zurückholen. Voller Grauen rannte ich durch ein Wäldchen, und glücklich schloss ich die Puppe in meine Arme, um sie dann, als ich wieder im Bett lag, liebevoll zu trösten.

Ich bin sicher, dass meine Brüder mir nachgeschlichen sind, um aufzupassen, dass mir nichts geschieht.

So nahmen sie meine Erziehung in die Hand. Mutter war mit Haushalt und Dienstbotenärger viel beschäftigt. Dazu kam, dass Vater ständig Probleme in der Firma hatte, weil die Wirtschaftslage immer schwieriger wurde und er oft mit Migräne nach Hause kam. Dann mussten alle ganz leise sein, weil er mit kalten Kompressen im verdunkelten Zimmer lag. Der tägliche Streit mit Bruder Max bildete den Hauptgesprächsstoff. Außerdem lagen Mutter ihre Söhne mehr am Herzen als ich, besonders Wilhelm, da er so sehr ihrem geliebten Vater glich. Ich war immer recht brav und so beachtete sie mich weniger. Morgens musste ich einen Teller voller Haferschleim, nicht durchgesiebt, essen, weil dies so gesund sei. Der fade Geschmack entlockte mir sogar Tränen. Unbeobachtet habe ich den so verhassten Brei ins Waschbecken geschüttet, bin dabei auch erwischt worden, weil der dicke Brei sich so schwer hinunterspülen ließ. Aber es gab kein Erbarmen, denn Mutter war sehr konsequent in der Durchsetzung ihrer Grundsätze.

Süßigkeiten gab es grundsätzlich nur zu Geburtstagen, an Ostern und Weihnachten, was zur Folge hatte, dass Christian sich heimlich in der Küche Zucker und Kakao stahl und dieses Gemisch dann auf der Toilette aß. Einen Vorrat hatte er meistens hoch oben auf dem Wasserkasten versteckt. Auch ich verstieß einmal gegen dieses Gebot. Ich war damals in der ersten Klasse der Volksschule. Auf dem Heimweg kaufte ich für 50 Pfennige Sahnebonbons. Es war kurz vor dem Mittagessen. Meine Freundin Irmgard war bei mir und wir kauten genüsslich diese Köstlichkeiten. Das Unglück wollte es, dass Vater im Auto auf dem Heimweg von der Fabrik vorbeifuhr. Er hielt an, um uns mitzunehmen. Ich hatte keine Zeit mehr, das dicke Bonbon verschwinden zu lassen, und schob es in die Backentasche. Mein schlechtes Gewissen und die dicke Backe fielen Vater sofort auf. Ich musste den Mund aufmachen und er entdeckte auch noch das Tütchen, welches ich krampfhaft hinter dem Rücken zu verbergen suchte. Zu Hause kam dann das große Strafgericht. Es war ungeheuerlich, 50 Pfennige für Sahnebonbons zu vergeuden, und ließ auf einen verschwenderischen Charakter schließen.

In heutiger Zeit ist diese Art von Kindererziehung nicht mehr anwendbar. Doch ich habe bei unseren Kindern und Enkeln auch das Prinzip vertreten, dass sie bei Süßigkeiten fragen mussten, während sie Obst so viel essen konnten, wie sie mochten. Wenn ich mich daran erinnere, mit welcher Begeisterung wir uns auf den süßen Weihnachtsteller gestürzt haben, so war Mutters Grundsatz vielleicht gar nicht so falsch.

Ein andermal, ich war etwa vier Jahre alt, hatte ich Mutter schon einmal in Sorge um meinen Charakter versetzt. Mutter besuchte damals mit mir Großmutter in Hartha, und weil sie einen neuen Hut brauchte – Hüten galt ihre besondere Vorliebe –, durfte ich mit zur Putzmacherin. Die beiden Frauen probierten und probierten und konnten sich nicht entscheiden und achteten nicht auf mich. Ich hatte von Großmutter ein rotes Lackköfferchen (mein ganzes Glück!) bekommen. Interessiert spazierte ich mit ihm im Laden herum, da sah ich Hüte mit langen bunten Bändern garniert und der Wunsch, diese wunderschönen Bänder für meine Puppe zu besitzen, wurde so übermächtig, dass ich eine herumliegende Schere nahm und heimlich einige Bänder abschnitt und in mein Köfferchen stopfte.

Am nächsten Tag rief Großmutter bei Mutter an. Die Putzmacherin habe ihr von meiner Schandtat erzählt und sei ziemlich entsetzt. Mutter rief mich mit strenger Stimme ins Esszimmer. Ich ahnte schon Schlimmes. Dort musste ich mich auf einen der zwölf mit blauem Samt bezogenen, hochlehnigen, dunkeleichenen Stühle setzen. Mutter nahm am anderen Ende des großen Tisches Platz. Dieses Zimmer wurde nur bei Einladungen benutzt, am Heiligabend war es das Bescherungszimmer. Im Einzelnen weiß ich nicht mehr genau, was Mutter sagte. Es war von Diebstahl, Sich-Schämen, denn nicht eine fremde Stecknadel dürfte man nehmen, die Rede. Am ärgsten war mir wohl, dass ich die schönen Bänder wieder hergeben musste.

Fest glaubte ich an das Märchen mit dem Storch, der die kleinen Kinder aus einem Teich holt. Ich stellte mir vor, dass die Babys dort wie Blumen auf dem Wasser schwämmen, dass sie am Ufer miteinander spielen würden und sicher traurig wären, wenn eines von ihnen aus diesem Paradies weggeholt würde. Trotzdem streute ich täglich Zucker auf die Fensterbank bei Tante Hanna, die nur sehr wenige Straßen von uns entfernt wohnte, denn ich liebte sie sehr. Man hatte mir gesagt, dass sie sich eine kleine Tochter wünsche und wenn ein kleines Mädchen Zucker streue, bringe der Storch ein Mädchen, während, wenn man Salz streue, er einen Jungen abliefere.

Im Juli kam meine Cousine Maria auf die Welt, und ich war stolz, geholfen zu haben, den sehnlichsten Wunsch meiner Tante zu erfüllen. Für mich wollte ich kein neues Geschwister. Ich hatte ja meine Puppen, die für mich lebendig waren, und außerdem noch unsere Schäferhündin Minka. Ich bin Mutter dankbar, dass Minka so nah mit mir leben durfte. Morgens weckte sie mich und war meine ständige Begleiterin den Tag über. So lernte ich früh, mit Hunden umzugehen und ihr Wesen zu erfassen. Minka war meine erste Hundefreundschaft, der noch viele folgen sollten.

Vater war auch ein Hundenarr. Eines Tages brachte er eine englische Bulldogge mit. Er hatte sie in der Stadt aufgelesen, als sie zwischen den Straßenbahnen herumirrte. Mutter waren zwei Hunde zu viel, doch als jede Nachforschung, wem der Hund gehörte, erfolglos blieb, durfte Charly, wie wir ihn tauften, bleiben. Er wurde der Liebling der Familie. Den nächsten Hund durfte ich zu meinem 15. Geburtstag aus einem Wurf langhaariger Dackel aussuchen.

Ich wählte den, der als erster auf mich zukam, und nannte ihn Wichtel. Von ihm wird später die Rede sein.

Nun gehört ja zu meinem Erbteil auch die Familie väterlicherseits. Ich will zum besseren Verständnis auch von ihr berichten, was ich aus Erinnerungen und Erzählungen weiß. Großvater Bruno war früh gestorben. Um seinen plötzlichen Tod war etwas Geheimnisvolles. Dunkle Andeutungen regten meine Fantasie an. Er war Meister vom Stuhl in der Chemnitzer Loge und um diese Tatsache woben sich die Vermutungen von einem unnatürlichen Tod. Ich schnappte etwas auf vom Schweigegebot der Logenbrüder, das kam mir sehr unheimlich vor, und noch später, als mich mein Schulweg an dem Logentempel vorbeiführte, überkam mich ein gelinder Schauer.

Großvater Bruno hatte die Weberei gegründet und inzwischen waren tausend Arbeiter in der Fabrik beschäftigt. Seine Frau Sophie entstammte einer sehr wohlhabenden, einflussreichen Familie. Wenn von Schweizertal, wo sie herrschten, riesigem Grundbesitz und Fabriken, die sie besaßen, erzählt wurde, kam es mir einem Märchen gleich. Von den Töchtern habe jede 1 Mio. Goldmark mitbekommen. Von einem Sohn wusste man, dass er der Theaterleidenschaft verfallen war. Er habe die Fabriksangehörigen in Kostüme gesteckt und Theaterspektakel veranstaltet. Es wurde dann zu den Proben tagelang nicht gearbeitet.

Großmutter Sophie habe ich in Erinnerung, und Familienfotos bestätigen es, als klein, zierlich, immer dunkel gekleidet mit reichem, schlohweißem Haar, rund um die Kopf aufgetürmt. Sie herrschte mit traditionsbewusstem Familiensinn. Ihre Kinder waren ihr untertan. Jeden Nachmittag hielt sie Kaffeestunde, wozu ihre Söhne aus der Fabrik zu erscheinen hatten. Der Kaffee wurde zweimal aufgegossen. Ihr Sohn Max und sie selbst tranken vom ersten Aufguss, während Vater, weil er einen schwachen Magen hatte, und die Dienstleute den zweiten Aufguss bekamen. Rechnerisch, wie sie war, teilte sie auch dem Personal die Zuckerstückchen zu. Vielleicht hat sie geahnt, welchen Weg die Reichtümer der Familie nehmen würden, und wollte auf ihre Weise dagegensteuern. Dass Mutter jedes Jahr mit uns Kindern im Sommer an die Nordsee nach

Norderney fuhr, fand sie verschwenderisch, doch Mutter ließ sich trotz aller Vorhaltungen nicht davon abbringen, denn es entsprach ihrem Vorsatz, alles für unsere Gesundheit zu tun.

Wir waren nicht sehr oft in dem großen Haus in der Zschopauer-straße, das auf dem Fabrikgelände gebaut war. Ein vierstöckiges, quadratisches Gebäude, eher nüchtern und zweckmäßig, von einem unpersönlichen, langweiligen Garten umgeben. Im Erdgeschoss waren noch Kontorräume untergebracht. Eine breite, kalte, steinerne Treppe führte zu den Etagen von Onkel Max mit seinen vier Kindern: Joachim, Gottfried, Reinhard und Illa. Seine Frau war gestorben, ich habe sie nicht mehr gekannt. Eine Haushälterin, die ständig wechselte, versorgte die Familie. Darüber residierte Groß-mutter Sophie mit Frau Tölke, ihrer Hausdame. Das oberste Stock-werk war geheimnisvoll und wir Kinder durften nicht hinauf. Dort wohnte eine entfernte Verwandte, die in ihrem hohen Alter nicht mehr richtig im Kopf war, mit ihrer Pflegerin. Ihr Dasein wurde im Verborgenen gehalten, wahrscheinlich war es dem Familienruf abträglich. Eines Tages schlichen wir nach oben und ich konnte gerade noch sehen, wie eine dünne Greisin schnell ins Zimmer ge-zogen wurde, und hinter der Tür erklang ein irres Lachen. Wie von Furien gejagt, sausten wir die Treppe wieder hinunter, aber ich spitzte von da ab immer die Ohren, wenn im Gespräch der Erwachsenen von der „Rascheln" (sie hieß wohl Frau Rasch) die Rede war.

Familien- und Festtage wurden großartig gefeiert. So war das traditionelle Truthahnessen am ersten Weihnachtstag ein Ereignis. Großmutter Sophie achtete darauf, dass ihre Kinder und 13 Enkel vollzählig um sie versammelt waren. Christian, der dem Essen sehr zugetan war und unheimliche Mengen verschlingen konnte, hatte ein Abkommen mit der Serviererin, dass sie ihm immer die Puten-schenkel auflegte. Auf fünf davon hat er es sicher gebracht.

Wenn Vater mich mit in die Fabrik nahm, bewunderte ich die Geschicklichkeit der Weberinnen. Ich hätte stundenlang den Web-schiffchen zusehen können und bestaunte den farbenfrohen Stoff, der aus den vielen Fäden entstand. In der Färberei brodelten die Farbbottiche und in der dampfenden, heißen Luft bewegten sich schemenhafte Gestalten. Säuerlicher Farbgeruch schlug uns entgegen. Zaghaft blieb ich an der Tür stehen, denn so stellte ich mir eine Hexenküche vor. In den Kontoren saßen Buchhalter, an ihren Pulten über riesige Bücher mit Zahlenreihen gebeugt, und hoben nur zum Gruß ihren Kopf. Da ich schon damals kein Verhältnis zu Zahlen hatte, taten mir die Angestellten leid. Den ganzen Tag immer nur rechnen zu müssen und dabei keine Fehler machen zu dürfen, schien mir entsetzlich. Am liebsten war ich im Einzelhandelsgeschäft, wo Privatkunden billig Restposten kaufen konnten. Ich mochte die Verkäuferin, wahrscheinlich, weil sie mir Stoffmuster und kleine Reste gab, aus denen ich, so gut es ging, für meine Puppen Kleidchen nähte.

Den Sommer verbrachte Großmutter Sophie in ihrem Haus in Augustusburg, einem Kurort am Fuß des Erzgebirges, mit vielen schönen Villen und einer auf einem Berg gelegenen alten Burg. Dieses Haus war viel freundlicher als das in der Zschopauerstraße. Mit seinem großen, tiefgezogenen Walmdach und seinem Fachwerk lag es eingebettet in einem romantischen Garten mit vielen Nadelbäumen. Schon der Eingang wirkte einladend, und drinnen gaben die unterteilten Fenster und die Holzvertäfelungen den Räumen eine behaglich Ausstrahlung. Doch wir waren eigentlich, soweit ich mich erinnere, fast nur zu ihrem Geburtstag, der in den Sommer fiel, dort. Diesen Tag feierte Großmutter im Kreise ihrer Kinder und Enkel. Sie legte größten Wert darauf, dass alle vollzählig erschienen. Zahlreiche Familienfotos, die jedes Jahr ein Fotograf im Garten machte, zeugen von diesem Festtag. Darauf kann man das Wachsen der Familie verfolgen. Ich war das jüngste ihrer 13 Enkelkinder, im Vordergrund im weißen Kleidchen, während die Jungen in obligatorischen Kieler Anzügen zu sehen sind.

Ich trage die Vornamen meiner Mutter und meiner Großmütter, wie es damals Sitte war. Manchmal spüre ich die Verbindung deutlich zu diesen Frauen, die doch schon lange tot sind. Aber auch Vater hat mir seine Lebensneugier und seine Abenteuerlust vererbt.

Zu meinen schönsten Kindheitserinnerungen gehören die Ferien in Dittmannsdorf. Großmutter Sophie besaß dort ein Gut, welches von einem Verwalter geführt wurde. Im Erdgeschoss des großen Wohnhauses war die Verwaltersfamilie untergebracht. Ebenso befanden sich dort die Milchkammer und der Kuhstall. Das erste Obergeschoss bewohnten wir. Links wurde der Hof von dem Gebäude von dem Pferdestall, der Remise und den Knechtskammern begrenzt. Gegenüber lag die Scheune mit den Hühner- und Schweineställen. Nach der offenen Hofseite hin fiel das Gelände mit dem kleinen Bauerngarten, mit Weiden und Obstbäumen bis unten zum Bach, der sich durch das liebliche Tal schlängelte, ab. Es gab dort auch noch einen Karpfenteich.

Der Blick aus unserem Fenster fiel auf die gegenüberliegende, dicht mit Mischwald bewachsene Bergkette, die dem ganzen Tal Schutz gab. Unsere Ferienwohnung war schlicht bäuerlich möbliert, mit rohen, gescheuerten Dielenböden. Ich liebte den mir vertrauten Geruch dieses Hauses, ein Gemisch von warmem Tiergeruch, von den fürs Schweinefutter gekochten Kartoffeln, von saurer Milch, die zum Buttern bereitstand, vom Holzfeuer im Küchenherd und von Schmierseife, mit der die Verwaltersfrau vor unserer Ankunft die Dielen frisch gescheuert hatte.

Als Erstes lief ich in die Ställe, suchte die Kätzchen, von denen es fast immer einen Wurf gab. Dann begrüßte ich Werner und Hannchen, die Verwalterskinder. Werner war in meinem Alter und Hannchen zwei Jahre jünger. Meist kamen wir zur Kaffeezeit an. Da gab es das große, runde Bauernbrot, vier Pfund schwer. Mutter vergaß nie ein Kreuz auf die Rückseite zu ritzen, bevor sie es anschnitt und mit geübter Hand rund um den Laib die großen, duftenden Schnitten mit dem Brotmesser abschnitt und auf unsere Teller legte. Dazu gab es selbsteingekochte Marmelade und die Butter aus dem Kühlhaus, wo die runden Stücke im Trog schwammen. Es tat weh, die hübsche Verzierung, die durch das Model entstanden war, zu zerstören, doch der Appetit auf diese sahnige, tagfrische Butter war groß. Brot und Butter schwanden zusehends dahin, denn meine Brüder konnten Unmengen davon verschlingen.

Wie sehr liebte ich die Abendstunden, besonders im Herbst, wenn es draußen kühl wurde. Dann zog es mich in den Kuhstall, wo die

Kühe eine angenehme Wärme verbreiteten. Die Knechte saßen beim Melken auf ihren dreibeinigen Holzschemeln, den Kopf gegen den Bauch der Kuh gelehnt, und das gleichmäßige Geräusch der in den Melkeimer fließenden Milch und das mahlende Kauen der fressenden Kühe gab mir ein Gefühl der Geborgenheit. Ab und zu wandte eine Kuh den Kopf und blickte mich mit ihren sanften Augen an. Ich kannte sie alle beim Namen. Wenn morgens ein neugeborenes Kälbchen im Stroh lag, kannte mein Entzücken keine Grenzen. Auch in den Pferdestall ging ich sehr gerne. Dort stand Vaters Reitpferd, eine pechschwarze, edle Stute, die sich Vater persönlich aus Ungarn geholt hatte. Er war ein begeisterter Reiter und ich durfte oft, wenn er ausritt, vor ihm auf dem Sattel sitzen. Zwei Kutschpferde und einige kräftige Ackergäule ließen sich auch von mir den Hals tätscheln.

In der Remise stand ein Landauer. Zu Pfingsten wurde er mit jungen Birken geschmückt und Vater kutschierte uns nach Zschopau, einem Städtchen 10 km entfernt. Der Weg dahin führte durch Felder und Wiesen. Immer im selben Gasthaus wurde ausgespannt und wir nahmen ein köstliches Mittagessen ein, während die Pferde im dortigen Stall Futter bekamen.

Wenn der Landauer nicht gebraucht wurde, diente er den Verwalterskindern und mir als ideales Haus bei unserem Lieblingsspiel. Werner war der Vater, ich die Mutter, und Hannchen musste trotz Protests ihrerseits immer das Kind sein. Bei diesem Spiel ließen wir unserer Fantasie freien Lauf und ich erfand die dramatischsten Abläufe.

Meine Puppen vernachlässigte ich in Dittmannsdorf, denn ich fuhr lieber junge Kätzchen, denen ich Puppenkleider anzog, im Puppenwagen spazieren. Doch vergaß ich nie, die Puppen abends ins Bett zu bringen und ihnen zu erklären, warum ich am Tage keine Zeit für sie gehabt hatte.

Zum Gut gehörte eine große Gärtnerei, in der ein etwas gehbehinderter Gärtner uneingeschränkt herrschte. Innerhalb der Gärtnerei stand ein Ferienhaus mit großer Glasveranda, das Onkel Max bewohnte, und so weilten meine Vettern meist zur gleichen Zeit wie wir in Dittmannsdorf. Unsere Familien hatten wegen des Bruderzwists keinerlei Kontakt miteinander, doch für uns Kinder galt das Tabu in Dittmannsdorf nicht.

Was war Rainer für ein geduldiger, fantasievoller Spielkamerad. Meine Brüder hatten ihre eigene Welt. Ich wurde nur gebraucht, wenn bei ihren Streichen etwas schiefgelaufen war. Zum Beispiel als Christian, kurz bevor Besuch erwartet wurde, im weißen Kieler Anzug schnell noch in einem Zuber, den die Verwaltersfrau zum Waschen benutzte, auf dem schlammigen Teich rudern musste und prompt hineingefallen war. Man kann sich vorstellen, wie er aussah. Ich musste ihm sich säubern helfen und unbemerkt Ersatzkleider beschaffen. Dann musste ich Schmiere stehen, wenn die Brüder die besten Spalierbirnen in der Gärtnerei stibitzen wollten, über die der Gärtner strengstens wachte. Wir Kinder durften uns nie Obst selbst pflücken. Es wurde alles genau unter den beiden feindlichen Familien aufgeteilt. Alles wurde abgewogen und der Gärtner führte genau Buch über den Ertrag seiner Arbeit. Er wurde wütend, wenn wir über seine Erzeugnisse herfielen. Aber wir fanden immer Mittel und Wege, uns selbst zu besorgen, wonach uns gerade der Sinn stand. Denn das selbst Erbeutete schmeckte uns tausendmal besser als das uns Zugeteilte. Erwischte uns der Gärtner, stoben wir davon. Der Gärtner hinkte schimpfend hinter uns her und warf uns Prügel nach. Er beklagte sich bitter bei den Eltern, doch wir bekamen nie eine Strafe. Mutter hatte nichts dagegen, wenn wir uns selbst versorgten. Obst war gesund, egal auf welche Weise wir es zu uns nahmen.

Christian war ein ständiger Quell der Aufregung. Ein Gong rief uns in alle Winde verstreuten Kinder zum Essen. Oft waren wir eine ganze Meute; Freunde meiner Brüder und meine Freundinnen aus Chemnitz durften mit in Dittmannsdorf sein. Eines Tages erschien Christian nicht zum Essen. Seit dem Frühstück hatte ihn niemand mehr gesehen. Zum Kaffee war er noch nicht da. Als es zu dunkeln begann, war Mutter voller Angst. Sie rief Vater in der Fabrik an, der sich sofort ins Auto setzte, um nach Dittmannsdorf zu kommen.

Inzwischen war Christian erschienen. Freudestrahlend zog er ins Taschentuch eingewickelte Forellen aus den Hosentaschen, um sie stolz Mutter zu überreichen. Beim Fischen hatte er Zeit und Stunde vergessen. Er war wohl den ganzen Bach bis ins nächste Dorf abgelaufen und hatte die flinken, schlüpfrigen Forellen mit der bloßen Hand gefangen. Es war typisch für ihn, dass er sich ganz und gar in ein Vorhaben versenken konnte. Er hatte nicht daran gedacht, welche Sorge er Mutter bereitet hatte. Fassungslos musste er die gehörige Tracht Prügel, die er von unserem erbosten Vater bezog, über sich ergehen lassen statt des erhofften Lobes ob seiner stolzen Beute. Ich verstand ihn und weinte vor Mitleid. Mutter war an sich nicht ängstlich und ließ uns jegliche Freiheit, wenn wir nur zu den Mahlzeiten pünktlich waren.

Mutter hatte viel Arbeit, das anfallende Obst und Gemüse zu verarbeiten. Ihr Eingemachtes schmeckte köstlich. Im Winter gab es zum Nachtisch immer ein Glas Kompott, welches ich selbst auswählen durfte. Nur der Holundersaft, den es als heiße Suppe mit Mehlklößchen gab, war mir ein Gräuel. Auch gegen Fieber mussten wir ihn trinken. Wenn wir krank waren, wurden wir, für mich fürchterlich, Torturen unterworfen. Allein die Schwitzkur war schlimm. Erst heiß baden, dann, in Badetücher eingewickelt und mit einem Berg Bettzeug zugedeckt, mussten wir mittels einer Schnabeltasse literweise Lindeblütentee trinken und so mindestens eine Stunden unbeweglich ausharren. Mutter ließ sich auf keine Diskussion ein. Das musste einfach erduldet werden. Es half auch meistens, denn wir waren schnell wieder auf den Beinen, um in die Schule gehen zu können. Allerdings mussten wir drei Tage fieberfrei sein. Das war auch eine ihrer festen Regeln.

In Dittmannsdorf gab es noch eine Attraktion, den Krämerladen. Wenn es hieß: „Hol mir dies oder das bei der „Krämern"", musste man mir dies nicht zweimal sagen, begeistert ging ich sofort los. In 10 Minuten war ich an dem windschiefen Häuschen mit dem winzigen Laden, vollgestopft mit allen Gebrauchsgütern, die man so nötig hat auf dem Dorf. Wenn man die Tür öffnete, ertönte eine Glocke und die alte Krämerin schlurfte aus dem dunklen Hinterzimmer herbei. Das Sauerkrautfass stand neben dem Eimer mit Lederfett, der Limburger- und Harzerkäse, grüne Heringe, Kaffee, Schmierseife, all dies und noch mehr durfte vereint vor sich hinduften und wird für immer in meinem Geruchssinn haften bleiben.

Ein Gestell mit Bonbongläsern zog meine Blicke magisch an. Ich war immer gespannt, in welches die Krämerin zum Schluss greifen würde als Zugabe für mich. Ich hoffte, es würden die Himbeerdrops sein.

Neben dem Kramladen waren die Mühle und der Bäcker. Dieser buk riesige sächsische Blechkuchen: Bienenstich, Eierschnecken, Schokoladengusskuchen, gefüllte Streuselkuchen und das große runde Bauernbrot. Auch der Laden des Bäckers verströmte einen verlockenden Duft. Einmal ging meine Einkaufstour böse aus. Ich hatte Christians Roller mit den Gummirädern genommen, und da die Dorfstrasse steil bergab ging, fuhr ich, die Geschwindigkeit genießend, in vollem Tempo darauf los. Auf der Schotterstraße aber rutschten mir die Räder weg und ich stürzte schlimm. Irgendwer hat mich nach Hause gebracht und der von mir sehr geliebte Arzt aus dem Nachbardorf wurde gerufen.

Als Christian mir das Radfahren beigebracht hatte, machten wir Wettfahrten. Beliebt war das steile „Rollfeld", so hieß eine Bergstraße mit vielen Kurven. Ich jauchzte, wenn es in rasendem Tempo bergab ging und der Wind mir nur so um die Ohren pfiff. Später nahm mich Christian oft auf seiner BMW mit. Auch da konnte es mir nicht schnell genug gehen. Wenn meine Brüder auch oft unnütz waren, so gibt es doch auch viel Gegenteiliges zu berichten. Als sie noch sehr klein waren, soll Wilhelm Christian vor einem wilden Stier gerettet haben. Mutter erzählte, dass die beiden kleinen Buben mit roten Mützchen auf dem Hof gespielt hätten. Plötzlich habe sich ein Stier aus dem Stall losgerissen und sei auf den Hof gestürmt. Da habe Wilhelm schnell seinen kleinen Bruder an die Hand genommen und sich mit ihm hinter ein Gatter geflüchtet.

Christian hat mir auch einmal das Leben gerettet. Wir waren in der Gärtnerei. Ich muss noch sehr klein gewesen sein. Mutter unterhielt sich ich weiß nicht mehr mit wem auf einer Bank, während ich mich unbemerkt entfernte. In der Gärtnerei gab es in die Erde eingelassene Fässer für das Regenwasser, ein Drittel überstehend. Ich hatte mich über so ein Fass gebeugt,. Vielleicht wollte ich eine Möhre, die ich so gerne aß, waschen. Jedenfalls bekam ich das Übergewicht und stürzte kopfüber in das mit Regenwasser gefüllte Fass. Nie hätte ich aus eigener Kraft herauskommen können. Doch Christian hatte es bemerkt und mich noch rechtzeitig an den Füßen herausgezogen. In ihrem furchtbaren Schrecken verklopfte Mutter mir das Hinterteil, was ihr sicher hinterher leidgetan hat.

Die oft sehr harte Erziehung hat mich doch sehr geprägt. Meine Eltern wachten darüber, dass ich keinen „Schund" las. Ich war eine Leseratte und besonders die Marlitt-Romane, die ich von Großmutter Fein bekam, begeisterten mich. Marlitt war Großmutters Lieblingsschriftstellerin, was ihrem romantischen Gemüt entsprach. „Die Zweite Frau" lag immer auf ihrem Nachttisch. Diese Bücher konnte ich nur unter der Bettdecke mit der Taschenlampe lesen, denn die Brüder fanden solchen Kitsch für meine geistige Entwicklung nicht geeignet, und wenn sie mich erwischten, nahmen sie mir die Bücher weg. Sicher haben sie denselben Weg genommen wie alle meine Nesthäkchen-Bücher, nämlich zum Antiquar. Christian luchste mir diese ab, wenn er Geld brauchte. Ich bekam dafür eine Tüte Eis und war auch noch geschmeichelt über meine Wichtigkeit, ihm einen Dienst erweisen zu können.

Ähnlich war es mit meinen Süßigkeiten. Während er die seinigen sofort aufaß, hob ich die meinen sorgsam auf. Letzthin landeten sie in seinem Magen, weil er mir weismachte, sie würden ganz schnell schlecht. Dies war besonders zu Weihnachten der Fall.

Wie wir Weihnachten feierten, muss ich ausführlich beschreiben. Wochen vorher fieberte ich in Vorfreude, und den Brief ans Christkind schrieb ich schon im November, wenn Mutter das Quittenbrot und die sächsischen Christstollen bereitete. Diese Backerei war ein Jahresereignis. Im großen Herd prasselte das Feuer, die Küche war überheizt, Mutter knetete mit hochrotem Kopf Mengen von Butter, geriebenen Mandeln und Rosinen unter das Mehl. Schaute jemand zur Tür herein, rief Mutter entsetzt: „Es zieht!" Wird die Hefe den schweren Teig zum Gehen bringen? Werden die Stollen im Backofen breitlaufen, wenn das Feuer nicht die richtige Hitze bringt? Mutters Gejammer wiederholte sich jedes Jahr: „Diesmal sind sie misslungen!" .... und dann schmeckten sie doch wieder köstlich wie

Marzipan, wenn sie am Nachmittag des Heiligen Abends angeschnitten wurden.

Drei Tage vor dem Heiligen Abend wurde das Esszimmer verschlossen gehalten. Wir spitzten die Ohren, um aus den Geräuschen hinter der Tür unsere Schlüsse zu ziehen. Vater ließ es sich nicht nehmen, den Tannenbaum, der bis unter die Decke reichte, eigenhändig zu schmücken, weil niemand das Lametta so akkurat über die Zweige hängte wie er. Jeder Faden musste genau mit dem anderen abschließen, sodass es an jedem Zweig wie ein silberner Vorhang aussah. Die vielen weißen Kerzen mussten vorher möglichst gerade am Baum befestigt werden, damit sie nicht tropften. Der große Baum wirkte streng und feierlich. Ich glaubte sehr lange, dass das Christkind alles so schön herrichtete und die Eltern nur dabei helfen würden, und habe mich gesträubt, meinen Kinderglauben aufzugeben.

Am Heiligen Abend wiederholte sich viele Jahre lang das gleiche Ritual. Am Nachmittag versammelten wir uns bereits festlich gekleidet, im Wohnzimmer zum Kaffee. Auf dem Tisch brannten alle vier Kerzen des Adventskranzes und der dick mit Zucker bepuderte Stollen duftete herrlich. Aus dem Munde des geschnitzten Bergmanns kam der Rauch einer Räucherkerze, die man angezündet in seinen hohlen Bauch stellte, und verbreitete Weihrauchduft. Auf der Kommode drehte sich langsam die Pyramide mit ihren bemalten Figuren. Am unteren Teil der Pyramide standen Tiere des Waldes, Schafe und Kühe. Darüber zogen gemessen Maria, Joseph und die Heiligen Drei Könige vorbei, die mir im Kerzenschein so lebendig vorkamen, und ich begrüßte sie wie vertraute Bekannte, die man lange nicht gesehen hat. Doch in mein Hochgefühl schlich sich stets Unbehagen ein, weil mir wieder das Gedicht einfiel, das ich vor der Bescherung aufsagen musste. Würde ich dieses Jahr wieder stecken bleiben? Christian hatte es mir hämisch prophezeit!

Anschließend besuchten wir die Christmette, und trotz der feierlichen Weihnachtsstimmung bohrte sich Christians Stachel immer tiefer in mein verzagtes Herz, und hilfesuchend schickte ich ein Stoßgebet gen Himmel.

Aus der winterlichen Kälte kommend, betraten wir das warme, nach Tannenreis duftende Haus. Nun war es soweit. Die Flügeltüren zum Salon taten sich auf. Mutter saß am Flügel, auf dem ein großer Adventskranz mit brennenden Kerzen stand, und spielte „Stille Nacht, Heilige Nacht". Wir Kinder stellten uns dazu. Dann las Wilhelm mit fester Stimme die Weihnachtsgeschichte vor. Christian hatte Mutters schöne Stimme geerbt und sang sicher und selbstbewusst ein Weihnachtslied mit vielen Strophen. Mutter und Vater blickten sich zustimmend und erfreut an. Nun musste ich vortreten. Alle sahen mich erwartungsvoll an. „Steh gerade und nimm die Hände auf den Rücken" – hatte man mir eingeschärft. Ich begann mit stockender Stimme, meine Hände wurden kalt und feucht. Die erste Strophe stammelte ich mühsam, doch dann war der Text wie weggeblasen, dabei hatte ich das Gedicht vorher fehlerfrei gekonnt. Warum hat man mir diese Qual nicht erspart, denn jedes Jahr endete mein Auftritt mit Tränen.

Doch in einem Jahr wurde mein Stoßgebet erhört. Gerade als ich beginnen sollte, fing der Adventskranz an zu brennen. Vater schrie: „Das Fenster auf!" – packte den Ständer und warf ihn geistesgegenwärtig zum Fenster hinaus in den Garten. Allen saß der Schreck in den Gliedern und mein Gedicht war vergessen.

Vater öffnete die breite Doppeltüre zum Weihnachtszimmer. Angesichts des strahlenden Baums verflüchtigte sich mein Kummer und erwartungsvolle Freude, wie man sie wohl nur als Kind so bedingungslos empfinden kann, erfüllte mich. In der Mitte des Zimmers liefen Züge von Wilhelms elektrischer Eisenbahn, die auf einer großen Platte aufgebaut war. Kleine Lampen beleuchteten die Bahnhöfe, Dörfchen und Brücken. Daneben stampfte Christians Dampfmaschine und betrieb ein Hammerwerk und ein Karussell. Mein großes Puppenhaus war hell erleuchtet. Die Puppenfamilien saß in den Clubsesseln vor einem winzigen, erleuchteten Weihnachtsbaum, die Küchenschränkchen waren gefüllt mit Marzipan, Gemüse und Obst, Erbsen und Linsen aus Zuckerwerk. Kleine Besen und sogar ein Stabsauger waren da. Im Bad gab es richtige kleine Handtücher und Seifchen. Alles war liebevoll hergerichtet. Bei jeder neuen Entdeckung jauchzte ich laut auf. Selbstvergessen spielten wir stundenlang. Meine Püppchen verreisten mit Wilhelms Eisenbahn, kauften in Christians Kaufladen ein oder gingen zum Karussell.

Währenddessen wurde das Personal beschert. An einem langen Tisch waren für jeden nützliche Geschenke aufgebaut. Es gab die zwei Stubenmädchen, den Chauffeur, die Waschfrau, die Plättfrau, das Kinderfräulein und die Aufwartefrau. Eine Köchin hatten wir nicht, denn Mutter kochte selbst, da sie der Meinung war, in der Küche könne sie die Gesundheit der Familie wesentlich beeinflussen.

Vater war Meister im Arrangieren von Festen und scheute keine Mühe. So fehlten auch nie die schönen Alpenveilchen und Kamelien, die in den Doppelfenstern den ganzen Winter herrlich blühten. Es sah wunderhübsch aus, eingerahmt von reichgerafften Tüllgardinen, die weiß und duftig zu erhalten in der Industriestadt Chemnitz große Mühe machte.

Wir durften lange aufbleiben. Am anderen Morgen war mein erster Gang, noch im Nachthemd, zur Puppenfamilie. Ich holte sie aus ihren Bettchen und bereitete ihnen das Frühstück. Ich erinnere mich an einen Morgen, als überall im Puppenhaus klebrige, eklige Dattelkerne herumlagen. Im Halbdunkel hatte ich sie für dicke Würmer gehalten, und da Würmer für mich das Grauslichte waren, erschrak ich sehr, zur Freude des Urhebers dieser Schandtat, natürlich Christian!

Jeder von uns bekam einen bunten Teller, gefüllt mit Marzipankartoffeln, Gebäck und Zuckerwerk. Da wir das Jahr über mit Süßigkeiten sehr kurz gehalten wurden, war dieser Teller eine besondere Köstlichkeit. Christians Teller war am schnellsten leer, den meinen hütete ich zwar sorgsam, doch fiel ich immer wieder auf die Taktik, mir etwas davon abzuluchsen, herein.

Am zweiten Feiertag fuhr Vater mit uns Kindern ins Erzgebirge zum Skifahren. Vater war sehr sportlich. Es gibt Bilder von ihm im weißen Rollkragenpullover, Knickerbockerhosen und noch mit einem Skistock. Als junger Mann galt er als Pionier des Skisports im Erzgebirge und war Gründer eines Skivereins. Das Erzgebirge ist im Winter sehr rau, stürmisch und kalt. Meine Brüder fuhren sehr geübt, und ich musste das Tempo mithalten. Manchmal war ich dermaßen erschöpft, dass mir die Knie zitterten. In der ungeheizten Unterkunft – Vater war für das Zünftigste – fror ich erbärmlich in dem klammen Bett. Im Wasserkrug war das Wasser oft gefroren. Die Wirtsleute, arme Häusler, die sich im Winter mit Zimmervermietung etwas Geld verdienten, kannten uns gut und waren rührend freundlich. Sie schnitzten Pyramiden, Bergmännern und Engel in Heimarbeit. Obwohl alles für mich recht hart war, liebte ich das Abenteuerliche dieser Skitage: Die verknorpelten, durch Raureif zu fantastischen Gebilden verwandelten Bäume, eine Fahrt im Nebel über das Moor, die rasanten Abfahrten. Immer bemüht nachzukommen, strengte ich mich auf das Äußerste an, und wenn ich gestürzt war, versuchte ich so schnell wie möglich in dem hohen Schnee wieder auf die Beine zu kommen. Zu den schönsten Erinnerungen gehören die Bauden. Meist lagen sie einsam auf der Höhe, von Raureif überzuckert. Der kalte Ostwind heulte um das Haus, der Schnee, durch den man Gänge gegraben hatte, damit man bis zur Haustür kam, lag meterhoch bis zum Dach. Innen war es einfach, aber gemütlich, und vor allem warm. Die bereiften Kleider hängte man an einer Stange um den Kachelofen auf. Unsere Backen fingen an zu glühen und von Augenbrauen und Wimpern schmolz der Reif. Endlich gab es etwas zu trinken, für mich leider immer heißes Zitronenwasser. Ich hätte viel lieber etwas kaltes getrunken. Mit Heißhunger aßen wir dann böhmische Serviettenknödel mit Sauerbraten.

Beliebt war bei meinen Brüdern die Abfahrt vom Keilberg nach Böhmen, Joachimstal. Dabei mussten wir am Gipfel über die tschechische Grenze. Dickvermummte Grenzsoldaten kontrollierten uns misstrauisch, denn damals wurde viel geschmuggelt. Für mich war es abenteuerlich und aufregend. Dann sausten wir die lange Abfahrt ins Tal hinab, um dann von Joachimstal mit dem Bus wieder nach Oberwiesental hinauf zu fahren. Ich erinnere mich, wie mir im Bus die Zähne vor Erschöpfung klapperten. Mutter erzählte ich kein Wort von den überstandenen Qualen. Wahrscheinlich gab es mir viel Genugtuung, dass Vater und die Brüder mich gleichwertig behandelt hatten.

Ich war ein recht hübsches Kind mit langen blonden Locken, blauen Augen und „von blumiger Anmut", wie Tante Hanna mir später wörtlich sagte. Zu Hause bekam ich Ähnliches nie zu hören, denn man war sehr bedacht, dass ich nicht eingebildet würde, dabei hätte es meinem nicht sehr ausgeprägten Selbstbewusstsein sicher recht gut getan. Stattdessen wurde meine kleine Cousine Ria von der ganzen Familie vergöttert. Im Gegensatz zu mir hatte sie schwarze Locken und große dunkle Augen. Eine Zeitlang fügte ich jedem Abendgebet den dringenden Wunsch bei, der liebe Gott möge mich doch am nächsten Morgen mit schwarzen Haaren aufwachen lassen. Ria war die einzige Tochter und häufig krank. Sie wurde deshalb wie eine Prinzessin verwöhnt, was meiner Eifersucht immer neue Nahrung gab.

Vielleicht war Mutter doch stolz auf mich, denn eines Tages beschloss sie, mich malen zu lassen. Es wurde ihr ein junger Künstler mit Namen Edvard Munch empfohlen, doch als sie seine schwermütigen Bilder sah, wählte sie lieber einen bewährten, konservativen Maler. Hätte Mutter geahnt, welche Bedeutung Munch später erlangen sollte, könnte mein Bild jetzt in einer Gemäldegalerie hängen.

An meine Volksschulzeit habe ich nicht allzu viele Erinnerungen. Doch einiges hat sich mir deutlich eingeprägt. Am ersten Schultag wurden wir nach dem Alphabet gesetzt und meine Banknachbarin wurde ein Mädchen aus sehr ärmlichen Verhältnissen. Bald darauf kam die Läusetante und fand bei dem Mädchen den Kopf voller Nissen. Mutter veranlasste sofort, dass ich weggesetzt wurde. Daraufhin wollte ich nicht mehr in die Schule gehen, weil ich mir vorstellte, wie kränkend das für das Mädchen sein würde. Vorsorglich musste auch ich die Entlausungskur über mich ergehen lassen. Das scharfe Mittel, mit dem mein Kopf eingerieben wurde, brannte scheußlich auf meiner Kopfhaut.

Als neue Nebensitzerin bekam ich Annerose, ein hübsches, freundliches, ein wenig pummeliges Mädchen, mit der mich die vier Jahre hinüber eine unzertrennliche Freundschaft verband. Beide hatten wir auch je einen Freund aus der Klasse, und wir vier unternahmen alles gemeinsam. Es gibt ein Foto von unserem Kleeblatt. Dies hatten wir zum Abschied von der Volksschule machen lassen, da zu unserem Leidwesen jeder von uns auf eine andere höhere Schule kam. Es gab zwei Aufnahmen, einmal die Jungen und die Mädchen nebeneinander, das zweite Mal jede neben ihrem Freund. Dazu hatten wir vier die damals übliche Matrosenkleidung angezogen. Trotz Treueschwüren haben wir uns bald aus den Augen verloren.

Unsere Lehrerin war sehr gütig und nachsichtig, was zur Folge hatte, dass ich nur lernte, was mir Spaß machte. Besonders von der Rechtschreibung hatte ich meine eigenen Vorstellungen, sehr zum Ärger meiner Brüder. Dass ich „Weihnachten" ohne h schrieb, löste so großes Entsetzen aus, dass es mir nie wieder passierte. Ich musste wochenlang nachmittags Diktate schreiben, bis es meine Brüder als hoffnungslos aufgaben. Fräulein Neunübel muss auch eine sehr gute Psychologin gewesen sein, denn sie schrieb mir ins Poesiealbum: „Wer sich viel zutraut, kann viel". Der einfache Satz hat mich mein ganzes Leben begleitet und war mir manchmal sehr hilfreich. Ihre Gutmütigkeit haben wir aber schamlos ausgenutzt, indem wir oft die Schule schwänzten. Dann bummelten Annerose und ich im Stadtgarten herum, tauschten unsere Kleider, um uns der Identität der Anderen zu eigen zu machen, oder wir gingen in die einzige katholische Kirche von Chemnitz, angezogen von dem Mystischen, und besonders wenn wir an dem verhangenen Beichtstuhl auf leisen Sohlen vorbeischlichen, erfasste uns ein angenehmes Gruseln.

Alles Fremdartige weckte mein Interesse. In der Nachbarvilla wohnten Juden, die Inhaber des Kaufhauses Tietz. Ich war befreundet mit des Hausmeisters Töchterchen Ruth, die mit ihren Eltern im Dachgeschoss wohnte. Sobald die Besitzer nicht im Hause waren, holte mich Ruth und ich durfte in alle Zimmer gehen. Alles war sehr kostbar und dunkel gehalten. Die religiösen Geräte, der schwere siebenarmige Leuchter regten meine Fantasie an und ich bekam auch noch Matze zu kosten, wie es die Juden am Passahfest essen. Ruth war immer bereit für mich. Ich brauchte nur am Zaun ihren Namen zu rufen, da kam sie auch schon und kroch durch ein Loch im Zaun. Dann konnten wir stundenlang mit den Puppen spielen, besonders bei schönem Wetter bezogen wir den ganzen Garten mit ein. Minka, die Schäferhündin, war immer dabei.

So war meine Welt in Ordnung und ich kam nie auf den Gedanken, dass sich etwas ändern könnte. Doch als ich zehn Jahre alt war, starb Großmutter Sophie. Ich blieb unberührt von all den Aufregungen und Geschäftigkeiten der Erwachsenen, denn sie war mir immer unnahbar geblieben. Ich wurde nicht mit zum Begräbnis genommen und ich vermisste sie nicht.

Doch nach einigen Wochen veränderte sich die Atmosphäre im Haus. Mutter und Vater führten lange Gespräche, wir Kinder durften nicht stören. Eines Tages kam Mutter mit verweinten Augen aus dem Herrenzimmer und verkündete uns, dass wir aus Sparsamkeitsgründen in Großmutters Wohnung im der Zschoperauerstraße ziehen würden, da unsere Villa verkauft werden müsse, um die Bank zu befriedigen. Mutter ist dies wohl sehr schwer gefallen. Ich war mit diesem Umzug auf einen Schlag aus meinem Kinderparadies vertrieben.

Der Umzug deckte sich zeitlich mit meinem Schulwechsel. Ich musste in dasselbe Gymnasium wie meine Brüder gehen. So war ich nicht nur herausgerissen aus allem Vertrauten, sondern wurde auch von meinen Freundinnen getrennt, denn Großmutters Haus lag in der entgegengesetzten Richtung der Stadt, in einer viel weniger schönen Gegend: dichtbebaute Straßenzüge, Arbeitersiedlungen, keine Gärten, kaum Bäume.

Vater hatte zwar mit seinem untrüglichen Geschmack die Wohnung behaglich eingerichtet. Ich bekam im oberen Geschoss ein eigenes Zimmer mit weißlackierten Möbeln und geblümten Gardinen. Alles war schön, doch ich habe das Haus nie gemocht. Mein einziger Trost war Frau Tölke, die im gleichen Geschoss, in dem vorher die „Rascheln" gelebt hatte, eine separate Wohnung hatte. Die „Rascheln" war in hohem Alter kurz vor Großmutters Tod gestorben. Durch eine Verbindungstür konnte ich bei Frau Tölke Zuflucht suchen, wenn mich das Heimweh nach der früheren Umgebung packte oder wenn Vater und Mutter sich wieder stritten, was jetzt immer häufiger vorkam. Der tägliche Zwist mit Bruder Max, die Sorge um die Fabrik, Mutters Enttäuschung über die negative Entwicklung der Lage, all das warf Schatten auf unser Familienleben.

So wurde Frau Tölke zu meiner Vertrauten. Nur ihr konnte ich alles anvertrauen. Sie war immer für mich da und hatte Verständnis für all meine Kümmernisse. Bei ihr lernte ich die schwäbische Lebensart kennen, denn sie stammte aus Heilbronn. Die Spätzle, vor allem auch die Weihnachtsgutsele, all das kannten wir ja nicht. Ich war glücklich, wenn ich bei ihr essen durfte. Sie war sehr diszipliniert. Die Wohnung hielt sie tipptopp sauber, lüftete jeden Morgen eine Stunde, wobei sie alle Schranktüren öffnete. Währenddessen trieb sie ausgiebige Körperpflege, Gymnastik und Trockenbürsten gehörten dazu. Die Mahlzeiten nahm sie auf die Minute genau ein, wozu sie den Tisch sorgfältig und ansprechend deckte. Dies alles imponierte mir unbewusst und ist mir heute noch Vorbild. Dabei hatte sie ein schweres Schicksal gehabt. Sie war in Amerika verheiratet gewesen und musste dort ihre zwei Söhne und ihren Mann verlieren. Bei ihrer Rückkehr nach Deutschland war sie gezwungen, ihren Lebensunterhalt als Hausdame zu verdienen, in den Augen ihrer wohlhabenden Verwandten ein erniedrigender Dienst. Laut Großmutters Testament besaß sie das unentgeltliche Wohnrecht auf Lebenszeit. Der Bombenangriff auf Chemnitz beendete vorzeitig diese Vergünstigung. Sie hat dann ihren Lebensabend bei Tante Fina in guter Pflege beendet. Ihre gepflegte, zarte Erscheinung mit den schönen weißen Haaren, ihr gütiges Wesen, weltoffen und gescheit, bleibt mir in deutlicher Erinnerung.

Im ersten Jahr ging im Gymnasium alles gut. Die Sagen der Antike begeisterten mich so, dass ich in dieser Stunde die aufmerksamste Schülerin war. Mit dem Latein kam ich dank der Hilfe meiner Brüder gut zurecht. Auch die anderen Fächer, außer Handarbeiten, interessierten mich sehr. Sport war mein Lieblingsfach und ich brachte es, besonders in Leichtathletik, auf hervorragende Leistungen und überflügelte selbst die Jungen in meiner Klasse.

Meine Banknachbarin war Steffi, eine Jüdin. Ich fühlte mich angezogen von ihrer fremden, dunklen Schönheit. Ihre Frühstücksbrote waren für mich eine Delikatesse und liebenswürdig tauschte sie oft mit mir das Vesper. Im Hof gingen wir Arm in Arm. Die Jungen pöbelten mich deswegen an und drohten mir: „Wir fotografieren Dich und dann kommst Du in den „Stürmer““. Diese schlimme

Zeitung tat schon ihre Wirkung. Auf meinem Schulweg war sie in einem Schaukasten ausgehängt und ich konnte es nie lassen, mit Grausen diese Horrorgeschichten über Missetaten der Juden zu lesen. Trotzdem hätte mich nichts davon abhalten können, weiter Steffi als meine Freundin vor der Öffentlichkeit anzuerkennen. Ich bewunderte sie und liebte sie sehr. Als sie eines Tages nicht in die Schule kam und der Lehrer nur kurz sagte, dass Steffi nicht wiederkäme, da ihre Eltern nach Amerika ausgewandert seien, war ich wie vor den Kopf gestoßen. Sie hatte mir, ihrer besten Freundin, nichts gesagt, das konnte ich nicht verstehen, und ich vermisste sie so sehr, dass nachts mein Kopfkissen von Tränen nass war.

Wilhelm machte in dieser Zeit sein Abitur mit Eins. Er ging anschließend nach München, um sein Jurastudium zu beginnen. Bei Christian verlief wie gewöhnlich auch seine Schulzeit außergewöhnlich. Er war hochbegabt und in der Schule war es ihm viel zu langweilig. Die Lehrer hatten viel unter seinen Streichen zu leiden. Sein Interesse galt den Stoikern, und er begann eine Arbeit über deren Philosophie zu schrieben. Dazu schwänzte er wochenlang die Schule und verbrachte die Zeit in Leipzig in der Bibliothek. Da er sehr genügsam war, brauchte er kaum Geld. Er ernährte sich vorwiegend von Bücklingen und Brot. Den Eltern erzählte er, er wohne bei Tante Hanna, und in der Schule wies er Krankheitsbescheinigungen vor. Das ging eine Weile gut, bis sein Lügengewebe zerriss. Da wurde ihm mit Schulverweis gedroht. Die Krankheitsbescheinigungen hatte er mit einem Radunfall erwirkt: Auf einer abschüssigen Strecke hatte er sich in voller Fahrt vom Rad geworfen und dem Arzt schlimme Verletzungen vorgespielt. Die Eltern, stark von ihren eigenen Problemen in Anspruch genommen, fielen aus allen Wolken, als der Bescheid vom Rektor des Gymnasiums kam. Doch Christian bewirkte bei der Oberschuldirektion in Dresden eine Vorprüfung für das Abitur. Die bestand er so glänzend, dass der Schulverweis zurückgezogen wurde. Er konnte dann die Schule mit einem sehr guten Abitur beenden.

Christian hatte sich entschlossen, Arzt zu werden, und begann wie Wilhelm in München sein Studium. Im Jahre 1935 wurde er zur Wehrmacht eingezogen. In einem Brief schrieb er, dass er unbedingt zu den Gebirgsjägern wolle. Bei der Musterung müsse er die Note „tauglich 1" erzielen, um Gebirgsjäger werden zu können. Nun habe man aber bei ihm Polypen in der Nase festgestellt und eine Operation sei erforderlich, um als „tauglich 1" zu gelten. Es sei ja nur ein kleiner Eingriff, den er gleich in der Poliklinik machen lassen wolle. Wir machten uns keine Sorgen, bekamen auch eine beruhigende Karte aus München. Plötzlich klingelte um vier Uhr morgens das Telefon. Vater nahm den Hörer ab, ein Anruf aus der Poliklinik München. Eine Schwester sagte: „Ihrem Sohn Christian geht es sehr schlecht, kommen Sie so schnell wie möglich". Welch ein Schock! In fahriger Hast haben meine Eltern schnell etwas zusammengepackt und sind mit dem Frühzug von Chemnitz nach München gefahren. Das waren viele Stunden in ungewisser Angst und Sorge. Vater bekam einen Angina-pectoris-Anfall im Abteil. Er musste sich hinlegen und Mutter massierte ihn so lange die Herzgegend, bis der schmerzhafte Krampf vorbei war. Sie kamen zu spät. Christian war eine Stunde zuvor an Sepsis gestorben. Es stellte sich heraus, dass man Christian frisch operiert aus Bettenmangel zu einem Patienten, der an eitriger Angina erkrankt war, gelegt hatte. Eine Infektion war die Folge, tagelang höchstes Fieber, bis dann die Blutvergiftung zum Tode führte. Das rettende Penicillin gab es damals noch nicht. Wilhelm hatte er beschworen, ja den Eltern nichts zu sagen, als er eine Woche um sein Leben kämpfte. Ich kann mich nicht mehr erinnern, durch wen ich vom Tode meines Bruders erfahren habe. Ich muss wohl die Bedeutung dieser Nachricht gar nicht realisiert haben, weil ich sie nicht wahrhaben wollte. Erst als vier Männer einen Sarg die Treppe herauftrugen und Christian im Salon aufgebahrt wurde, stand ich fassungslos vor meinem Bruder, der so still und kalt in seiner schwarzen Studentenuniform vor mir lag. Der Raum war über und über mit Blumen gefüllt, die Fenster verdunkelt, zwei Kerzen in silbernen Leuchtern brannten zur Seite seines Kopfes. Der strenge Geruch des Todes mischte sich mit dem der Blumen, und die Kühle des ungeheizten Zimmers ließ mich endgültig erschauern. Jetzt begriff ich das Unabänderlich, das Endgültige. Mit einem Schlag wurde ich eine Andere. In meiner Trauer zog ich mich in mich selbst zurück und kapselte mich gegen die Außenwelt ab. Wie meine Familie litt, habe ich wohl gar nicht wahrgenommen, denn da setzt mein Erinnerungsvermögen aus. Die Feier im Krematorium ist mir gegenwärtig, als ob es gestern gewesen wäre: Versteinert saß ich neben Wilhelm in der ersten Reihe, mit roten Nelken geschmückte Sarg und die umkränzten Lebensbäume, die Friedhofsgeruch verströmten. Die tröstlichen Worte des Pfarrers erreichten mich nicht, ich hatte die Sicherheit des Glaubens verloren. Als der Sarg unter Orgelspiel im Boden versank, brachte mich die Vorstellung von dem großen Ofen, der ihn erwartete, völlig aus der Fassung und ich brach in lautes Weinen aus. Wilhelm nahm mich in den Arm, um mich zu beruhigen. Von da an träumte ich während langer Zeit immer den gleichen Traum: Es klingelte. Ich ging zur Tür und öffnete sie. Draußen stand Christian fröhlich und lächelte. Ich rief: „Du lebst ja!". Die Erleichterung war so stark, dass ich davon aufwachte und nur mühsam in die Wirklichkeit zurückfand. Ich merkte erst jetzt, wie sehr ich ihn geliebt hatte und wie sehr ich ihn vermisste. Wie gerne hätte ich seine Hänseleien ertragen, wenn er nur wiedergekommen wäre.

Trost und Verständnis fand ich wieder bei Frau Tölke. Statt Schulaufgaben zu machen, verbrachte ich fast jeden Nachmittag bei ihr. Mutter wurde erst aufmerksam, als ich in der Schule immer schlechter wurde. Sie hatte es damals nicht leicht mit mir. Ich war störrisch, gab nur widerwillig kurze Antworten und war ohne jede Freundlichkeit. Wilhelm war ja in München, ich fühlte mich einsam und unverstanden, und das Leben erschien mir freudlos, zumal auch noch mein geliebtes Dittmannsdorfer Gut verkauft werden musste, um die Bankschulden zu decken. Es war die Zeit des allgemeinen Fabriksterbens. Schwere Sorgen drückten meine Eltern. Damals hörte ich zum ersten Mal den Namen Hitler mit Bewusstsein. Seine Parolen fielen auf hoffnungsheischenden Boden. Auch meinen Eltern schien er der rettende Mann zu sein: „Einer für alle, alle für Einen" – „Keiner soll hungern und frieren", usw. Diese Aussagen nahmen meine Eltern für Hitler ein und sie begannen, sich für diese Idee einzusetzen. Vater ließ Hakenkreuzfahnen in der Fabrik nähen. Er ließ Arbeiter zu Versammlungen der NSDAP mit dem Lastwagen fahren. Zu den Parteitagen in Nürnberg fuhren Mutter und Vater gemeinsam. Sie kamen begeistert wieder. Das Zusammengehörigkeitsgefühl, wie eine große Familie wäre es gewesen, und alles Menschen, die noch an höhere Ideale glaubten. Nürnberg, die mittelalterliche Stadt mit ihren Spezialitäten – damals hatten die Städte viel mehr ihre eigene Atmosphäre – hatte sie bezaubert. Als dann die Machtübernahme kam, begrüßten sie alle Maßnahmen. Mutter richtete eine Sammelstelle für das Winterhilfswerk in der Fabrik ein und half sehr aktiv bei der Verteilung der „Pfundsammlung" (die Bevölkerung war aufgefordert, wöchentlich ein Pfund Lebensmittel wie Reis, Mehr, Zucker, Linsen oder Ähnliches zu spenden und Kleider an Bedürftige weiterzugeben). Auch gab es Gutscheine für Heizmaterial. Mutter war damals ausgeglichen und von privaten Sorgen abgelenkt. Auch das Verhältnis der Eltern untereinander war viel besser geworden, denn in ihrer politischen Anschauung stimmten sie völlig überein. Nur im Verwandtenkreis gab es Schwierigkeiten. Onkel Walter und Tante Hanna waren absolut gegen Hitler. Onkel Walters Strumpffabrik war in Konkurs gegangen. Nachdem die Wehrmacht wieder eingeführt war, wurde er im Range eines Hauptmanns zum Oberkommando der Wehrmacht nach Berlin eingezogen und war später als Oberst Adjutant von General Oster. Den Ersten Weltkrieg hatte er als blutjunger Leutnant beendet. In Berlin kam er mit Widerstandskreisen in Berührung und hatte viel tiefere Einblicksmöglichkeiten als meine Eltern. Die Schwestern entzweiten sich, obwohl sie vor dem politischen Gegensatz ein sehr inniges Verhältnis gehabt hatten. Die Entfernung machte es nicht besser, denn Tante Hanna wohnte jetzt in Berlin in einer sehr schönen Villa am Tiergarten.

Wie verlief mein Leben weiter? In die Trauerzeit um Christian fiel meine Schultanzstunde. Mutter beschloss, dass ich trotzdem daran teilnehmen sollte. Wahrscheinlich versprach sie sich Ablenkung für mich. Dies war aber keineswegs der Fall.

Teilnahmslos ließ ich alles über mich ergehen. Den Jungen behagte mein ernstes, stilles Wesen wenig, und so war ich nicht allzu sehr gefragt. Frühreife, lustige Mädchen gaben den Ton an. Wie weit ihre Freizügigkeit bei ihren Feten ging, kann ich nicht sagen, denn so etwas interessierte mich nicht. Deshalb bekam ich den Beinamen „Die Keusche". Ein Junge, der sich vergebens um mich bemühte, schrieb mir auf meinen Fächer den damals gängigen Schlagertext „Dummes kleines Ding, wenn Du wüsstest …".

Nur Andreas, einem Jungen, der nicht an der Tanzstunde teilnahm, weil er gerade seine Mutter verloren hatte, räumte ich einen Platz in meinem Leben ein. Er hatte mir auf der Rückfahrt vom Landschulheim meine Mütze weggenommen und daraus war eine Freundschaft entstanden. Zweifellos verband uns unser Erlebnis mit dem Tod und wir sprachen auf langen Spaziergängen darüber. War schönes Wetter, verbrachten wir viele Nachmittage im Schwimmbad. Für mein häufiges Fernbleiben von zu Hause musste ich mir immer wieder Ausreden einfallen lassen. Auf keinen Fall wollte ich meine Freundschaft mit Andreas preisgeben.

Mutter war sehr bedacht auf vielseitige Bildung. So bestand sie darauf, dass ich Klavierstunden nehmen müsste. Ein buckliges, älteres Fräulein mit Namen Zürn gab sich große Mühe mit mir. Wenn sie nicht so sehr auf das Geld angewiesen gewesen wäre, hätte sie es sicher gleich aufgegeben, da ich keinerlei Talent dazu zeigte. Ich fing an, die Klavierstunden zu schwänzen, um die Zeit mit Andreas zu verbringen. Langsam war ich in ein Lügengewebe verwickelt, was mir Kopfzerbrechen machte. Vor allem bekam ich ja vor jeder Stunde das Geld für Fräulein Zürn mit. Ich sammelte es erst einmal in meinem Sekretär, versteckt unter aufgehobenen Briefen. In ständiger Angst, dass Fräulein Zürn nach mir fragen würde, wunderte ich mich, dass dies nicht geschah. Doch die Erklärung kam bald. Als ich eines Tages ahnungslos aus der Schule kam, erwartete Mutter mich schon. Sie wollte wissen, welche Fortschritte ich in der Klavierstunde mache. Völlig überrumpelt stotterte ich so etwas wie „es geht". Zornig sagte Mutter: „Fräulein Zürn ist vor einer Woche gestorben". Ihr Herzleiden hatte sich verschlimmert und sie musste plötzlich ins Krankenhaus. So hatte sie wohl keine Zeit mehr gehabt, sich nach mir zu erkundigen. Ein einsames altes Fräulein ohne Angehörige – ich begriff voller Schrecken, dass ich sehr hässlich an ihr gehandelt hatte und auch Mutter gegenüber. Mutters Vorwürfe trafen mich schwer. Allein die Tatsache, dass ich das Geld verwahrt hatte, milderte ihren Zorn ein wenig. Welche Strafe ich auferlegt bekam, weiß ich nicht mehr, aber Klavierstunden bekam ich nicht wieder.

Der Krieg

Den Kriegsausbruch erlebte ich in Vevey am Genfer See. Nach meinem Schulabschluss der Mittleren Reife hielt es meine Mutter für das Beste, dass ich einmal aus dem Haus käme, da ich noch immer recht schwierig war und wenig Selbstvertrauen zeigte. Auch sie war als junges Mädchen in einem Pensionat in der Schweiz in Neufchatel gewesen, wo sie sich sehr wohl gefühlt hatte. Nun sollte auch ich in die Schweiz, um Französisch zu lernen, denn in der Schule hatte ich nur Englisch, Latein und Griechisch gehabt.

Vater war dagegen, er wollte seine Tochter bei sich behalten, fügte sich aber dann, wie meistens, Mutters Willen. Ich war von der Aussicht, einmal von Chemnitz wegzukommen, sehr entzückt, begierig auf neue Menschen und neue Erfahrungen. Nun war es damals gar nicht so einfach, ins Ausland auszureisen. Die Nazis sahen es gar nicht gerne, denn Jugenderziehung sollte im eigenen Land nach ihren Vorstellungen geschehen. Ich weiß nicht, wie die Eltern es trotzdem geschafft haben, jedenfalls bekam ich das Visum für ein Jahr Sprachstudium in dem Internat in Vervey, für das sich die Eltern entschieden hatten. Ich bekam neue Kleider und passende Schuhe, durfte zum Friseur, und mit der neuen Frisur fühlte ich mich als neuer Mensch, bereit, jedes Abenteuer zu bestehen, denn ich hatte keine Vorstellung, was mich erwartete. Heute ist es ja nichts Besonderes, ins Ausland zu reisen. Damals war es sehr ungewöhnlich und fremdartig. Schon die Grenze zu passieren, war aufregend, mit den strengen Kontrollen. Die Propaganda von den bösen, feindlichen Nachbarn und den Deutschen als Herrenrasse blieb auch auf mich nicht ohne Einfluss.

Im Juni 1939 brachten mich meine Eltern an den Abendzug. Unter eindringlichen Ermahnungen: „vergiss nicht umzusteigen", „lass Dich nicht ansprechen" usw., verabschiedeten wir uns. Vater hatte am Abend vorher hilflose, nebulöse Aufklärungsversuche über die bösen Männer und ihre Verführungskünste unternommen. Mutter hatte ihn wohl dazu veranlasst, denn für sie war dieses Thema tabu. Vater fühlte sich sichtlich unwohl bei dieser Aufgabe. Ich war schon so vom Reisefieber gepackt, dass ich kaum zuhören konnte und überhaupt nichts verstand. Dieses Thema erweckte in keiner Weise meine Neugier, es passte nicht in meine romantische Vorstellung über die Beziehung der Geschlechter.

Der Zug setzte sich in Bewegung und ich winkte mit dem Taschentuch, bis ich niemanden mehr erkennen konnte. Erleichtert und voll freudiger Erwartung sank ich auf meinen gepolsterten Sitz, denn ich hatte ein Billett 1. Klasse, da ich damit nach Mutters Meinung weniger Gefahren ausgesetzt sei. Ich war allein im Abteil. Reisefieber und Aufregung forderten ihren Tribut, Müdigkeit überkam mich, ich legte mich hin und fiel in einen tiefen Schlaf.

Als ich erwachte, war ich mit einem Herrenmantel zugedeckt. Ein junger Mann saß mir gegenüber und sagte: „Sie schliefen so fest, ich fürchtete, es würde Ihnen kalt, deshalb habe ich Sie mit meinem Mantel zugedeckt". Diese Fürsorge flößte mir sofort Sympathie für den jungen Mann ein. Verlegen, weil ich so verstrubbelt aussah, wollte ich meine Haare richten, fand aber meinen Kamm nicht. Sofort überreichte er mir seinen eigenen. Wir kamen mühelos ins Gespräch, und ich hatte binnen kurzem das Gefühl, ihn schon lange zu kennen. Ich erfuhr, dass er die Diplomatenlaufbahn ergriffen habe und jetzt beurlaubt sei, um in Davos eine schwere Lungenentzündung ausheilen zu können. Er war groß, schlank und besaß ein schmales, blasses Gesicht mit blauen Augen, die mich voll Zuneigung anblickten. Doch, eingedenk der elterlichen Ermahnungen, wahrte ich Zurückhaltung und zögerte, ihm meine Adresse zu geben, ohne daran zu denken, dass diese ja auf meinem Kofferanhänger deutlich zu lesen war. Viel zu schnell kam die Station, an der ich umsteigen musste, während er weiterfuhr. Zur Beruhigung meiner Eltern sollte ich eine vorbereitete Karte unterwegs einwerfen. Der Zug hatte aber Verspätung und ich musste eilen, meinen Anschlusszug zu erreichen. Mein Reisegefährte bot sich an, die Karte in den Postkasten zu werden. Auf diese Weise bekam er auch meine elterliche Adresse. Zu Hause konnten sie sich nicht erklären, wieso der Poststempel auf Davos lautete, denn ich schrieb nichts von meiner Reisebekanntschaft.

In Vevey wurde ich abgeholt und in der Dependance des Internats am Seeufer untergebracht, während das Haupthaus oben in der Stadt lag. Unsere Leiterin war Madame Boll, die ein strenges Regiment führte. Sie hatte ja die Verantwortung für ungefähr 20 lebenslustige Mädchen zu tragen, deren Tugend ihr von den Eltern ans Herz gelegt war. Die Mädchen kamen vorwiegend aus allen Kantonen der Schweiz, aber auch aus Frankreich, England und Amerika. Außer mir waren aus Deutschland nur noch Ursula aus Düsseldorf und Lore aus Freiburg. Meine Zimmergenossin Friedel war zwei Jahre älter als ich. Ihre Eltern hatten ein großes Hotel in Haifa, das sie später einmal übernehmen sollte. Sie war ein großes, brünettes, starkknochiges, eher hässliches Mädchen. Sie beeindruckte mich durch ihre Weltgewandtheit und Redegewandtheit, und sie brachte mir das Rauchen bei, was nur heimlich geschehen durfte. Ich unterlag sehr schnell ihrem Einfluss. Ein streng geregelter Tagesablauf ließ uns kaum freie Zeit. Der Vormittag war bis zum Mittagessen mit Unterricht ausgefüllt. Von 14.00 bis 15.00 Uhr erfolgte der tägliche Spaziergang unter Aufsicht in Zweierreihen. Bei schönem Wetter durften wir unter den wachsamen Augen einer Lehrerin im See schwimmen und uns auf der Mole sonnen. Es war völlig unmöglich, mit Fremden in Kontakt zu kommen. Dennoch kursierte das Gerücht von einem verschwundenen Mädchen. Von Mund zu Mund wurde es immer dramatischer ausgemalt: Einmal war von Mädchenhändlern die Rede, dann davon, dass sie mit einem reichen Gast des angrenzenden Grandhotel durchgebrannt sei.

Im Schulsaal musste wir bis zum Abendbrot Schulaufgaben machen. Die Mahlzeiten waren wohl nicht sehr eindrucksvoll und sind mir nicht mehr in Erinnerung bis auf eine, die bei allen sehr beliebt war: Weißbrot, Butter und Schweizer Konfitüre.

Ich war noch nicht lange dort, als Madame Boll mir mit der Post ein längliches Päckchen überreichte. Friedel sah mir gespannt zu, als ich das Päckchen in unserem Zimmer öffnete. Welche Überraschung. Ein Strauß roter Rosen, eingehüllt in viel Seidenpapier, war der Inhalt. Ein Brief lag dabei von meiner Reisebekanntschaft aus Davos. Es war ein bezaubernder Brief. Meine Reisebekanntschaft schilderte seinen Eindruck von mir in lyrischen Worten und bat um

Antwort. Ich freute mich und war geschmeichelt. Dann zeigte ich ihn Friedel, der ich alles erzählt hatte, schon um bei ihr Eindruck zu erzielen. Friedel lachte zynisch, als sie gelesen hatte, und sagte: „Schöne Worte machen, das können sie, die Männer". Sie hatte mir von einer großen Enttäuschung erzählt und war voll Hass auf alle Männer. „Den werden wir an der Nase herumführen", sagte sie und machte sich sofort daran, mir einen Antwortbrief aufzusetzen. Sehr raffiniert flocht sie versteckte Sympathiebeteuerungen meinerseits ein und erging sich so gekonnt in Schilderungen der herrlichen Landschaft, wie ich es nie hätte in Worte fassen können.

Mir war sehr wohl die Unwahrhaftigkeit dieses Briefes bewusst. Doch ich ließ mich überreden und ging auf das böse Spiel ein. Die Folge war, dass ich schon in der folgenden Woche wieder Rosen mit einem glühenden Brief bekam. Friedel verfiel auf die Idee, diesmal in Englisch zu antworten, da ich ihr von seinem Rat, mein Englisch zu vervollkommnen, erzählt hatte. Jetzt war er noch begeisterter von mir, sah mich vielleicht schon als ideale Diplomatengattin. Mir wurde immer unbehaglicher zumute, aber ich wusste keinen Ausweg und Friedel schwelgte in ihren Rachegefühlen. Ich weiß nicht mehr, wie lange es ging, bis ich Schwierigkeiten mit Madame Boll bekam. Hatte sie die Post geöffnet, hatte sie an meine Eltern geschrieben? Jedenfalls untersagte sie mir die Fortdauer dieser Beziehung, solange ich im Internat sei.

Vor allem, was sollte ich machen, er hatte seinen Besuch angekündigt. Erst einmal ließ ich nichts mehr von mir hören. Friedels Zeit war inzwischen abgelaufen und ihre Rückkehr nach Haifa stand bevor. Sie schrieb noch eine Karte an meinen Verehrer, auf der sie ihn vor mir warnte: Ich würde mich nur über ihn lustig machen. Mir war alles gleich, ich wollte nur aus dieser Misere herauskommen, und gegen Friedels Bestimmtheit hatte ich nur lahme Einwände. Ich habe nie wieder von ihm gehört.

Plötzlich erschien Wilhelm in Vevey. Die Eltern hatten ihn geschickt, er hatte Semesterferien, um nach mir zu sehen. Wie ich von ihm erfuhr, hatten meine Eltern aus Davos einen Brief bekommen. Mein Verehrer bat darin um das Einverständnis meiner Eltern zu unserer

Beziehung, schilderte, wie sehr er mich verehre und wie ernst er es meine. Ich sehe mich noch genau mit Wilhelm auf der Mole sitzen, die Sonne schien warm, der Blick auf den See, in dessen klarem Wasser sich die hohen Berge spiegelten, und höre seine eindringliche Ermahnung: „Mit Gefühlen spielt man nicht!" Wilhelm erweckte in Madame Ból höchstes Vertrauen, und so durfte ich mit ihm Ausflüge in die wunderschöne Umgebung machen. Wir fuhren mit einem Bähnchen auf den Mont Pellerin, von dem man eine schöne Aussicht und einen Blick auf den ganzen Genfer See hatte. Der Abstieg durch die Weinberge, die südliche Vegetation, sonnendurchwärmte Wiese und die immer wieder reizvollen Ausblicke machten uns fröhlich und unbeschwert und wird mir immer unvergessen bleiben. Nicht die leiseste Ahnung, dass die unheilvolle Zukunft so nahe lag, trübte die schönen Stunden. Wilhelm unternahm vor seiner Abreise noch eine Tour aufs Matterhorn, wohin ich ihn nicht begleiten durfte. Als er wieder in unserem rußgeschwärzten Chemnitz war, beschrieb er mir begeistert sein Naturerlebnis auf diesem eindrucksvollen Berg.

Anfang August plante das Internat einen Tagesausflug mit dem Omnibus auf den Großen St. Bernhard. Voll Vorfreude bangten wir um das Wetter an diesem Tag, denn davon hing die Verwirklichung dieses Planes ab. Doch Petrus war uns freundlich gesinnt und bescherte uns einen strahlenden Tag. Jede von uns bekam eine vielversprechende Vespertüte und erwartungsvoll saßen wir im Bus, der uns, vorbei an kleinen Dörfern, die am Fels zu hängen schienen, in die Höhe fuhr.

Staunend erlebte ich oben die erhabene Einsamkeit der Bergwelt, das trutzige Hospiz mit seinen Mönchen. Die Bernhardinerhunde, von denen man sich heldenhafte Rettungstaten erzählte, liefen frei herum. In der Woche gab es kaum Touristen dort oben, und in der Stille verstummten auch die sonst so sprechlustigen Mädchenmünder. Heute geht viel von der Erlebnisfähigkeit verloren, weil an jedem markanten Punkt Rummel und Gedränge herrscht, Autos die Natur beeinträchtigen. Die zur höchsten Perfektion entwickelten Kameras bringen uns Bilder ins Haus, die uns das Staunen vorwegnehmen.

Ich hatte Elisabeth, eine Schweizerin aus Langnau, zur neuen Zimmergenossin bekommen. Während ich mich von Friedel hatte blenden lassen, fasste ich zu Elisabeth echte Zuneigung. Sie teilte auch nicht mit den übrigen Deutsch-Schweizerinnen die zurückhaltende Einstellung uns Deutschen gegenüber und ich hatte mit ihr noch über den Krieg hinweg Kontakt. Ich war gerne in Vevey und begann, in Französisch Fortschritte zu machen. Doch dann kam die Kriegserklärung, das heißt Hitlers Ankündigung vom Einmarsch in Polen, im Radio. Jäh brach unsere friedliche Welt zusammen. Plötzlich waren wir drei Deutsche isoliert, wir wurden beschimpft, als ob wir an allem schuld wären. Dabei waren wir so unpolitisch, und wenn uns auch eingeimpft worden war, wir Deutsche seien die Herrenrasse, hinderte uns dies nicht, ungeachtet der Nationalität, dem einzelnen Mensch Freundschaft entgegenzubringen. So waren wir sehr überrascht über den feindlichen Ausbruch uns gegenüber. Unsere Lehrerin schrie hysterisch: „Mon fiancé, mon fiancé!". Sie sah ihn schon totgeschossen von den bösen Deutschen.

Ich versuchte, meine Eltern telefonisch zu erreichen, und bekam nach Stunden Verbindung. Sie sagten, ich solle so schnell wie möglich heimfahren. Da ich nur wenig Taschengeld bekam, hatte ich kein Geld für die Fahrkarte. Vater wollte telegrafisch nach St. Margarethen Geld überweisen. Heute staune ich, dass ich die Tatsache „Es gibt Krieg" relativ gelassen zur Kenntnis nahm. Schlimm war mir das Gefühl, allein im plötzlich feindlichen Ausland zu sein und womöglich interniert zu werden, wie man uns androhte. Es ergriff mich eher eine abenteuerliche Erregung. Das zeigt, wie wenig ich die Erzählungen vom Ersten Weltkrieg zu realisieren imstande war. Hastig packte ich meine Sachen. Von der Internatsleitung wurde mir keinerlei Hilfe zuteil. Hals über Kopf stürzte ich zum Bahnhof und hatte Glück, dass sehr bald ein Zug nach St. Margarethen fuhr. Bis dahin langte mein Geld gerade. Ich atmete auf, als ich im Zug saß. Jetzt glaubte ich wirklich, dass alle Ausländer unsere Feinde seien, dass wir unser Vaterland verteidigen müssten. Ehre, Tapferkeit, Vaterlandsliebe, Kameradschaft, alles Schlagworte, mit denen man uns junge Menschen gefüttert hatte, schwirrten mir im Kopf herum. Wider Erwarten klappte es mit dem Geld in St. Margarethen, obwohl der Bahnhof einem aufgestörten Ameisenhaufen glich: Er war voller Menschen, die wirr durcheinander liefen. Soldaten mit Stellungsbefehl, jeder wollte so schnell wie möglich seinen Heimatstandort erreichen. Die Züge waren überfüllt und ich kam nur mit, weil hilfreiche Hände mich und meinen Koffer durch das Fenster hereinzogen. Eingepfercht stand ich dann die ganze Nacht, ohne Essen und Trinken, ohne mich zu rühren bis Chemnitz im Gang. Auch die Toilette war unerreichbar. Völlig erschöpft kam ich in Chemnitz an. Erst ein ausgiebiges Frühstück ließ mich wieder zu Kräften kommen. Aber an Schlaf war nicht zu denken, denn der Volksempfänger gab den ganzen Tag Meldungen durch, zwischendurch Marschmusik. Nachrichten vom siegreichen Vormarsch in Polen, optimistische Parolen, die ein rasches siegreiches Ende dieser zur Verteidigung notwendigen Offensive in Aussicht stellten. „Heil unserem Führer und seinen tapferen Soldaten!", so wurde die Begeisterung im Volk angeheizt. Es waren verschwindend Wenige, die die Verlogenheit dieser Propaganda ahnten.

Schon am 03.09.1939 fiel mein Vetter Henning. Das war besonders tragisch, da Onkel Georg, der dem Generalstab angehörte, bewirkt hatte, dass sein einziger Sohn, gegen dessen Willen, zum Stab versetzt wurde. Er war mit Leib und Seele Fliegerleutnant gewesen. Onkel Georg hatte geglaubt, wenn Henning hinter der Frontlinie beim Stab sei, wäre es für ihn weniger gefahrvoll. Ein Schuss aus dem Hinterhalt hatte ihn tödlich getroffen. Onkel Georg litt unter Selbstvorwürfen und Tante Fina, Vaters jüngste Schwester, war wie versteinert. Henning war ihr ganzer Stolz gewesen, besonders nach dem tragischen Tod ihres zweiten Sohnes ein Jahr zuvor. Er hatte sich vom Dach des Schulgebäudes gestürzt, weil er seinem Vater die Schande nicht antun wollte, durch das Abitur zu fallen.

Das Leben ging weiter. Trotz Einschränkungen, die wir willig hinnahmen, merkte man noch nicht viel vom Krieg, soweit man keine Angehörigen an der Front hatte. Wir gingen ins Kino, wo nur Filme gezeigt wurden, die uns eine heitere, heile Welt vermittelten. Das Radioprogramm bemühte sich, den Eindruck zu erwecken, das ganze Volk sei eine große Familie. Wunschkonzerte mit Heimatliedern und Grüßen von der Front verharmlosten die Wirklichkeit.

Alles, was vom Ausland durchsickerte, hielten wir für Gräuelpropaganda.

Ich war 18 Jahre alt, was sollte ich beginnen? Um einen Beruf ausüben zu können und ein Arbeitsbuch zu bekommen, musste ich das Pflichtjahr absolvieren. Ich hatte die Wahl: Ein Jahr Arbeitsdienst, was mir nicht behagte, oder ein Jahr im Haushalt bzw. auf dem Bauernhof. Dann gab es noch die Möglichkeit, eine Landfrauenschule, die so genannte Maidenschule, für ein Jahr zu besuchen, was für ein halbes Pflichtjahr angerechnet wurde. Es gab deren mehrere in Deutschland. Ich fand einen Platz in einer Schule in Mecklenburg. Es musste die vorgeschriebene Tracht bestellt werden: Hellgraue Arbeitskleider mit grüner Gartenschürze oder dunkler Küchenschürze, graublaue Kleider mit weißem Kragen, weißem Schlips und weißer Schürze zum Essen und Ausgehen. Die Zeit drängte, alles musste noch mit dem Namen versehen werden. Am 01.10.1939 begann mein Malchower Jahr. Vom Bahnhof wurde ich mit einem kleinen Lastwagen abgeholt, der mich zu der 5 km vom Ort entfernten Schule brachte. Ein imponierendes Gebäude mit großer breiter Freitreppe, dahinter Stallgebäude und ein Waschhaus. Linker Hand dehnte sich eine großflächige Gärtnerei bis zu einem Kiefernwald aus. In der Umgebung gab es verstreute Gehöfte, und ich konnte in einiger Entfernung den Malchower See sehen. Mit mir waren es 20 Neulinge, die zu je 10 in eine A- und B-Gruppe eingeteilt wurden. Mir wurde zusammen mit Helga aus Potsdam ein Zweierzimmer zugewiesen. Helgas Äußeres gefiel mir sofort: haselnussbraune Haare, blaue Augen und ein pfirsischfarbener Teint. Auch bei der schmutzigsten Arbeit sah sie strahlend sauber aus. Vielleicht war sie nicht allzu klug, aber von liebenswürdigem Wesen. Einige wenige wollten wirklich den Beruf der Landfrau ergreifen, sie waren meist Töchter von Großgrundbesitzern; die übrigen Töchter aus gutem Hause, meist aus Hamburg oder Bremen, wollten wie ich das Pflichtjahr auf möglichst angenehme Weise verbringen. Doch das war eine Täuschung. Es wurde eine harte Zeit. Die Schule unterstand dem Reichsnährstand. Zur Selbstversorgung des deutschen Reiches musste sie vorgeschriebene Abgaben leisten.

Der Tag begann oft um 5 Uhr. Garten-, Küchen-, Hof- und Wascharbeiten, Frühsport, je nach Einteilung umziehen zum Frühstück, wieder umziehen, weiterarbeiten, Nachmittags Theorie: Familienkunde, Bauerntum, Buchführung, Ernährungslehre usw. Wir wurden nicht mit Samthandschuhen angefasst. Die erste Lektion erhielt ich, als ich meinen verspätet angekommenen Koffer mit dem Handwagen vom Bahnhof abholen musste. Ich, die ich aus dem vornehmen Schweizer Pensionat kam, hielt es für eine Zumutung, einen Handwagen zu ziehen. Ich ahnte nicht, dass wir einmal mit weniger Habe auf einem Handwagen von zuhause flüchten würden. Ein andermal, als ich zum Stalldienst eingeteilt war und den Schweinestall ausmisten sollte, war der Abfluss verstopft. Ich sollte mit der bloßen Hand den Mist herausnehmen. Auf meinen Protest bekam ich zur Antwort: „Das haben schon Prinzessinnen gemacht". Ich lernte, mich vor keiner Arbeit zu scheuen, und meine Einbildung wurde mir gründlich ausgetrieben, was für mein ganzes Leben bestimmend wurde.

Der Winter wurde extrem kalt. Die Kohlen wurden knapp, die Heizung fiel aus. Die eingeweichte Wäsche war morgens hart gefroren, in unseren Zimmern fiel die Temperatur unter Null. Der Frühling entschädigte uns. Die Buchenwälder mit ihrem zarten Grünschleier breiteten ihren violetten Teppich aus Leberblümchen aus. An freien Sonntagen haben wir viele schöne Ausflüge machen können.

Wilhelm, der in Berlin studierte, besuchte mich in Malchow. Er verliebte sich in Helga. Er lud uns in den Ferien zu einer Studentenfete ein und verlobte sich kurz darauf mit ihr. Diese Übereilung war typisch für die damalige Zeit. Die jungen Männer brauchten einen Menschen, der Zukunft bedeutete, eine Adresse, an die sie ihre Gefühle, ihre Sehnsüchte richten konnten, die ihren Träumen Richtung gab. Deshalb wurden so viele Kriegsehen geschlossen. Helga und Wilhelm kannten sich so wenig, die kurzen Urlaubstage reichten nicht, das Wesen des Anderen zu erfassen. Wilhelm war in Griechenland eingesetzt. Einige Zeit hielt der Briefwechsel die Verbindung aufrecht. Als er, leicht verwundet, in Saloniki im Lazarett lag, erhielt er dann Helgas Abschiedsbrief, ohne nähere Erklärung, warum sie ihn nicht heiraten könne. Wilhelm hat es sehr getroffen.

Ich brach die Freundschaft zu Helga ab, weil ich empört war über den so kaltherzigen Schlag, den sie ihm versetzt hatte. Viele Jahre später sollte ich durch Zufall die wahren Gründe erfahren. Gleich nach Beendigung des Malchower Jahres hatte Helga eine Stelle als Gutssekretärin bei einer adeligen Familie angenommen. So viel wusste ich schon. In den 50er Jahren war ich mit unserer damaligen Hausbesitzerin befreundet, und im Laufe eines Gespräches stellte sich heraus, dass sie diese Familie gekannt hatte. Sie erzählte mir, dass Helga ein Kind vom Sohne des Hauses erwartet habe. Dessen Eltern waren mit dieser nicht standesgemäßen Verbindung nicht einverstanden. So habe man in aller Stille eine Kriegstrauung vollzogen, mit der Bedingung einer Scheidung nach angemessener Zeit. Mehr konnte ich nicht erfahren, und was aus Helga geworden ist, weiß ich nicht.

Meine Zeit in Berlin
(1940 bis 1942)

Ich wollte Innenarchitektin werden. Mein Interesse für Einrichtungen sowie einen Sinn für Formen und Farben hatte mir wohl Vater vererbt. In Berlin gab es eine Privatschule für Innenarchitektur und Grafik von Prof. Breuhaus. Abitur wurde nicht verlangt, und ich konnte dort einen zweijährigen Kurs belegen. Ein Zimmer war in Berlin sehr schwer zu bekommen. So wohnte ich erst einmal in einer Privatpension. Ich fühlte mich einsam und verloren unter den meist älteren Pensionsgästen. Besonders die Abende in dem winzigen, dunklen Zimmer waren trostlos. Durch ein schmales, hohes Fenster schaute man auf den düsteren Hinterhof ohne jegliches Grün. Nur wenn ein Leierkastenmann seine Berliner Weisen spielte, tanzten die Kinder um ihn herum, die Fenster der schmutzigen Hinterhäuser öffneten sich, Frauen warfen Groschen auf den Hof und vergaßen für kurze Zeit die hässliche Umgebung.

Mein Lebensgefühl sollte sich bald schlagartig heben. Schuld daran war Norbert, ein junger Mann von 24 Jahren, der schon ein halbes Jahr bei Breuhaus war. Er kam aus Westfalen und war wegen einer

Herzschwäche vom Militärdienst zurückgestellt. Wir waren ja fast nur Mädchen dort, denn außer Soldaten auf Urlaub gab es keine jüngeren Männer in der Heimat.

Norbert war 1,90 m groß, von gewinnendem Äußeren und ebensolchem Wesen. Mit seinem schlagfertigen Humor, seiner klugen Natürlichkeit gewann er jede Sympathie, und besonders die Mädchen bei uns schwärmten für ihn. Ich war viel zu schüchtern, kam mir in der Weltstadt zu provinziell vor, als dass ich mich mit ihm zu sprechen getraut hätte. Um so verwunderter war ich, als er mich eines Abends zu einem Abendbummel auf dem Kurfürstendamm einlud. Dieser war noch friedensmäßig erleuchtet. Nur die auf Heimaturlaub schwadronierenden Soldaten erinnerten uns an den Krieg. Norbert führte mich in ein russisches Lokal. Unter dem Einfluss der russischen Musik und vor allem Norberts einfühlsamer Gesellschaft war ich wie verwandelt. Plötzlich konnte ich amüsant erzählen, war schlagfertig, sodass ich mich selbst nicht mehr kannte. Der Wodka tat ein Übriges. Ich erwachte am nächsten Morgen mit einem unbeschreiblichen Hochgefühl, und mir wurde sofort klar, dass ich mich zum ersten Mal in meinem Leben verliebt hatte. Ich hatte das Bedürfnis, auch mein Äußeres zu verwandeln. Nach der Schule ging ich ins Kaufhaus des Westens. Meinen spießigen Chemnitzer Hut vertauschte ich mit einem grauen, breitkrempigen Herrenhut, wie es damals Mode war. Im ersten Kriegsjahr konnte man noch ohne Kleiderkarte einkaufen. Ich bekam wenig Geld, schon aus Prinzip, doch leistete ich mir gerne etwas Schickes zum Anziehen. Lieber sparte ich am Essen.

Im Verlaufe dieses Herbstes schwebte ich im siebenten Himmel. Die Abende verbrachte ich mit Norbert. Wir sahen uns die neusten Filme an, er nahm mich mit ins Kabarett der Komiker, Theater des Westens, Schillertheater. Hervorragende Aufführungen, wie ich sie von Chemnitz her nicht gewohnt war. Norbert führte mich in die Welt der Kunst ein, und ich war eine begierige Zuhörerin. Andere Abende verbrachte ich bei ihm. Er hatte ein großes Zimmer bei einer sehr netten Wirtin, die er auch für sich eingenommen hatte. Er bekam viele gute Esswaren von zuhause geschickt, wovon ich profitierte. Weniger er, als vielmehr seine Eltern waren strengstens katholisch. Das erste Mal, als ich zu ihm kam, sah ich ein Bild auf seinem Schreibtisch, das ein junges Mädchen zeigte. Das nächste Mal war es verschwunden, was mich beglückte. Später erzählte er mir, dass sie eine Sandkastenfreundschaft sei und es seine Eltern gerne sehen würden, wenn er sie heirate. Mehr sprachen wir nicht darüber. Eines Abends las er mir einen Brief seiner Mutter vor. Sie schrieb so ungefähr, dass es ihren Tod bedeuten würde, wenn er eine Ketzerin in die Familie bringen würde. Ich lebte so eingefangen in der Gegenwart, dass ich nicht darüber nachdachte. Seine katholische Erziehung und meine kindliche Unerfahrenheit waren der Grund, dass die Sexualität tabu war. Selbst wenn ich über größeren Weitblick verfügt hätte, hätte nichts meine augenblickliche Lebensfreude trüben können. Auch die nun einsetzenden nächtlichen Fliegeralarme konnten mich nicht aus meiner Versponnenheit reißen, obwohl schon einzelne Bomben fielen. Wenn Norbert mich nachts heimbegleitete, es war ein ziemlich weiter Weg, mussten wir des Öfteren in den Luftschutzkeller. Dann fuhr keine Straßenbahn mehr, und er musste den ganzen Weg zu Fuß zurückgehen.

Die Arbeit in der Schule machte mir Freude und ich lernte gern. Prof. Breuhaus bekamen wir selten zu Gesicht. Ab und zu kam er, immer in ganz hellen Anzügen, sehr elegant, und überzeugte sich von unseren Fortschritten. Dafür hatten wir sehr gute Lehrer. Meine Beziehung zu Norbert, obwohl wir sie nicht zur Schau trugen, brachte mir einigen Neid meiner Mitschülerinnen ein und isolierte mich ein wenig.

Weihnachten stand vor der Tür. Den letzten Abend vor den Ferien verbrachte ich bei Norbert. Für ihn war es der Abschied von Berlin, seine zwei Jahre bei Breuhaus waren um, und er sollte im Januar seine Stelle bei Schildknecht in Stuttgart antreten. Heute würde ich das letzte Mal in diesem, mir inzwischen vertrauten Zimmer sein, und Wehmut beschlich mich.

Weihnachten verbrachte ich zuhause voller Vorfreude auf einen Skiurlaub über Silvester, den Norbert mir vorgeschlagen hatte. Über das Wie und Wo wollte er mir telefonisch Bescheid sagen. Den Eltern hatte ich erzählt, dass wir eine ganze Clique wären, denn allein mit einem Mann zu verreisen, hätten sie nie erlaubt. Eine Melodie von Lehar versetzt mich in einen glückseligen Zustand, wir waren zusammen in dessen Operette „Paganini" gewesen. „Niemand liebt dich so wie ich" war unser Lied gewesen und zeigt, wie sentimental wir damals waren. Kein Anruf kam, den ich so sehnsüchtig erwartete. Ich wurde immer besorgter. Vielleicht ist er krank geworden, dachte ich. Endlich entschloss ich mich, abends selbst anzurufen. Eine junge Frauenstimme meldete sich. Auf meine Bitte, Norbert ans Telefon zu holen, bekam ich zur Antwort: „Für Sie ist er nicht zu sprechen. Im Übrigen werde ich mich mit ihm verloben". Damit hängte die Frau auf.

Das Blut wich mir aus dem Kopf, ich war einer Ohnmacht nahe. Ich ging in mein Zimmer, schluckte den restlichen Inhalt einer Packung Pyramidon, wie viele es waren, weiß ich nicht mehr, und legte mich ins Bett mit dem Wunsch, nie mehr aufzuwachen. Die Eltern hatten wohl gemerkt, dass mit mir etwas nicht stimmte. Vater kam in mein Zimmer, sah die leere Schachtel, rüttelte mich. Schluchzend und angstvoll gestand ich ihm meinen Kummer. Er rief gleich unseren Hausarzt an. Dieser beruhigte ihn, riet ihm aber, mich mindestens fünf Stunden wach zu halten. So hat Vater fast die ganze Nacht bei mir gesessen. Was wir gemacht haben, weiß ich nicht mehr, weil ich ja so benommen war. So endete die erste große Liebe.

Wieder in Berlin zog ich mit Rosemarie, einer Studienkollegin, zusammen. Wir hatten ein Wohnzimmer, ein Schlafzimmer und ein Bad. Rosemarie, das Ideal der damaligen Zeit: groß, blond, mit blauen Augen (nordische Rasse), kam aus Stettin und war ein feiner Kamerad. Sie hatte viele Freunde an der Front. Wenn sie durch Berlin kamen, besuchten sie sie stets und nahmen mich mit, wenn sie ausgingen. Tanzveranstaltungen waren verboten. Man ging ins Theater oder in eines der vielen Lokale am Kurfürstendamm. Die Soldaten sprachen nie über Fronterlebnisse. Wir tranken eine gefärbte, künstliche Limonade, dünnes Bier mit kaum Alkohol. Manchmal gab es noch Wein und Schnaps. Als Mutter mich einmal besuchte, gingen wir essen. Es gab markenfrei ein Fleischgericht. Wir konnten uns nicht einig werden, was das für Fleisch sei. Es schmeckte undefinierbar und nur der Hunger trieb uns dazu, es zu verzehren.

Nachher erzählte uns Rosemarie, dass man die jüdischen Hunde geschlachtet und an Gaststätten verkauft habe. Bohnenkaffee bekam man bald auch nicht mehr. Auch in dem berühmten Café Kranzler wurde nur Muckefuck in den schönen Tassen serviert. Der Kuchen bestand zum größten Teil aus Chemie mit Süßstoff. Trotzdem stopften wir uns mit diesem, wie Mutter sagte, ungenießbaren Zeug voll. Wir hatten eigentlich immer Hunger. Die Marken reichten nicht lange. Bis zum Monatsende ernährten wir uns dann von markenfreien „Stammgerichten": Das war ein dünner Eintopf, eigentlich mehr eine Wassersuppe. Roggenbrötchen (nur gegen Brotmarken natürlich) und Muschelsalat, den es in Delikatessgeschäften frei zu kaufen gab. Sonderzulagen wie eine Flasche Likör, Obst oder Schokolade veranlassten uns, ein Fest zu veranstalten. Wir kochten Pudding, halb Wasser, halb Magermilch. Kartoffelsalat ohne Öl. Im ersten Jahr ging es uns noch ganz gut, aber 1942 wurde die Versorgungslage hart. Unsere Kohlenzuteilung mussten wir uns selbst holen. Die hohen Berliner Kachelöfen fraßen viel Feuerung. Wir umwickelten die Briketts mit viel Zeitungspapier, damit sie länger die Glut hielten. Richtig warm wurde es nie.

1941 haben Rosemarie und ich für vier Monate unser Studium unterbrochen, um das erforderliche Praktikum zu machen. Wir fanden einen Lehrplatz bei der großen Möbelfabrik Behr in Wendlingen einem typisch schwäbischen Dorf bei Stuttgart am Fuße der Teck. Wir wohnten in einem der vielen Arbeiterhäusle, in einem kleinen, unheizbaren Zimmer. Ich erinnere mich, dass es am 01.10. schon acht Grad minus hatte und wir nachts jämmerlich froren. Aber wir kamen uns trotzdem dort wie im Schlaraffenland vor. In der Kantine gab es fast friedensmäßiges Essen: Eierhaber mit Apfelkompott, Spätzle, Maultaschen, alles Köstlichkeiten für uns.

Sonntags streiften wir in der Umgebung umher und die ausgedehnten Obstwiesen deckten unseren Nachholbedarf an Vitaminen. Mit den Arbeitern verstanden wir uns großartig, und sie halfen uns bei unseren ungeübten Versuchen mit Hobel und Säge. Wir lernten zinken und zapfen, furnieren und am Schluss sogar Einlegearbeiten anzufertigen. Da wir die einzigen Arbeiterinnen in der Tischlerei waren, wurden wir sehr hofiert. Von Berlin her war es uns ganz selbstverständlich, Hosen zu tragen. Dies war den erzkonservativen Dörflern ein Dorn im Auge. Es ging so weit, dass wir eines Tages von einem Polizisten am Fabriktor erwartet wurden. Er bat uns, mit auf die Wache zu kommen. Dort erwartete uns eine Moralpredigt. Einwohner hatten sich beklagt, es sei eine Schande, dass Mädchen in Hosen durchs Dorf liefen. Folglich krempelten wir uns zukünftig unsere Hosen bis zum Knie hoch und machten sie mit Sicherheitsnadeln fest, sodass man sie unter dem Mantel nicht sehen konnte. Erst in der Werkstatt ließen wir sie wieder herunter. Es war praktisch und wir brauchten uns nicht in der Männergarderobe umzuziehen. Einmal sahen wir kahlgeschorene Frauen in einem offenen Lieferwagen langsam durchs Dorf fahren. Sie wurden angeprangert, weil sie sich mit französischen Gefangenen eingelassen hatten.

Bei unserer Rückkehr nach Berlin war unsere alte Wohnung wieder vermietet. Ich wohnte einige Wochen bei Tante Hanna am Tiergarten. Nachdem Onkel Walter seine Strumpffabrik in Chemnitz verloren hatte, waren sie nach Berlin gezogen. Onkel Walter war im ersten Weltkrieg sehr junger Offizier gewesen, jetzt war er Adjudant eines Generals im Auswärtigen Amt.

Ich wurde von einer eigentümlichen Atmosphäre erfasst, und ich hatte das Gefühl, dass man etwas vor mir verheimlichte. Gespräche wurden abgebrochen, wenn ich ins Zimmer trat, Tante Hanna war seltsam gespannt und sah so besorgt aus. Manchmal, wenn sie telefonierten, sprachen sie so, dass es für mich keinen Sinn ergab. Auf meine Fragen sagte Tante Hanna: „Besser, Du weißt von nichts". Heute weiß ich, dass sie damals Verbindung zum Widerstand hatten und sehr gefährdet waren.

Wir bekamen eine Wohnung am Großadmiral-von-Köster-Ufer in einem alten, vornehmen Haus. Eine adlige Witwe mit ihrer Tochter vermietete uns ihre Wohnräume aus pekuniären Gründen. Sie selbst hausten im Schlafzimmer und in der Küche. Da standen reich geschnitzte dunkle Eichenmöbel und ein Flügel in dem einen Zimmer, das andere war mit einem großen Tisch, einem Schrank, einem Sofa und einem Bett möbliert. Ein Bad stand uns auch noch zur Verfügung. Dieses haben wir erst einmal zu zweit gründlich geschrubbt.

Unsere Wirtin war früher an Dienstboten gewöhnt und stand der Hausarbeit völlig hilflos gegenüber. Schon nach der ersten Nacht war Rosemarie am Morgen ganz verstochen: Wanzen, stellten wir fest, was keine Seltenheit in alten Berliner Häusern war. Mich hatten sie verschont. Es war schwer, eine andere Wohnung zu finden, also blieben wir.

Das Leben wurde immer schwieriger. Die Luftangriffe in der Nacht häuften sich. Vom Luftschutzwart wurden wir eingeteilt, einer älteren Frau und einer jungen Frau mit drei kleinen Kindern bei Alarm behilflich zu sein, in den Luftschutzkeller zu kommen. Die gellende Sirene weckte uns aus tiefstem Schlaf. Wir schlüpften in den bereitliegenden Trainingsanzug, keinen so hübschen, schicken, wie es heute gibt. Unser Studium litt sehr darunter. Wir kamen übernächtigt und viel zu spät zu Breuhaus. Dann wurde diskutiert, wo waren Bomben gefallen? Auch die Judenfrage wurde mehr und mehr Gegenstand unserer Gespräche. Die verschiedensten Ansichten prallten aufeinander. Einer unserer Lehrer war Jude. Auch die Sekretärin von Prof. Breuhaus muss Halbjüdin gewesen sein. Wir hörten davon, dass Juden aus ihren Wohnungen abgeholt wurden. Auf der Straße sahen wir sie mit ihrem gelben Stern verängstigt laufen. Wir glaubten der Propaganda, dass sie nach Polen in ein Ghetto kämen, da sie Volksfeinde seien, die uns am Sieg hinderten. In der Straßenbahn mussten Juden Ariern Platz machen. Ein treffendes Beispiel für die so liebenswerte „Berliner Schnauze" ist Folgendes: Eine „Arierin" weigerte sich, sich auf einen Platz zu setzen, auf dem eine Jüdin gesessen hatte. Worauf der Schaffner mit dem Ärmel über den Sitz wischte und sagte: „Jetzt ist der Platz wieder arisch". Unser jüdischer Lehrer, den wir alle sehr gerne hatten, sah jeden Tag sorgenvoller und abgezehrter aus. Von Dittmannsdorf, wo wir vom benachbarten Bauern ab und zu Milch und Eier bekamen, schickte ich ihm einen Kuchen und Eier. Es war ja nicht viel, aber er bedankte sich gerührt. Kurz darauf kam er nicht mehr zum Unterricht, und wir haben über sein Schicksal nie etwas erfahren. Schlimm fand ich, dass sich vor den Lebensmittelläden Schlangen bildeten, Juden Arier vorlassen mussten. So war, bis sie drankamen, schon meistens alles ausverkauft. Trotz böser Blicke anderer Menschen habe ich manche

Jüdin vorgelassen. Ich interessierte mich weit weniger für Weltfragen als für die Probleme, die mich selbst betrafen: Was haben wir heute zu essen? Kommt heute Nacht wieder Fliegeralarm? Warum haben wir so lange keine Nachricht von Angehörigen und Freunden an der Front?

An dieser Stelle muss ich noch von Gustav berichte. Er war ein Freund von Rosemarie und in Hamburg bei der Wasserschutzpolizei. Rosemarie durfte sich bei einem Hamburger Kürschner, mit dem ihre Eltern befreundet waren, einen Pelzmantel aussuchen. So fuhren wir eines Freitags nach Hamburg. Gustav hatte uns eingeladen, wir könnten in seiner Dienstwohnung übernachten. Für Freitagabend hatte er Theaterkarten für „Parsifal" organisiert. Ich war begierig nach Abwechslung und freute mich darauf, Hamburg kennen zu lernen, nagte doch noch immer meine enttäuschte Liebe zu Norbert an mir. In Berlin konnte ich die schönen Erinnerungen nur schwer ertragen.

Gustav holte uns vom Bahnhof ab. Ich stand einem eher unscheinbaren Mann gegenüber, den höchstens seine Uniform bemerkenswert machte. Untersetzt, von mittlerer Größe, weder blond noch dunkel, kam er mir auch schon etwas älter vor. Doch seine Begrüßung war sehr charmant, und er erwies sich als sehr fürsorglich, gewandt und unterhaltsam und gab sich so natürlich, dass ich mich in seiner Gesellschaft recht wohl fühlte. Er führte uns in ein intimes Lokal, die „Himmelsleiter". Es wurde uns auf ein bestimmtes Klopfzeichen geöffnet. Eine steile Treppe (daher der Name) führte nach unten. Wir setzten uns an einen gemütlichen Ecktisch in dem kleinen, mit dunklem Holz vertäfelten Gastraum. Hängelampen verbreiteten ein schummriges Licht. Gustav war hier bekannt, sodass wir sehr zuvorkommend bedient wurden. Das ungewohnte, ausgezeichnete Fischmenü und der Wein versetzten uns alle drei in gehobene Stimmung. Der anschließende Opernbesuch stellte meine Geduld auf die Probe. Wagner lag mir nicht, überdies saßen wir hinter einem dicken Pfeiler, sodass ich wenig vom Geschehen auf der Bühne mitbekam. So war ich froh, als nach 3 ½ Stunden endlich der Vorhang fiel. In Gustavs Wohnung wurde dann noch mit einigen Offizieren gefeiert. Es gab Sekt. Alkohol nicht gewöhnt, wurde ich recht ausgelassen und tanzte unermüdlich. Der Sektschwips bewirkte eine überschäumende Stimmung in mir, in der ich alle Welt umarmen wollte, gesteigert noch durch Gustavs bewundernde Verliebtheit. Als er mir gegen Morgen plötzlich eine Liebeserklärung machte und noch sagte, ich sei die Frau, die er heiraten wollte, gab ich ihm fröhlich mein Jawort. Zu meinem größten Erstaunen wurde mir am nächsten Morgen klar, dass er es ernst gemeint hatte. Meine Gefühle für ihn waren zwiespältiger Art. Durch den Kater vom recht feuchtfröhlichen Abend aber hatte ich nicht die Kraft, mir ernste Gedanken zu machen, und ließ es einfach laufen.

Beim Kürschner lebte ich wieder auf. Die schönen Pelzmäntel begeisterten mich. Heute kann man ja mit gutem Gewissen keinen Pelz mehr tragen, aber damals dachte niemand an das Aussterben der Tiere. Ein Pelz galt als das schmeichelndste Kleidungsstück für eine Frau und war ein Privileg der Oberschichten. Ich half Rosemarie beim Aussuchen und probierte zum Spaß selbst Mäntel an. Bei einem, der mir besonders gut stand, sagte Gustav: „Wenn Du meine Frau wirst, bekommst Du den von mir". Dies machte mich stutzig. Es kam mir wie eine Erpressung vor, und ich lehnte dankend ab. Eine Segelpartie am Sonntag bildete den Abschluss des ereignisreichen Wochenendes.

Wieder in Berlin, fand ich jeden Morgen einen langen Brief von Gustav im Briefkasten. In seinen Briefen zeigte er Neigung, mir als seiner zukünftigen Frau Vorschriften zu machen. Da hieß es: Eine Offiziersfrau tut dies und jenes nicht!

Ich fand mich schlecht damit ab, in eine Rolle gedrängt zu werden. Doch obwohl ich innerlich schon wusste, dass wir nicht zusammenpassten, hatte ich nicht den Mut, nein zu sagen, da ich wusste, dass es für ihn ein harter Schlag wäre. Wir kannten uns viel zu kurz, doch in der unsicheren Kriegszeit war eine so schnelle Bindung durchaus möglich, zumal er jederzeit an die Front versetzt werden konnte. Mag mein Handeln unverständlich sein, so spielte doch auch eine Trotzreaktion auf die verschmähte Liebe zu Norbert eine entscheidende Rolle. Zunächst lag es wohl an der Bewunderung, die er für mich zeigte, dass ich mich gegen meine Zweifel sträubte und mich selbst beschwichtigte. Jedes Wochenende besuchte er mich in Berlin. Oft war Rosemarie in Stettin und wir waren allein in der Wohnung. Gustav respektierte meine Zurückhaltung und legte sie sicher falsch aus.

Die Wahrheit war, dass ich meinen Prinzipien treu blieb. Ich wollte alles oder nichts. Wenn ich mich einem Mann hingeben würde, sollte es durch die Heftigkeit meiner Liebe gerechtfertigt sein, und diese Liebe sollte fürs ganze Leben sein. Im Laufe der Zeit störten mich Nichtigkeiten an Gustav. Zum Beispiel, dass er so viel gähnte. Er war schon beim Arzt deswegen gewesen. Es sei Sauerstoffmangel, hatte der festgestellt. Oder das Schlürfgeräusch, wenn er trank; auch eine bestimmte Geste löste Unwillen bei mir aus.

Nun drängte er, er wolle nach Dittmannsdorf fahren, bei meinen Eltern um meine Hand anhalten und den Hochzeitstermin festlegen. Als ich die Eltern davon in Kenntnis setzte, kam Mutter sofort angereist, um ihn in Augenschein zu nehmen. Auch hatte sie sofort Onkel Walter beauftragt, bei seiner Dienststelle Erkundigungen einzuziehen. Diese waren zu Gustavs Gunsten ausgefallen, ebenso Mutters Meinung über ihn.

Insgeheim hatte ich gehofft, dass mir irgendetwas von außen zu Hilfe käme, aber nun musste ich Farbe bekennen. Durch mein passives Verhalten war ich in eine Situation geraten, in der ich mir wie in einem Spinnennetz verfangen vorkam. Es war mir klar, dass ich die Fäden zerreißen musste. So rang ich mir einen Brief ab, in dem ich Gustav zu erklären versuchte, dass ich ihn nicht heiraten könne. Gustav reagierte wie vor den Kopf geschlagen und wollte mich umstimmen, aber ich ließ mich nicht mehr beirren und fühlte mich von einem bleiernen Druck befreit.

Noch ein Erlebnis, das mir im Mai des ersten Berliner Jahres in dieser Hinsicht passierte. Es ereignete sich, als Norbert schon in Stuttgart war. Eines Abends wollte ich noch einen Brief zum Postkasten tragen und sagte zu Rosemarie: „Ich komme gleich wieder". Der nächste Briefkasten war auf dem Kurfürstendamm. 1941 war er noch voller Leben und Lichter. Es gab kaum ein Auto, aber die Leute saßen vor den Restaurants und Cafés, denn es war schon warm.

Mir machte es Vergnügen, die Menschen zu beobachten, und so schlenderte ich gemächlich dahin.

Plötzlich sprach mich ein Marineoffizier an. Es war nicht meine Gewohnheit zu reagieren, aber er machte es auf so originelle, lustige Art, dass ich lachen musste. Wir kamen mühelos in eine lebhafte Unterhaltung, und als er mich einlud, in einem italienischen Restaurant einen Chianti zu trinken, ging ich mit. Er hatte mir sofort Eindruck gemacht, hatte er doch so etwas Kühnes an sich, was die schneidige Marineuniform noch unterstrich. Seine Sprechweise, die natürliche, höfliche Art nahmen mich gleich für ihn ein. Ich erfuhr, dass er von Beruf Journalist, Kriegsberichterstatter und für ein paar Tage auf Urlaub in Berlin war. Er bekundete ein so teilnehmendes Interesse an meiner Person, dass er mir eine komplette Darstellung meiner Verhältnisse und Beziehungen entlockte. Sonst eher geneigt, lieber zuzuhören, sprudelte ich vor Mitteilsamkeit. So war es im Nu drei Uhr morgens. Ich weiß nicht mehr, in welchem Lokal wir noch waren - in Berlin gibt es viele Möglichkeiten, die Nacht zu verbringen. Als ich gegen vier Uhr morgens höchst angeregt nach Hause kam, war Rosemarie in höchster Aufregung. Sie war kurz davor, die Polizei anzurufen. Ich war sehr zerknirscht, weil ich gar nicht daran gedacht hatte, dass sie sich Sorgen machen könnte. Am nächsten Vormittag holte mich Hans, wir waren schon per Du, ab. Ich hatte mein bestes Kleid angezogen; Mutter hatte es mir aus einem schwarzen Tuchanzug machen lassen. Es war am Rücken mit winzigen, runden Possamentknöpfen verschlossen. Allein konnte ich mich weder anziehen, noch ausziehen. Wir machten einen Ausflug an den Wannsee, gingen ins Kino, und dann fand ich mich gegen Abend in seinem Hotelzimmer. Ich hatte es ganz natürlich gefunden, ihn dahin zu begleiten. Er habe noch einen alten Kognak, als Abschiedstrunk, und dann müsse er packen. Am nächsten Morgen müsse er schon in Genua auf seinem Schiff sein, das waren seine Worte. Das Zimmer war scheußlich und die unpersönliche Billighotelatmosphäre machte mich befangen. Auf dem einzigen Stuhl stand der Koffer und so setzte ich mich auf die Bettkante. Wir tranken den Kognak aus Wassergläsern und tranken auf unsere Begegnung und ein baldiges Wiedersehen. Dann nahm er mir das Glas aus der Hand und begann langsam, die Knöpfchen an meinem Kleid aufzumachen. Ich erstarrte. Ich hatte ihn immer gemocht und mir ein Bild von ihm gemacht. Jetzt zweifelte ich daran, ob es das richtige war. In dieser Umgebung und am zweiten Tag unserer Bekanntschaft empfand ich sein Ansinnen als Beschmutzung. Erst als er den letzten Knopf aufhatte, löste ich mich aus meiner Erstarrung, sprang auf und wollte sofort gehen. Enttäuscht und sehr ärgerlich warf er mir vor, wie engherzig und prüde es sei, sich einem Soldaten, der täglich sein Leben einsetze, zu verweigern. Nein, zu solcher Opfergabe war ich nicht bereit. Nun konnte ich ja nicht mit offenem Kleid auf die Straße. Also musste ich ihn bitten, die unzähligen Kugelknöpfchen in die engen Schlingen, eine wirkliche Meisterleistung unserer Hausschneiderin, zu nesteln. Rosemarie hatte schon am Morgen darüber gestöhnt. Ich empfand es wie eine Szene aus einem komischen Film, aber ihm war der Humor vergangen. Erst war ich enttäuscht, dass er mir, meiner Meinung nach, so wenig Achtung entgegengebracht hatte. Später erkannte ich aber, dass ich mich selbst in diese Situation gebracht hatte. Von Studienkameradinnen wusste ich, dass sie mit ihren Freunden ins Hotel gingen und dann triumphierend von ihren Eroberungen berichteten. Ich dachte aber nicht daran, mich zu verleugnen und mich von dieser Lebensgier anstecken zu lassen. Stets hatte ich der Liebe einen hohen Wert beigemessen. Norbert hatte ich geliebt und, wenn er es gewollt hätte, hätte ich alle moralischen Bedenken über Bord geworfen. Ich bin ihm dankbar, dass es nicht dazu gekommen ist, denn die Wunde wäre viel, viel tiefer gewesen.

Ich bekam Briefe von Hans, in denen er beteuerte, wie sehr er sich auf ein Wiedersehen im nächsten Urlaub freue. Sogar ein Bild in Postkartengröße, mit Widmung. Ich richtete sein Bild in meinem Innern wieder auf und sah auch dem Urlaub freudig entgegen. Doch es sollte dazu nicht kommen. Nach mehreren Monaten kam mein Brief zurück mit dem Vermerk: „Auf See gefallen".

Ich war 21 Jahre alt. Aus heutiger Sicht mag Vieles unverständlich erscheinen. Doch ich konnte nicht meinen Widerwillen gegen sexuelle Freiheit überwinden. Mein Körper sollte meinem Herzen gehorchen. Nichts sollte der Ganzheit der Gefühle die Individualität nehmen. Ich wollte warten. Einmal, davon war ich überzeugt, würde mir der Mann begegnen, meine Ergänzung, der die Einsamkeit für alle Zeit von mir nähme.

Die Zeit in Berling ging zu Ende. Die Studiengemeinschaft löste sich auf. Jeder ging seinem ungewissen Schicksal entgegen. Wir bekamen unser Abschlusszeugnis. Unsere Ausbildung war nicht ausreichend, zumal im letzten halben Jahr als Auswirkung des Krieges Ernährungsmangel im Vordergrund gestanden und unser Interesse am Beruf geschmälerte hatte.

Eine Weiterbildung wäre unbedingt nötig gewesen, aber keinem von uns gelang es in den Wirrnissen der Zeit, sie zu verwirklichen. Ich hatte wohl den Versuch unternommen, mich nachmittags praktisch mit unserem Beruf zu beschäftigen. Dazu hatte ich eine Volontärstelle bei Friedmann & Weber, einem der besten Einrichtungshäuser am Kurfürstendamm, angenommen. Mir blieb die Aufgabe, die schönen Ausstellungsmöbel abzustauben, ab und zu den Beratungsgesprächen zuzuhören und einen Zollstock zu reichen. Es kamen kaum Kunden. Meist waren es Filmschauspieler. Hannelore Schroth durfte ich einmal herumführen. Aber wer hatte schon Interesse, sich einzurichten, wenn man für Haus und Wohnung der Bomben wegen fürchten musste? Doch die wenigen Wochen der Anwesenheit in diesem Geschäft füllten meine Nachmittage und gaben mir doch Einblick in die Branche.

Zum Weihnachtsfest 1942 war ich wieder in Chemnitz bei meinen Eltern in der Zschopauerstraße. Sie lebten jetzt in drei Zimmern, da die anderen wegen Kohlenmangels nicht mehr zu heizen waren. Ich war erschrocken, wie dünn und blass sie aussahen. Es fiel mir schwer, mich wieder einzugewöhnen. Ich hatte Sehnsucht nach Berlin, der großzügigen, lebendigen Stadt, der meine ganze Sympathie galt.

Hirschegg im Kleinen Walsertal

(01.02.1943 bis 01.09.1943)

Weihnachten war recht trübselig gewesen. Die Atmosphäre zu Hause hatte für mich etwas Erstickendes. Ich wollte wieder auf mich gestellt sein. Vielleicht könnte ich doch einmal richtige Innenarchitektin werden und in dem Beruf arbeiten. Dazu musste ich aber noch meine zweite Hälfte des Pflichtjahres ableisten, um ein Arbeitsbuch zu bekommen. Ohne dieses gab es keine Anstellung. Eine Freundin hatte das ihre in einem Kinderheim im Kleinen Walsertal gemacht und mir die Adresse genannt. Ich hatte mich beworben und wartete nun sehnsüchtig auf einen positiven Bescheid, denn die Aussicht, dorthin zu kommen, schien mir sehr verlockend, kam sie doch meiner Liebe zu den Bergen und Süddeutschland sehr entgegen.

Ich hatte Glück. Man schrieb mir, ich könne am 2. Februar anfangen. Meine Stimmung war auf dem Nullpunkt gewesen, das war jetzt auf einmal schlagartig anders. Gepackt war schnell, was hatte man schon groß anzuziehen: einen weißen Rollkragenskipullover von meinem Vater und eine graue Hose, daran kann ich mich erinnern, weil Wilhelm zu diesem Aufzug sagte: „Du siehst aus, als ob Du nach St. Moritz zum Skifahren wolltest!" Diesen Eindruck zu erwecken, fand er unpassend in einer Zeit, in der die Menschen im totalen Kriegseinsatz blass und unscheinbar durch die Straßen huschten. Sicher war es nur meine mit erhobenem Kopf zur Schau getragene Vorfreude und erwachende Lebenslust, die mich von ihnen unterschied.

So konnte ich das mit schmutzigem Schneematsch überzogene, traurige Chemnitz, über dem sich der Himmel seit Tagen nur in düsterem Grau zeigte, hinter mir lassen. Als ich in Oberstdorf ausstieg, befand ich mich in einer paradiesischen Landschaft:. strahlend blauer Himmel, die Sonne, schneebedeckte Berge! Leise knirschte der Schnee unter den Füßen, als ich zum Autobus ging, der mich ins Kleine Walsertal bringen sollte. Die Fahrt steigerte noch meine Begeisterung, denn die Straße führte uns immer höher in die verschneite Bergwelt. Das Kleine Walsertal war damals noch ein Kleinod. Heute ist es nicht mehr so idyllisch mit den großen Hotelbauten und dem Massentourismus. Damals waren Hirschegg und Mittelberg noch dörflich mit den kleinen Kirchen und malerischen, einladenden Berggasthöfen.

In Hirschegg wurde ich an der Bushaltestelle abgeholt. Das Kinderheim lag ziemlich hoch am Berg und wir mussten einen steilen Weg 20 min. hinaufkraxeln. Meinen Koffer brachte der „Frächter", der einmal täglich das Heim mit einem Pferd und Wagen mit Lebensmitteln belieferte und dazu die schmale Straße benutzte. Wir waren die Abkürzung gegangen. Ich war sehr gespannt auf meine neue Umgebung und auf die Menschen, mit denen ich das nächste Halbjahr zusammen leben würde.

Das Kinderheim bestand aus zwei Häusern. Ein neues, größeres Haus, das mit 60 bis 80 Kindern belegt, während im alten Haus nur bis zu 30 Kinder untergebracht waren.

Ich wusste, dass das Heim zwei Schwestern Bergengruen, Verwandten des Dichters Werner Bergengruen, gehörte. Ich wurde in das neue Haus geführt, wo mich Frau Dr. Bergengruen, genannt Tante Karin, die dieses Haus leitete, begrüßte. Sie, schlank, mittelgroß, kurze graue Haare und prüfende Arztaugen, sowie eine energische Schwester, Tante Tia, walteten dort. Ich frohlockte innerlich, denn in einem ehemaligen Bauernhaus ganz aus Holz gefiel es mir viel besser. Alles war viel kleiner, gemütlicher, und Tante Tia kam mir freundlicher vor, nicht so unnahbar. Sie war groß, stattlich, mit grauem Zopf und gütigen Augen. Das Hauspersonal bestand aus vier Kinderschwestern: einer Küchenfee, Tante Friedl und zwei Pflichtjahrmädchen, mich mitgerechnet. Ich fühlte mich sofort heimisch und wurde sehr schnell in die Gemeinschaft aufgenommen. Das Zimmer unter dem Dache teilte ich mit dem anderen Pflichtjahrmädchen, einer 15-Jährigen aus Halle. Ich war wie verzaubert, als ich aus dem kleinen Fenster schaute: Der Blick ins Tal hinunter, am Hang rodelten die Kinder, weißer Schnee, blauer Himmel, ringsherum Berge - ich konnte mich nicht satt sehen.

Am nächsten Morgen sollte mir sehr schnell klar werden, dass dies kein Erholungsurlaub werden würde. Ich war der Hausarbeit zugeteilt. Die begann um sechs Uhr. Als Erstes: Klos und sämtliche Nachttöpfe putzen. Peinliche Sauberkeit war oberstes Gebot. Das galt für das ganze Haus, was bei den vielen Kindern unaufhörliche Arbeit bedeutete. Zudem wurden jede Woche alle Fenster geputzt. Die nächste Woche kam ich in die Küche. Immer im Wechsel. Da mussten Berge von Broten vor dem Frühstück gestrichen werden. Bedürftige Kinder mit Untergewicht bekamen extra viel Butter aufs Brot. Rohkost, eine Möhre, einen halben Apfel, immer etwas Anderes als Vorspeise. Dann stundenlang Gemüse putzen von Hand. Niemals gab es Fleisch oder Wurst, denn vegetarische Ernährung war ein Teil der Therapie. Heilerde innerlich und äußerlich, schon damals beruhte hier fast alles nur auf Naturheilbasis. Ich habe fantastische Heilerfolge erlebt. Da waren Kinder mit am ganzen Körper nässenden Ekzemen angekommen die nach sechs Wochen mit glatter, heiler Haut zurückfuhren. Kinder mit beängstigendem Asthma konnten wieder frei atmen, hysterische, verhaltensgestörte Kinder wurden wieder fröhlich und normal. Für die Kinder wurde alles getan. Vom Personal wurde härtester Einsatz verlangt. Erst Fieber ab 40 Grad war ein Grund, im Bett zu bleiben. Eine befristete Arbeitszeit gab es nicht. Vor 20 Uhr war nie Schluss. Freitag von 20 bis 22 Uhr war „Stopfabend". Das heißt, wir mussten die Sachen der Kinder in Ordnung bringen. Dazu las Tante Tia aus Werken der Weltliteratur vor und es gab Wurstbrote. Doch die dafür kursierende Bezeichnung „Leiche im Darm" nahm uns für diese bald den Appetit. An die fleischlose Kost hatte man sich ansonsten schnell gewöhnt und vermisste Fleischgerichte in keiner Weise. Wenn ich mir heute überlege, wie belastbar wir damals waren, frage ich mich, war die Ernährung und die kräftige Bergluft oder war unsere fröhliche Gemeinschaft der Grund? Denn in unserer abendlichen Freizeit fielen wir nicht etwa todmüde ins Bett, nein, wir fuhren bei Mondschein die halbe Nacht die Parsenn, einen langen Hang hinterm Haus, hinunter. X-mal stapften wir wieder hoch, um die sausende Fahrt bergab zu genießen. In den umliegenden Hütten war Militär zum Skikurs untergebracht. Da blieb es natürlich nicht aus, dass die Soldaten mit uns anbändelten. Zu manch zünftigem Hüttenabend wurden wir eingeladen. Nach Ziehharmonikamusik wurde bis weit nach Mitternacht getanzt.

Dann kam der Frühling. Dort, wo die Sonne den Schnee weggeleckt hatte, sprossen sofort die farbenprächtigen Frühlingsbergblumen hervor. Die Mittagsstunden nützten wir zu einem Sonnenbad im Badeanzug, und wir waren stolz auf unsere Bräune.

Mit den Kindern verstand ich mich besonders gut. Ich musste abends noch in den Schlafsaal kommen und ihnen eine Gutenachtgeschichte erzählen. Tante Tia war es oft nicht recht, wie sehr die Kinder an mir hingen, und sie scheuchte sie aus der Küche, damit sie mich nicht von der Arbeit abhielten.

Früher war es ausschließlich ein privates Kinderheim gewesen, doch jetzt wurde es zu 70% von der NSV (Nationalsozialistischen Volksfürsorge) zwangsbelegt. Viele Kinder aus den ärmsten Schichten fühlten sich hier wie im Himmel. Die Schwestern Bergengruen waren überzeugte Anthroposophen. Diese Geisteshaltung war bestimmend für ihr Wesen und das Niveau des Hauses. Wenn ich an den Sommer damals denke, vermeine ich noch den Heuduft zu riechen, höre ich die Glocken der brauen alpenländischen Kühe mit ihren sanften Augen. Meine Lieblinge waren die drolligen Bergziegen, die bis ans Haus kamen. Manchmal hatten wir einen freien Sonntag. Den verbrachten wir dann oft mit waghalsigen Bergtouren. Bei Morgengrauen brachen wir auf und waren acht bis zehn Stunden unterwegs. Im Fels kletterten wir wie die Gemsen, und um das Glücksgefühl, auf dem Gipfel zu stehen und die Welt ganz klein zu unseren Füßen zu erleben, war wunderbar. Wahrscheinlich habe ich dieses halbe Jahr so intensiv erlebt, weil hier die Sehnsucht nach einer heilen Welt Nahrung fand. Wir hörten kein Radio, lasen keine Zeitung, es graute uns nicht vor der schrecklichen Wirklichkeit. Der Abschied ist mir sehr schwer gefallen. Freundschaften hatten sich entwickelt, doch leider verloren wir uns in dem Chaos der nächsten Jahre aus den Augen.

Mein Zeugnis würdigte vor allem die Zeit, als ich sechs Wochen lang die Küche und Vorratskammer alleine leitete, während unsere Küchenleiterin abwesend war. Mir hat das sehr großen Spaß gemacht, alles selbstständig zu organisieren, und meine Hilfen haben mich mit Freuden unterstützt.

Von Hirschegg aus hatte ich mich auf eine Anzeige eines Architekturbüros aus Insterburg (Ostpreußen) beworben. In Chemnitz fand ich eine Zusage vor. Ostpreußen wollte ich schon immer kennen lernen. So war ich schon wieder Feuer und Flamme für diese Reise. Doch meine Eltern ließen es nicht zu. In dieser Zeit muss die Familie zusammenbleiben, sagten sie. Ich wollte die Gefahr zunächst nicht wahrhaben, doch dann ließ ich mich überzeugen. Die Zukunft sollte meinen Eltern Recht geben. Nicht auszudenken, was mich dort vielleicht erwartet hätte.

Die letzten Tage daheim

Nachdem die Luftangriffe auf das Reichsgebiet immer stärker geworden waren und wir auch Angriffe auf Chemnitz befürchten mussten, zogen meine Eltern und ich in unser Wochenendhäuschen in Dittmannsdorf, welches wir, seitdem das Gut verkauft worden war, bewohnten. Dittmannsdorf liegt am Fuß des Erzgebirges, 17 km von Chemnitz entfernt. Es ist ein typisches Straßendorf: Kleinere Bauernhöfe, dazwischen leben die sogenannten „Häusler": Der Mann geht in die Fabrik, und die Frau versorgt daheim die Kinder, die Ziegen und Hühner sowie das Gärtchen. Der Boden ist karg, die Felder nur handtuchgroß; dazwischen viele Feldwege mit ihren blumenreichen Rainen. Als Kinder haben wir immer gewetteifert, wer den schönsten Feldblumenstrauß pflückt.

Unser Haus war ehemals eine alte Scheune des Viertelgutes – wie der Name sagt, war es zu klein, um eine Familie zu ernähren – mit sehr dicken Grundmauern. Vater hatte sie mit viel Stilgefühl zu einem behaglichen Wohnhaus ausbauen lassen. Die Stube mit Kachelofen und den dickwandigen Fenstern war der gemütliche Mittelpunkt. Es gab zu dem einen kleinen, niedrigeren, gewölbten Keller, der nur von außen zu erreichen war. Tante Fina, Vaters Schwester, lebte zu jener Zeit mit ihrem Mann, ihrer Tochter und deren zwei kleinen Buben im Wohngebäude des Viertelguts. Sie alle kamen bei Alarm in unseren Keller, und so saßen wir auf engstem Raum zusammengedrängt. Ich hielt noch unseren Dackel Wichtel auf dem Schoß. In Ermangelung von Luftschutzhelmen hatten wir uns große Aluminiumtöpfe auf den Kopf gestülpt in dem naiven Glauben, sie könnten uns bei Einsturz des Hauses schützen. Ich arbeitete damals bei einem Chemnitzer Architekten im „totalen Kriegseinsatz", das heißt mit verlängerter Arbeitszeit. Also musste ich um 5.30 Uhr in der Frühe das Haus verlassen. Eine halbe Stunden ging ich durch den Wald zur nächsten Bushaltestelle, die sich in Gornau befand, dann hatte ich 30 min. Fahrt und in Chemnitz nochmals 20 min. zu laufen. Dasselbe abends zurück. Meine Arbeit bestand vorwiegend im Zeichnen von Lageplänen zur Aufstellung von Baracken und im Aufmessen von alten Fabrikgebäuden im Erzgebirge, die aus Berlin ausgelagerte Fabriken aufnehmen sollten. Als Tagesproviant hatte ich eine Tasche voller Äpfel mit, die von einem riesigen Apfelbaum in unserem Garten stammten. Im Frühling war er weit und breit der schönste Baum in seiner Blüte, im Herbst hielt er, was er versprochen hatte. Zentnerweise konnten wir die rotbackigen, wohlschmeckenden Äpfel ernten, und bis ins Frühjahr hinein hat uns der Apfelsegen über die Lebensmittelknappheit hinweggeholfen. Damals hielten sich die Äpfel noch im Keller.

Die Lage wurde indes immer bedrohlicher. Aus dem Volksempfänger drangen Göbbels' zuversichtliche Siegesparolen, aber die Berichte der Flüchtlinge aus dem Osten, deren Trecks Tag und Nacht unsere Dorfstrasse entlangzogen, sprachen eine andere Sprache, erzählten vom unaufhaltsamen Vordringen der Russen, von Gräuel und Grauen.

Wie furchtbar die Vernichtung Dresdens war, hatten wir gar nicht erfahren, denn im Radio wurde alles verharmlost. Trotzdem saß uns die Angst im Nacken. Wann würde Chemnitz drankommen? Es sollte nicht lange dauern. Eines Abends war ich wieder zur Dorfwache eingeteilt. Zu zweit hatten wir zu kontrollieren, ob alle Fenster so verdunkelt waren, dass kein Lichtschein nach außen drang. Hörten wir die Sirene von Zschopau, mussten wir in ein Horn Alarm blasen.

Die Nacht war stockdunkel und totenstill. Plötzlich hörten wir aus allen Himmelsrichtungen Sirenengeheul. Es fuhr uns durch Mark und Bein. Jeder rannte in eine andere Richtung und blies ins Horn. Von ferne hörten wir Motorengeräusch. Atemlos kam ich in unseren Keller, wo alle schon dicht gedrängt auf ihren Kisten saßen. In dem Gewölbe hatte ich ein Gefühl der Geborgenheit und die Dunkelheit der Nacht beruhigte mich auch. Nur Vater fehlte wieder einmal.

Immer war Vater der Letzte. Ich ging hinaus, um ihn zu rufen. Da sah ich mit Entsetzen, dass es draußen fast taghell war. Tausende von „Christbäumen", die die Flieger zur Vorbereitung ihres mörderischen Einsatzes abzuwerfen pflegten, standen am Himmel. Die Angst schnürte mir die Kehle zu, und der kleine Keller mit nur einem Ausgang und ohne Fenster erschien mir plötzlich wie eine Mausefalle. Dann brach mit einem Mal die Hölle los: Ohrenbetäubendes Krachen, Dröhnen, eine Explosion und Detonation nach der anderen. Wellenartig schwollen die Motorengeräusche an und wieder ab, es dauerte Stunden und nahm kein Ende. Wir saßen alle mit eingezogenem Kopf schicksalsergeben da und sprachen kein Wort. Auf einmal hörten wir Motorengeräusch genau über uns, und schon fielen Bomben auf unser Dorf. Es war eine Bombenkette, die das Dorf vernichtet hätte, wenn sie nicht 100 m von der Straße entfernt auf die Felder niedergegangen wäre. Gleichwohl wurden Dächer von den Stein- und Erdmassen zerschlagen, Fensterscheiben zerbarsten.

Wir alle schwebten in Todesangst. Nach schier endloser Zeit kam die erlösende Entwarnung. Wie betäubt torkelten wir aus dem Keller. Im Morgengrauen besahen wir das Ausmaß der Zerstörung unseres Hauses. Auf meinem Bett fand ich einen Berg zersprungener Dachziegel, kalter Wind fegte durch die glaslosen Fenster. Doch die Verwüstung erschütterte uns nur gering. Hatte doch keiner von uns geglaubt, diese Nacht zu überleben. Wir waren nur von Dankbarkeit erfüllt. Am Horizont sahen wir das brennende Chemnitz, und bald kamen flüchtende Menschen, teils nur mit Nachthemd bekleidet, die einen Unterschlupf suchten. Wir fragten nicht lange und nahmen einen Mann und eine Frau auf. Dann fing es auch noch an zu regnen. Durch die Löcher im Dach schaute der Himmel, und schnell bildeten sich überall Pfützen im Haus. Wir stellten alle verfügbaren Behälter auf, deckten Möbel und Betten ab, schliefen unter aufgespannten Regenschirmen. Wie wir es schafften, Dach und Fenster notdürftig dicht zu bekommen, kann ich nicht mehr sagen. Was haben wir gefroren, denn es war ja Februar - ein Wunder, dass wir nicht krank wurden.

Dann kam eine Karte von Ruth, einer Freundin aus meiner Berliner Zeit, die in Posen zu Hause war. (Erstaunlich, dass die Post immer noch funktionierte!) Sie schrieb, dass sie mit ihrer herzkranken Schwiegermutter auf der Flucht sei. Durch den schnellen Vormarsch der Russen hätten sie nicht bei Verwandten in Mecklenburg bleiben können. Sie sei im achten Monat schwanger und hoffe, bei uns sicher zu sein. Ich holte sie mit einem Bauernwagen von Flöha am Bahnhof ab. Sie waren beide völlig erschöpft von der wochenlangen Irrfahrt aus Posen. Zur gleichen Zeit bekamen wir noch eine evakuierte Frau aus Bremen mit ihrem Kleinkind zugewiesen. Alles drängte sich um den Küchenherd. Für die Zentralheizung hatte wir schon lange keinen Koks mehr bekommen. Der Kachelofen wurde ohne Briketts auch nicht richtig warm, das Holz wurde knapp.

Wie sind wir nur alle satt geworden? Im Dorf gab es ein Truppenlebensmitteldepot. Eines Tages wurde dessen Inhalt an die Bevölkerung verteilt. Wohl ein Zeichen der aussichtslosen militärischen Lage, doch wir waren erst einmal froh über die langentbehrten Lebensmittel. Ich erinnere mich besonders an Kakaobohnen, an Milchpulver und Zucker, woraus ich etwas Schokoladenähnliches fabrizierte.

Jetzt wurde es Ruth auch bei uns zu gefährlich und sie begab sich mit Ihrer Schwiegermutter abermals auf die Flucht in Richtung Rostock, wo sie noch Bekannte hatten. Zweimal hatte sie schon Sachen für das erwartete Baby eingebüßt. Mutter, die dazu neigte, alles aufzuheben, fand für Ruth noch Kleidung aus meiner eigenen Babyzeit.

Wie mir Ruth später erzählte, fiel der Zeitpunkt ihrer Niederkunft genau auf den Tag, an dem die Russen das kleine Städtchen einnahmen, das sie mit ihrer herzkranken Schwiegermutter auf ihrem Weg

Richtung Rostock erreicht hatte. Sie lag mit anderen Gebärenden zusammen in einer Halle, die die Stadtverwaltung notdürftig eingerichtet hatte und der ein Arzt zugeteilt war. Dieser wurde aber von den Russen zum Trinken gezwungen, sodass er zum Zeitpunkt der Geburt, die wohl sehr schwierig war, volltrunken war und außerstande, Hilfe zu leisten. Ein Wunder sei es gewesen, dass sie und ihr kleiner Sohn überlebten, sagte Ruth.

Auch die aus Bremen Evakuierten waren weitergeflüchtet, nur der Mann und die Frau aus Chemnitz lebten noch bei uns unter dem Dach. Wenn wir Wäsche zum Trocknen auf den Boden hängten, nahmen sie sich, was sie brauchen konnten, ohne zu fragen. Aber das war alles nicht wichtig. Eines Nachts hörten wir von oben merkwürdiges Gemurmel. Der Mann hatte sich ein Radio gebastelt, mit dem er Feindsender hörte, worauf die Todesstrafe stand. Eines Morgens kam er aufgeregt herunter und verkündete schreckensbleich, dass in der kommenden Nacht russische Fallschirmtruppen über unserem Gebiet abspringen würden, er habe es im Radio gehört. Auch uns ergriff Panik. Besonders Mutter machte sich Sorgen um mich. So ließen wir uns überreden und folgten dem Mann am Abend in einen ehemaligen Silberstollen, dessen Eingang schon ganz zugewachsen war. Wir mussten vier Kilometer weit gehen. Mutter hatte etwas zu essen und zu trinken eingepackt. Es wurde eine kalte, schlaflose Nacht, immer in Erwartung schrecklicher Ereignisse. Doch alles blieb ruhig und nichts geschah. Es war wohl eine der demoralisierenden Feindmeldungen gewesen.

Von Osten her rückten die Russen immer weiter in Richtung Chemnitz vor, während von Westen her die Amerikaner im Vormarsch waren. Von weitem hörten wir Geschützdonner. Es war inzwischen Ende April, als wir eine Postkarte von meinem Bruder erhielten. Monatelang hatten wir schon nichts mehr von ihm gehört. Mutter hatte Freudentränen in den Augen, als sie die Karte in den Händen hielt. Allerdings hatte mein Bruder den Text wohl einem Kameraden diktiert, denn die Schrift war uns fremd, nur die Unterschrift war zittrig von seiner Hand geschrieben. Auf der Karte stand, dass Wilhelm in Schlesien verwundet worden und dass er auf dem Wege nach Memmingen im Allgäu sei, da alle angesteuerten Lazarette entweder zerstört oder überfüllt seien. Ein Nachsatz ließ uns ahnen, was er in Schlesien erlebt haben musste: Vor den Russen flieht man bis ans Ende der Welt!

Wir saßen in unserem Bauernzimmer, ratlos. Der Volksempfänger sendete nicht mehr. Wir warn von jeglicher Nachricht abgeschnitten. Wilde Gerüchte kursierten im Dorf, aber niemand wusste Genaueres über die Lage. Sollten wir fliehen, unsere vertraute Umgebung verlassen, das Haus und Hab und Gut im Stich lassen, oder sollten wir bleiben? Mutter wollte zu ihrem Sohn, wollte wissen, wie er verwundet war, wie es ihm ging.

Vater entschloss sich, mit mir am nächsten Tag nach Chemnitz zu gehen, um Fahrkarten nach Memmingen zu besorgen. Zeitig am anderen Morgen machten wir uns auf den Weg. Je näher wir der umkämpften Stadt kamen, umso vorsichtiger mussten wir uns verhalten. Tiefflieger beschossen die Menschen auf den Straßen, sodass wir immer wieder Schutz in den Trümmern suchen mussten. Der Volkssturm hatte primitiv aus Gerümpel Panzersperren errichtet ohnmächtige Verzweiflungstaten. Der Hauptbahnhof war verhältnismäßig wenig beschädigt, und die Menschen drängten sich am Schalter. Wir waren glücklich, als wir endlich drei Fahrkarten nach Memmingen in der Hand hielten. Morgen würden wir dem Kriegsschauplatz entrinnen, und die Vorfreude, Sohn und Bruder wiederzusehen, beflügelte uns.

Wir kamen heil aus der Stadt, da die Straßen in Richtung Süden noch frei waren. Mutter hatte sich den ganzen Tag entsetzliche Sorgen gemacht und war erleichtert, als wir abends heimkamen. Dabei hatte sie schon gepackt. Doch noch am selben Abend erfuhren wir von einem Eisenbahner, der in Dittmannsdorf wohnte, dass an diesem Tag die letzten Züge ab Chemnitz gefahren seien. Von Hof aus würden sie noch fahren.

Was nun? Wir berieten hin und her, doch plötzlich wusste ich es mit zwingender Deutlichkeit und ein Moment der Hellsichtigkeit legte mir die Worte in den Mund: „Ich werde nach Memmingen gehen, dort unten erfüllt sich mein Schicksal!" Es war wie eine Vision der Zukunft, die mich diese pathetischen Worte sprechen ließ.

Vater sagte: „Gut, dann werde ich versuchen, einen Bauern ausfindig zu machen, der uns wenigstens bis Annaberg mit Pferd und Wagen mitnimmt". Aber wer wollte sich schon in diesen Tagen so weit von seinem Hof entfernen? Aber Vater gab nicht so schnell auf. Er erreichte, dass uns ein freundlicher Nachbarsbauer wenigstens ca. 20 km in Richtung Erzgebirge fahren wollte, dann müssten wir sehen, wie wir weiterkämen. Er wolle aber sehr früh losfahren, um am selben Tag wieder zuhause zu sein.

Annaberg hatten wir als erstes Ziel vor Augen, weil dort unsere frühere Hausschneiderin wohnte, die uns vielleicht erst einmal aufnehmen könnte. Vater wollte dann allein zurückkehren, während Mutter und ich Hof als Ziel sahen, um von dort aus zu Wilhelm zu gelangen.

Fieberhaft überlegten wir: Was nehmen wir mit, was ziehen wir an? Mutter meinte, auf der Landstrasse sei das Älteste gut genug: Wetterfeste Kleidung, Wanderschuhe, etwas Warmes, denn im Erzgebirge könne es noch kalt sein. Das war das Wichtigste. Wir glaubten an eine Rückkehr, wenn das Schlimmste vorbei wäre und wir Wilhelm besucht hätten. Trotzdem tat ich einige persönliche Dinge und Bilder, die mir lieb waren, in den großen Wanderrucksack. Mutter brachte ihren Seifenvorrat, damit wir etwas zum Tauschen hätten. Es kam doch mehr zusammen, als wir tragen konnten. Deshalb beschlossen wir, den Handwagen mitzunehmen. Mutter meinte, dann könnten wir auch einen Sack Kartoffeln mitnehmen, so hätten wir wenigstens etwas Essbares bei uns. Wichtel sah gespannt unseren Vorbereitungen zu. Was machen wir mit ihm, war die Frage. Dalassen konnten wir ihn nicht, also nahmen wir ihn mit. Als ob er es verstanden hätte, sprang er freudig um uns herum. Im Dunkeln vergruben wir unser Silber hinter dem Haus.

Die Flucht

Es war am 01.05.1945. Der Pferdekastenwagen stand pünktlich um sechs Uhr vor dem Gartentor. Der Handwagen mit dem Gepäck wurde aufgeladen. Mutter übergab Onkel Georg den Hausschlüssel. Sie wollten auf das Haus aufpassen. Sie wollten dableiben. In ihrem Alter, meinten sie, würde ihnen schon nichts passieren. Sie haben dann doch viel Schlimmes erleben müssen, weil Onkel Georg im Generalstab gewesen war. Tante Fina ist von den Aufregungen und Sorgen um ihn schwer herzkrank geworden.

Schweren Herzens verabschiedeten wir uns, nur Wichtel war voll freudiger Erwartung. Ein letzter wehmütiger Blick auf das verlassene Heim mit dem großen, hölzernen Umgang, auf den Garten mit den Obstbäumen, den Bach, der durch das Grundstück floss. Ich sehe heute noch Mutter in ihrem blauweiß gemusterten Leinendirndl durch den Garten gehen, den sie mit viel Liebe gestaltet hatte. Vielleicht haben meine Eltern geahnt, dass sie ihr geliebtes Dittmannsdorf nie wiedersehen würden.

Es versprach ein sonniger Tag zu werden. Der kräftige Braune zog an und der Weg ins Ungewisse begann. Die Fahrt durch die frühlingshafte Natur beruhigte unsere Nerven, und wir blickten nicht mehr zurück, sondern wandten uns der Zukunft zu. Das Pferd zog uns brav bergauf, bergab, und wir hätten immer so weiterfahren wollen. Doch viel zu schnell wollte der Bauer wieder umkehren und wir mussten zu Fuß weiter gehen. Ich kann nicht mehr sagen, wie weit es von dort noch bis Annaberg war, aber gegen Abend erreichten wir es.

Unsere Schneiderin nahm uns freundlich auf. Bei Ihr hätten wir aber nicht bleiben können, Sie wohnte zu beengt. So zogen wir am nächsten Morgen weiter, denn unser Ziel war ja Hof von wo aus wir mit dem Zug nach Memmingen zu Wilhelm kommen wollten. Vater hatte seinen ursprünglichen Plan, von Annaberg wieder nach Dittmannsdorf zurückzukehren, aufgegeben. Mutter wollte so schnell wie möglich zu ihrem Sohn gelangen, jedoch waren die Gasthäuser mit Soldaten belegt, und Mutter und mich allein auf der Landstraße zu wissen, das wollte er auch nicht.

Ich habe noch ein altes Notizbuch, in dem ich die Stationen unseres Weges aufgeschrieben habe, leider nicht sehr ausführlich. Doch als Gedächtnisstütze ist es sehr hilfreich.

Der Handwagen, besonders bergauf, war schwer zu ziehen. Am 02.05.1945 konnten wir in Schwarzenberg privat ein Nachtquartier bekommen. Eine hilfsbereite Frau bot uns das Zimmer ihres Sohnes an, der beim Militär war. Nach dem anstrengenden Tag schliefen wir, Mutter im Bett, Vater und ich auf dem Boden, tief und fest. Auf einem Korb mit frischgebügelter Wäsche war morgens der Abdruck von Wichtel zu sehen. Er genoss das Wanderleben in vollen Zügen. Frohen Mutes lief er neben dem Handwagen her. Einmal versetzte er uns in Angst und Schrecken. Urplötzlich sauste er ab in den Wald. Seine Jagdlaute entfernten sich weiter und weiter. Würde er wieder an dieselbe Stelle zurückkehren, wie Hundeexperten behaupteten, oder würde er sich in der unbekannten Umgebung verlaufen? Wir hingen so an unserem lustigen, treuen Freund, dass wir ihn nicht verlieren wollten. Und nach einer Stunde bangen Wartens kam er tatsächlich hechelnd wieder aus dem Wald heraus, wo er die Fährte aufgenommen hatte. Unbekümmert lief er weiter; es war erstaunlich, welches Laufpensum er mit seinen kurzen, krummen Beinen bewältigen konnte. Kaum hatten wir uns von dieser Aufregung erholt, brach die Achse des Wandwagens. Glücklicherweise war ein Dorf nicht weit. Dort reparierte uns ein Wagner den Schaden gegen einige Pfund Kartoffeln. Diese kamen uns auch sonst sehr zustatten, denn um einen Teller warme Suppe im Gasthaus zu bekommen, mussten wir pro Person drei Kartoffeln abgeben. Das war mehr oder weniger unsere Ernährung. Die kleinen Lebensmittelläden waren leergekauft, Nachschub gab es nicht mehr. Im Bäckerladen war kein einziges Brot mehr vorhanden. Gegen ein Stück Seife – Mutters Vorsorge war sehr vorausschauend gewesen – erhielten wir bei Bauern einmal etwas Selbstgebackenes oder –geschlachtetes.

Am 3. Mai erreichten wir Eibenstock. Ein einfaches Gasthaus am Rande des Waldes hatte zwei Zimmer für uns. Eine Verschnaufpause tat uns gut. Deutsche Soldaten waren in einem Saal untergebracht.

Mutter war sehr erschöpft, deshalb setzten wir erst am 6. Mai unseren Weg fort. Abends übernachteten wir in einer Turnhalle in Rautenkranz. Überall standen die Dörfler in Gruppen zusammen. Unruhe und Ratlosigkeit waren zu spüren und ergriffen auch uns. Nur schnell weiter, dachten wir uns.

Der 07.05.1945 steht noch deutlich vor meinen Augen. Jägersgrün hieß das kleine Erzgebirgsdorf. Das einzige Gasthaus war mit Soldaten belegt, doch hatte der Wirt zwei Zimmer für uns. Fühlbare Spannung lag in der Luft. Die Soldaten sagten uns, dass die Amerikaner bald da sein würden. Wir wurden Zeugen der erbitterten Debatten, die sich der Bürgermeister, der Partei-Ortsgruppenleiter und der befehlshabende Offizier lieferten. Der Bürgermeister wollte seinen Ort schonen, der Offizier gegen seinen Befehl seine Soldaten. Aber der Ortsgruppenleiter verfocht den „Führerbefehl": Verteidigen. Wie sollte das Häuflein Soldaten gegen die amerikanischen Panzer eine Chance haben? Schüsse waren zu hören, bald auch Motorengeräusch. Dann sah ich, wie ein junger Soldat mit einer Panzerfaust allein die ansteigende Waldstraße hochging. Dieses Bild werde ich nie vergessen. Ich empfand Empörung ob diese, sinnlosen Heldentat und tiefstes Mitleid. „Alle in den Keller", rief der Wirt. Wir konnten die Panzer anrollen hören. Sie hielten vor dem Gasthaus. Einzelne Schüsse - hatten sie den jungen Soldaten getroffen? Ich weiß es nicht. Es war eine kanadische Einheit. Raue Männerstimmen riefen Befehle durchs Haus, schwere Stiefel polterten auf der Holztreppe.

Mir erschienen die zwei Kanadier riesengroß, die plötzlich im Kellereingang standen. Einzeln mussten wir an ihnen vorbei und wurden auf Waffen untersucht. Ohnmächtige Wut stieg, sicher in uns allen, auf, als ein älterer Mann, bloß weil er ein größeres Taschenmesser bei sich trug, geohrfeigt wurde. Nicht verstehen konnte ich einige junge Frauen, die aufgeputzt im Gasthaus saßen und den Kanadiern schöne Augen machten. Dazu fühlte ich zu sehr mit unseren besiegten Soldaten, die ja nur ihre Pflicht getan hatten. Sie hatten ja gar keine andere Wahl.

Jetzt waren wir in amerikanischem Gebiet und unterlagen den Bestimmungen der Besatzungsmacht. Kein Bürger durfte sich von seinem Wohnort entfernen. Wir wussten nicht, was das für uns für Folgen haben würde.

Die Kanadier schleppten Stroh in den Gastraum, um dort zu nächtigen. Wir durften in unseren Zimmern bleiben. Diese noble Geste machte mir Mut, und so meldete ich mich am nächsten Morgen beim befehlshabenden Offizier, um ihm unsere besondere Lage zu schildern. Aber ach, meine Englischkenntnisse! Hätte ich doch in der Schule besser aufgepasst! Aber in der Not ging es dann doch besser, als ich befürchtet hatte. „Bruder schwer verwundet in Süddeutschland, Eltern wollen zu ihrem Sohn, sind mit dem Handwagen auf dem Weg zu ihm, Angst vor den Russen" – so radebrechte ich und vertraute auf seine Menschlichkeit. Er schaute mich an und überlegte, und dann stellte er uns ein Visum aus, mit dem wir die vielen Militärkontrollen passieren konnten.

Am 11. Mai erreichten wir Hof. Doch welche Enttäuschung! Es fuhr auch von dort inzwischen kein Zug mehr. Hof, das war unser Ziel gewesen; von da aus gedachten wir mit dem Zug weiterzukommen. Würden wir die Hunderte von Kilometern mit dem Handwagen zu Fuß bis ins Allgäu kommen? Meine Eltern waren zwar schon bald am Ende ihrer Kräfte, doch wir machten uns auf den Weg in Richtung Berneck. Die Autobahn war der direkteste Weg. Autos fuhren nicht, nur einzelne amerikanische Militärfahrzeuge. Kolonnen von deutschen Landsern zogen von Süden nach Norden und von Norden nach Süden. Alle hatten nur eine Sehnsucht: endlich nach Hause!

Recht mühsam kamen wir voran, war es doch im Fichtelgebirge sehr bergig. Nur Wichtel lief unermüdlich neben dem Handwagen her. Diese Wanderschaft war so recht nach seinem Dackelherzen. Er sorgte oft für Kontakte, und so kamen wir auch mit Paul ins Gespräch. Paul war aus Tübingen, Infanterist, ein gutmütiger Schwabe und Hundefreund, und er half uns, den Handwagen zu ziehen.

So kamen wir nach Bayreuth. Das Städtchen liegt in einer Senke zwischen Fichtelgebirge und Fränkischer Schweiz, an der Autobahn Berlin – München. Wie seit unserem Aufbruch schien die Sonne aus wolkenlosem Himmel. Das konstante Hoch kam uns sehr gelegen, doch war es schon so warm, dass das Gehen sehr anstrengend war.

Vor Berneck brach unser Handwagen endgültig zusammen. Wir berieten uns und kamen zu dem Entschluss, dass sich die Eltern eine Unterkunft suchen, während ich allein mit Paul weiterziehen sollte.

Die Gegend war wunderschön im frischen Maigrün. Ein großer schöner fränkischer Hof zog unsere Blicke auf sich. Da wollten wir erst einmal Rast machen. Es stellte sich heraus, dass die Bauersleute sehr liebenswürdige Menschen waren. Als sie von unserer Lage erfuhren, boten sie gleich den Eltern samt Wichtel eine Bleibe an. Sie hätten noch Platz im Wohnhaus.

Die Eltern wollten nun dort so lange bleiben, bis sich eine Fahrgelegenheit bieten würde. Ich packte meine wenigen Sachen in den großen Wanderrucksack mit Drahtgestell. Mutter gab mir eine Packung griechischer Zigaretten, 100 Stück, die Wilhelm aus Saloniki geschickt hatte, und einige Stücke Seife mit. Wertvolle Tauschobjekte!

Paul wollte selbstverständlich schnell weiter und auch mich zog es meinem Ziel entgegen. Nach kurzem Abschied waren wir bald wieder auf der Straße gen Süden, immer der Sonne entgegen. Der Rucksack wurde mir schwer. Paul wollte ihn mir nicht tragen. Er habe auch alles weggeworfen, ich solle doch das Gleiche tun. Doch das war ja mein notwendiges Gepäck, und so schleppte ich ihn weiter, Kilometer um Kilometer. Die Sonne brannte uns ins Gesicht, Staub und Durst quälten uns. Paul murmelte immerzu vor sich hin: „Moscht, jetzt ein Glas Moscht!"

Zu uns gesellte sich noch ein Bauernsohn aus dem Allgäu namens Hans. Er erwies sich als feiner Kamerad, und ich war froh, auch nach Nürnberg noch einen Begleiter zu haben, denn Paul musste von dort aus nach Westen abbiegen. Ich habe nie erfahren, ob er heil nach Hause gekommen ist zu seinem geliebten „Moscht".

Polen machten die Straßen unsicher, eigneten sich Fahrräder, Uhren und Schmuck an, auch mithilfe von Gewalt. Doch Hans war ein großer, starker Bursche, und so hatte ich keine Angst. Das Quartiermachen wäre für mich ein Problem gewesen, aber nicht für einen Landser. Wir haben überall freundliche Aufnahme gefunden, denn viele Eltern wussten nichts von ihren Söhnen und hofften sicher, dass auch denen irgendwo gastfreie Unterkunft und Nahrung gewährt würde.

Die Menschen hungerten nach Nachrichten. Nach ca. 50 km täglichem Marsch war ich aber kaum noch in der Lage, die vielen Fragen zu beantworten. Wir schliefen, ob im Bett oder im Heu, wie tot. Mit der Zeit wurde ich zum Postboten. Fast in jedem Ort, durch den wir kamen, hatte ich einen Brief abzugeben. Die Empfänger freuten sich über die Lebenszeichen ihrer Verwandten und gaben uns zu essen und zu trinken. Erschwerend hingegen waren die Auffangstellen. Da tauchten plötzlich amerikanische Soldaten auf und mancher Landser, der sich schon auf zuhause freute, landete im Gefangenenlager. Da konnte ich Hans sehr nützlich sein. Kamen wir an einen Ort, ging ich voraus und erkundete die Lage. Manchmal mussten wir einen ziemlichen Umweg machen, um diese Fallen zu umgehen. Oft erlebten wir, dass uns Einwohner entgegenkamen, um die Landser zu warnen. Einmal allerdings standen, wie aus dem Bode gewachsen, amerikanische Soldaten vor uns. Ich konnte die Aufmerksamkeit auf mich lenken. „Hallo Fräulein" – wohl damals ihr meistgebrauchtes Wort. Ich ging auf ihr Geplänkel ein, zeigte ihnen mein Visum und meinen Ausweis und sagte, Hans sei mein „husband". Interessiert schauten sie sich die Bilder meiner Freundinnen an, die ich in aller Eile zuhause in meine Brieftasche gesteckt hatte. „Oh schöne Fräulein", wir lachten und alberten, während Hans betreten dabei stand. Wir durften weiterziehen, und ich hörte den großen Stein von Hans' Herzen plumpsen.

Zwei Wochen war ich nun schon auf der Landstraße unterwegs. Sicher habe ich abenteuerlich ausgesehen: Tiefbraun gebrannt, immer nur flüchtig kalt gewaschen, die Kleider schmutzig und verschwitzt. Jeden Tag die gleiche strahlende Sonne, wenig zu essen und immer Durst. Die schweren Bergstiefel wurden mir lästig.

Am 15. Mai kamen wir abends recht erschöpft nach Weissenburg. Hilfreiche Leute nahmen uns mit zu sich nach Hause. Sicher machten wir einen erbarmungswürdigen Eindruck, denn die Frau holte Eier aus dem Hühnerstall und briet sie auf Speck in der Pfanne. Heißhungrig stürzten wir uns darauf. Vielleicht habe ich auch noch

Kaltes dazu getrunken. Jedenfalls war mir am nächsten Morgen hundeelend. Magen und Darm rebellierten. So fettes Essen war ich nicht mehr gewohnt. Aber jetzt war Memmingen nicht mehr so weit. Wir wollten über Monheim, Donauwörth bis Premach kommen. Dort hatte Hans eine Cousine. Dieser 16. Mai war für mich schlimm. Immerfort musste ich seitwärts in die Büsche. Mit Mühe behielt ich etwas trockenes Brot bei mir. Hans hatte es nichts gemacht. Er wartete wohl immer auf mich, doch morgen würde er in Tannheim, seinem Heimatdorf sein, und so zog es ihn weiter wie ein Pferd, das seinen Stall wittert. Ich wankte immer hinter ihm her. Endlich waren wir in Premach am Haus der Cousine. Ich betrat das Zimmer und konnte noch „Guten Abend" sagen, dann brach ich ohnmächtig zusammen. Als ich wieder zu mir kam, musste ich mich erst zurechtfinden, wo ich war. Ein fremdes Zimmer, ich lag in einem Bett, das mit frischer buntkarierter Bettwäsche überzogen war.

Die Cousine kam mit Kamillentee herein und erklärte mir, dass ich, kaum dass ich wieder bei Besinnung gewesen sei, in einen tiefen Schlaf der Erschöpfung gefallen sei. Jetzt sei es 9 Uhr früh und Hans sei schon auf dem Weg nach Mussen und lasse mich grüßen. Ich konnte mich an nichts mehr erinnern, fühlte mich aber schon viel wohler. Sie setzte sich zu mir und erzählte von sich und ihrer Familie und dass sie Fanny heiße. Fanny ist ja auch mein zweiter Vorname, und so duzten wir uns gleich. Obwohl ich eine Fremde für sie war, begegnete sie mir mit einer Herzlichkeit und Fürsorge, sodass ich nach einem Tag Bettruhe schnell wieder zu Kräften kam. Obwohl auch ihre netten Eltern mich noch dabehalten wollten, hielt es mich nicht länger dort.

Meine Füße sahen schlimm aus. Ich hatte mir Blasen gelaufen, die anfingen zu eitern. Fanny lieh mir deshalb ihr Fahrrad, das ich in Memmingen bei Verwandten von ihr abgeben sollte. Auch ließ ich meinen Schmuck bei ihr, wie sie mir geraten hatte. Mit dem Rad kam ich natürlich schneller voran und spürte die Fußschmerzen weniger. Ich hatte mir ausgerechnet, dass ich bis zum Mittag in Memmingen sein könnte und dann Wilhelm wiedersehen würde. Was würde der für Augen machen! Das Rad war zwar ziemlich alt und klapprig, doch im Vergleich zu meinen Fußmärschen fühlte ich mich beschwingt, besonders bergab genoss ich das Tempo, auch weil ich meinem Ziel nun näher kam.

Es war schon wieder sonnig und warm, aber auf dem Rad gerade angenehm. So nebenbei lernte ich die liebliche Allgäuer Landschaft kennen. Am Horizont erhoben sich die Alpen mit noch schnee-bedeckten Gipfeln. Es war eine wunderschöne Fahrt durch all das Grünen und Blühen. Ich vergaß fast, dass mir immer noch recht übel im Magen war.

Ich folgte den Schildern, auf denen „Memmingen" zu lesen war, die genannten Kilometer wurden immer weniger, und endlich lag das Städtchen unter mir. Ich musste nur noch den Berg hinabfahren. Einen letzten Brief hatte ich noch bei mir, an eine Apotheke adres-siert. Diese lag am Marktplatz. Die Apothekerin war außer sich vor Freude, weil ich ihr ein Lebenszeichen ihrer verheirateten Tochter brachte. Sie hörte sich mit Anteilnahme meine Geschichte an und sah wohl auch, dass es mir gesundheitlich nicht besonders gut ging. Dazu hatte ich auch noch meine Periode bekommen. Sie half mir mit Watte aus der Verlegenheit und versorgte mich mit neuem Ver-bandsmaterial für meine Blasen. Auch gab sie mir Medikamente und kochte mir eine Mehlsuppe. Ich durfte in ihr Bad, um mich frisch zu machen. Dann erklärte sie mir den Weg zum Lazarett im Kranken-haus. (Beim Schreiben kommt mir immer wieder zum Bewusstsein, wie viele Menschen mir in der damaligen Situation hilfreich zur Sei-te gestanden haben.)

Jetzt hatte ich das Krankenhaus gefunden. In freudiger Erwartung fragte ich an der Rezeption: „Bitte, wo liegt Oberleutnant Sieler?" Die Schwester blätterte in dem Patientenverzeichnis, dann schüttel-te sie den Kopf. „Ein Oberleutnant Sieler ist hier nicht bekannt".

Ich war wie vor den Kopf gestoßen. Sie möge doch noch einmal nachfragen, bat ich, das könne nicht sein. An die Möglichkeit, dass Wilhelm verlegt worden sein könnte, hatte ich mit keiner Faser ge-dacht. Die Schwester ging und kam nach einer Weile mit einem Arzt zurück. Der bestätigte mir, dass mein Bruder nicht hier sei. Es könne aber sein, dass er in dem Ausweichlazarett in Legau liege. Legau, 20 km entfernt in Richtung Kempten, sei von den Franzosen besetzt, und sie hätten keine Telefonverbindung, um nachzufragen.

Mir ist noch heute gegenwärtig, wie niedergeschlagen und mutlos ich nach dieser Enttäuschung war. Nochmals 20 km zu Fuß, denn das Rad hatte ich schon abgegeben - das erschien mir auf einmal unüberwindlich. Und würde Wilhelm überhaupt dort sein? Die Aussage des Arztes war auch nicht dazu angetan, mir Mut zu machen: Er meinte, ich würde nicht über die Illerbrücke, die Grenze zur französisch besetzten Zone, kommen. Diese würde von Marokkanern bewacht und niemand dürfe passieren. Auch sei es nicht ratsam, als junges Mädchen in dieser Zeit allein unterwegs zu sein.

Ich ließ mich trotz allem nicht abhalten und vertraute auf meinen Schutzengel. Körperlich geschwächt lief ich mechanisch in der mir angegebenen Richtung. Es war schon später Nachmittag, als ich durch den ersten Ort, Dickenreishausen, kam. Wieder kam mir jemand zu Hilfe. Ich bemerkte, wie mich ein Mann aufmerksam beobachtete. Zögernd blieb ich stehen, worauf er mich ansprach und nach meinem „Wohin" fragte. Ich fasste sofort Vertrauen, und wie überfließend sprudelte ich meine Schwierigkeiten heraus. Er stellte sich als Regierungsrat in Memmingen vor und sagte dann: „Jetzt kommen Sie erst einmal mit mir nach Hause, da können wir in Ruhe beraten". Er bewohnte ein kleines Haus, wo ich auch seine sehr liebenswürdige Frau und seine drei kleinen Kinder kennen lernte.

Ich durfte mit ihnen zu Abend essen. Als die Kinder im Bett waren, wurde eine bis dahin wohlbehütete Flasche Wein aufgemacht. Der ungewohnte Alkohol hob meine Stimmung und mir war, als würde ich diese angenehmen Menschen schon lange kenne. Dabei erfuhr ich alles über die örtlichen Verhältnisse. Der Regierungsrat schlug vor, mich am nächsten Morgen über Feldwege bis zur Iller zu begleiten. Dann bereiteten sie mir ein Nachtlager, und ich schlief beruhigt ein. Irgendwie würde ich es schon schaffen. Nach dem Frühstück brachen wir auf, nachdem ich überaus herzlich von der Frau verabschiedet worden war. Meinen Rucksack ließ ich da, um beweglicher und unauffälliger zu sein. Es war ein Sonntag, die Sonne schien auch heute wieder von einem klaren, tiefblauen Himmel. Von Chemnitz her kannte ich selbst bei schönem Wetter nur einen blassblauen

Himmel. So nahm ich entzückt die liebliche Landschaft in mich auf, die kleinen Wälder als Kulissen für das weite, grüne, mit gelbem Löwenzahn übersäte Weideland. Jenseits der Iller erblickte ich die Barockkirche „Maria Steinbach". „Wenn ich doch schon drüben wäre", seufzte ich, aber mein Begleiter konnte mir, außer mit guten Wünschen, nicht weiter helfen. Er musste wieder umkehren, und nun war ich auf mich selbst gestellt. Ein Gefühl sagte mir: "Wilhelm braucht Dich", und das trieb mich vorwärts. Langsam näherte ich mich der Iller. Von der Höhe aus konnte ich die Posten auf der Brücke, mit geschultertem Gewehr, sehen. Ich versuchte, immer in Deckung zu bleiben, und verkroch mich am Ufer hinter einem Gebüsch, um die Brücke zu beobachten. Nichts tat sich. Ich konnte sehen, dass es nur dunkelhäutige Soldaten waren. Einer von ihnen saß auf einem Stuhl vor dem Wachhäuschen, die anderen patrouillierten auf und ab mit geschultertem Gewehr.

Ich spähte unausgesetzt hinüber. Mein Problem schien mir unlösbar. Fieberhaft sann ich nach einer Möglichkeit, die Grenze zu überwinden. Wären es weiße Franzosen gewesen, hätte ich versucht, ihr Mitleid zu erregen, oder an ihre Ritterlichkeit zu appellieren. Die Marokkaner aber waren für mich unberechenbar. Ich hatte schon zu viel von ihrem heißblütigen Temperament gehört. Auch hatte man mir gesagt, dass sie Schießbefehl hätten, sobald sich eine verdächtige Person zeige, und diese Aussage auch mit Vorkommnissen untermauert. Die Möglichkeit, an anderer Stelle die Iller schwimmend zu überqueren, verwarf ich deshalb. Auch war der Fluss, vom Schmelzwasser der Berge angeschwollen, viel zu reißend.

Plötzlich sah ich eine Gruppe von Leuten, die nach Spaziergängern aussahen, an den Posten vorbeigehen, ohne dass sie angehalten wurden. Sie gingen ganz einfach, die Posten grüßend, vorbei. Ich konnte mir keinen Reim darauf machen. Es waren etwa fünf bis sechs Männer und Frauen, die auf einem ebenen Promenadenweg längs der Iller zusteuerten. Als sie an meinem Versteck vorbeikamen, mischte ich mich wie angelegentlich unter sie. Ich erfuhr, dass sie Patienten eines Lungensanatoriums in Illertissen seien. Sie müssten viel spazieren gehen und dürften jeden Tag um dieselbe Zeit über die Brücke, um auf diesem schönen und bequemen, mit Bänken versehenen

Weg zu promenieren. Als sie meine Geschichte hörten und ich sie um Rat bat, wie ich wohl hinüberkommen könne, meinte ein Mann: „Sie gehen ganz einfach mit uns, die Posten sind so an uns gewöhnt, dass es sicher nicht auffallen wird. Wir werden Sie in unsere Mitte nehmen und untergehakt ganz unbefangen vorbeigehen".

Es war eine Chance. Ich fasste mir ein Herz und ergriff sie. Eine Stunde hielten wir uns auf dem Weg auf, und die angeregte Unterhaltung lenkte mich etwas ab. Doch dann kam der gefürchtete Moment. Ich zwang mich zur Ruhe. Die Angst schnürte mir die Kehle zu, doch es gelang mir, scherzend und plaudernd an den Posten vorbeizugehen und wie ein Kind zu glauben, man sähe mich nicht. Waren die Posten gerade abgelenkt? Ich weiß es nicht. Keine barsche Stimme, die mir galt, nichts Bedrohliches geschah, und als wir drüben zwischen den Häusern waren, plumpste ein Riesenstein von meinem Herzen. Dankbar verabschiedete ich mich von den netten Leuten, die sich mit mir freuten.

Noch eine Stunde zu Fuß bis Legau. Die Ungewissheit, ob mein Bruder auch wirklich dort war, lag mir auf der Seele. Hunger und vor allem meine vereiterten Blasen plagten mich. Doch was half es, das kurze Stück würde ich schon auch noch schaffen. Erst galt es, einen ziemlich steilen Weg bis Lautrach zu überwinden, und dann zog sich die Landstraße, für mich schier endlos, hin. Den Marktflecken Legau mit seiner Kirche, ringsum eingebettet in blühende Wiesen, von sanften Hügeln umgeben, sah ich schon von weitem.

Endlich war ich am Ortseingang angelangt. Ich beschloss, mir erst einmal eine Bleibe zu suchen, denn es war schon später Nachmittag, und ab 21 Uhr mussten alle Einwohner in den Häusern sein. Ich fragte nach einem Gasthaus, in dem ich übernachten könne. „Die Gasthäuser sind alle als Lazarette eingerichtet, da können Sie kein Zimmer bekommen", bekam ich zur Antwort. Also musste ich wieder ein Privatquartier suchen. Ich ging durch den Ort, an einem Bächle entlang, und fand einfach nicht den Mut, an einer Haustür zu klopfen. Bald war ich am Ortsausgang. „So, jetzt das nächstbeste Haus", sagte ich mir, da sah ich auf der gegenüberliegenden Seite eine junge Frau mit einem kleinen Mädchen in einer Hofeinfahrt stehen, die zu mir herüberblickte. Sie hatte mich wohl schon eine Weile beobachtet. Es war merkwürdig, sie war mir sofort sympathisch. Im hellen Sommerkleid, dunkelbraun gebrannt, strahlte sie so viel tatkräftige Frische aus, dass ich spontan zu ihr über die Straße ging. Als ich ihr mein Anliegen vorbrachte, sprach aus ihren schönen braunen Augen warmherzige Anteilnahme. Sie erklärte, sie und ihre vierjährige Tochter Suse wohnten wegen der Fliegerangriffe auf Ulm, wo sie und ihre Eltern zuhause seien hier in der Mussenmühle bei ihrer Tante, der Schwester des Vaters, die einen Müller geheiratet hatte. Wegen des Nachtquartiers müsse ich ihre Tante fragen.

Wir standen vor dem Wohnhaus, an dessen weißgetünchtem Giebel ein blühender Kirschbaum bis hoch zum ersten Stock wuchs. Ein anheimelndes Bild, das ich trotz meiner Erschöpfung in mich aufnahm. Es gab zudem noch einen Bach, der unter dem Haus hervorplätscherte und links neben der breiten Hofeinfahrt einen umzäunten Bauerngarten, dem man sachverständige Pflege ansah. Schön war auch der Blick durch Wohnhaus und „Schopf" (Scheune mit Hühnerstall) hindurch auf weite Wiesen, mit den Allgäuer Alpen im Hintergrund.

Wir bahnten uns durch eine Schar Hühner, Gänse und Enten, die auf ihr Futter warteten, den Weg bis nur niedrigen Haustür. Ich folgte der jungen Frau und dem kleinen Mädchen durch einen schmalen, kühlen Gang, an dessen Ende sich eine Tür befand. Eine weitere Tür rechter Hand stand offen, und man konnte Stimmen von drinnen hören. Um einen Tisch saßen vier Leute beim „Kaffee-Essen", ein grauhaariger, mehlbestäubter Mann saß mir am nächsten. Zu ihm sagte ich schüchtern: „Kann ich heute nacht bei Ihnen schlafen?" Zu meiner Verblüffung großes Gelächter. Frau Albrecht, so hieß die junge Frau, wandte sich an eine große Frau mittleren Alters, mit glatten schwarzen Haaren, in der Mitte gescheitelt und hinten zu einem kleinen Knoten geschlungen. Ihre dunklen Augen sahen mich an, und mir fiel die Ähnlichkeit mit dem kleinen Mädchen sofort auf, sodass ich in ihr die Hausherrin vermutete. Die Müllerin ging mit Frau Albrecht in die Stube nebenan, um zu beraten, während ich etwas verschüchtert am Tisch stand und sah, wie die übrigen sich von einem großen selbstgebackenen Brotlaib Scheiben abschnitten und das Brot in Schüsseln brockten, die mit Milchkaffee gefüllt waren. Man achtete nicht weiter auf mich. Es erschien mir lang, und endlich kam Frau Albrecht wieder und geleitete mich durch eine typische Allgäuer Stube mit weiß gescheuertem Riemenfußboden. Ins Auge fielen vor allem die Fenster, je zwei über Eck angeordnet, vor denen herrlich blühende Töpfe standen. Mein erster Eindruck, dass hier Blumenfreunde wohnen, bestätigte sich. Eine weiß gestrichene Eckbank mit Herrgottswinkel sah recht einladend aus. Der große grüne Kachelofen, von der Küche aus zu heizen, stand in den Raum hinein und bildete eine Nische mit einem Kanapee. Frau Albrecht öffnete eine Tür. Eine steile Treppe führte ins Obergeschoss, und eine saubere kleine Kammer wurde mir angeboten.

Ich wollte nun, da ich eine Bleibe hatte, sofort nach meinem Bruder suchen. Frau Albrecht erkundigte sich, warum ich denn so humple. Ich zeigte ihr meine vereiterten Füße. Sofort eilte sie weg und kam mit fersenlosen Sommerschuhen zurück, die ich dankbar anzog. Die Zeit drängte, wenn ich meinen Bruder an diesem Abend noch finden wollte.

Es gab drei Gasthöfe in Legau. Die „Post", Gasthof „Zum Kreuz", und den Gasthof „Löwen". Zu letzterem ging ich zuerst, es führte ein schmaler Weg zwischen den Häusern Richtung Kirche dorthin. Ich fand ihn gleich, und in der Gaststube fragte ich ein sehr attraktives junges Mädchen: „Ist hier ein Oberleutnant Wilhelm Sieler untergebracht?" Sie zeigte nach oben und sagte wie ganz selbstverständlich: „Ja, er liegt im zweiten Stock, gehen Sie nur die Treppe hoch!"

Das Haus war voll von verwundeten Soldaten, und sie starrten mich neugierig an. Ich stiege eine breite Treppe empor. Zum zweiten Stock war die Treppe viel schmaler und führte in einen großen Vorraum mit vielen Türen. Ich fragte einen Soldaten, und er wies auf eine Tür. Ich klopfte an, und auf ein „Herein" trat ich in ein kleines schmales Zimmer mit zwei Betten. Im hinteren lag wirklich mein Bruder. Er starrte mich an wie einen Geist. Dann rief er, auf das höchste erstaunt, aus: „Ursi, wo kommst Du denn her?".

Wir fielen uns in die Arme, dann sprudelte ich alles durcheinander heraus, bis ich mich etwas beruhigt hatte und seine Fragen der

Reihe nach beantworten konnte. Plötzlich sagte er, er könne schon aufstehen, und schlug die Bettdecke zurück. Da sah ich, dass er nur noch ein Bein hatte, vom anderen war nur noch ein kurzer Stumpf mit einem dicken Verband zu sehen. Er langte nach zwei Krücken, die ich vorher in der Aufregung gar nicht gesehen hatte. Dass er verwundert war, hatte ich ja gewusst, aber nicht, welcher Art die Verwundung war. Ich brachte kein Wort heraus. Als er von der Toilette zurückkam, hatte ich mich dann etwas gefangen. Wir konnten nicht aufhören zu erzählen, doch es war inzwischen fast 21 Uhr geworden und mein Bruder drängte mich zu gehen. Niemand hätte sich getraut, die Sperrzeit zu missachten.

Ich hatte Wilhelm von meinem Quartier in der Mussenmühle und von der hilfsbereiten jungen Frau erzählt. Auf meine nähere Beschreibung stellte sich heraus, dass er ihr bei seinen ersten Gehversuchen auf der Straße schon begegnet war. Auch ihm war sie sofort sympathisch gewesen, besonders durch ihr frisches, offenes Wesen. Die Kirchturmuhr schlug neun Mal, da rannte ich das verschwiegene kleine Wegle lang, schnell noch über die Straße, und dann war ich in der schützende Mühle, wo mich schon Anneline erwartete. Aufgewühlt erzählte ich ihr, wie ich meinen Bruder vorgefunden hatte. Ihre Anteilnahme tat mir gut. Sie merkte, wie müde ich war, und geleitete mich in meine Kammer. Das Bett war mit blütenweißer Wäsche bezogen, sogar ein hübsches Nachthemd lag bereit. Wieder war ich auf einen Menschen gestoßen, der mir hilfreich zur Seite stand.

Anneline zeigte mir noch die Toilette. Dieser Name war allerdings nicht ganz zutreffend, besser passte der landesübliche Ausdruck „Abort". Er lag am Ende einer ans Haus angebauten, zu einer Seite hin offenen Holzgalerie. Ein Brett mit Loch erfüllte seinen Zweck. Ein Abreißkalender mit Sprüchen oder Zeitungspapier standen zur Verfügung.

Trotz Übermüdung konnte ich nicht einschlafen. Meine Gedanken kreisten um meinen Bruder. Dieser große, aktive junge Mann, ein begeisterter Skifahrer und Bergsteiger, wie sollte er mit einem Bein zurechtkommen?

Doch dann forderte der Körper sein Recht, und ich schlief 12 Stunden durch. Unten in der Küche erwartet mich am nächsten Morgen ein märchenhaftes Frühstück: Weißbrot, Butter, Honig, Milchkaffee. Ich war wirklich im Land, wo Milch und Honig fließen. Es gab jedoch keine Transportmöglichkeit. Die vielen Kühe gaben jeden Tag brav ihre Milch, so dass die Milchzentrale und die Käsereien kaum noch wussten, wohin mit ihren nahrhaften Erzeugnissen. Mehl, Eier, Fleisch und Gemüse hatte die Mühle selbst.

Bei dieser lang entbehrten Ernährung erholte ich mich schnell. Nur meine Füße waren in schlimmer Verfassung, die Fersen total vereitert. Anneline holte einen Arzt, der mir auf der Eckbank in der Stube die Eiterbeulen aufschnitt. Ich spüre heute noch den brennenden Schmerz des Desinfektionsmittels.

In der nächsten Zeit verbrachte ich viele Stunden im Lazarett. Wir spielten Karten und Schach, und ich begleitete meinen Bruder auf seinen kurzen Spaziergängen. Kein Wort der Klage kam über seine Lippen. Sicher hatte er große Stumpfschmerzen, doch tapfer und ausdauernd übte er sich im Krückengehen. Von der Müllersfrau, von Anneline „Tante Marie" genannt, bekam ich manchmal für Wilhelm kräftigende Zusatzverpflegung, und so wurde sein Allgemeinzustand allmählich immer besser. Hatte er doch, fast verblutend, auf dem Schlachtfeld gelegen und war nur gerettet worden, weil ihn sein Feldwebel auf den Verbandsplatz getragen hatte. Er habe bei ihm gesessen, so erzählte Wilhelm, und ihm, weiß der Himmel woher, löffelweise Rotwein eingeflößt und ihn so am Leben erhalten. Den großen Blutverlust hatte er aber noch immer nicht ganz verkraftet.

Es war ein fröhliches Lazarett. Schon der Gasthof mit seiner gediegenen Gaststube war anheimelnd, die Wirtsleute Menschen mit Herz. Der Wirt ein schlanker, agiler Mann, der etwas für hübsche, junge Mädchen übrighatte und leidenschaftlich Tarock spielte, was auch ich bald lernte. Die Wirtin, eine mütterliche, warmherzige Frau, war rundlich und gemütvoll. Ihr Reich war die Küche, und ihre landesüblichen Gerichte schmeckten hervorragend. Sie hatten zwei bildhübsche, umschwärmte Töchter. Von der älteren wird noch die Rede sein. Überhaupt wimmelte es im Ort nur so von hübschen

Mädchen, woraus sich allerhand amouröse Affären ergaben.

Dieser kleine Marktflecken hatte damals für mich etwas Operetten-haftes an sich. Schon der Marktplatz mit seinen drei bemalten Gast-höfen und der Kirche wirkte wie eine Kulissen. Kein Auto störte das Bild, mal fuhr ein Pferdefuhrwerk vorbei, mal zogen Kuhherden vorüber. Von den Marokkanern spürten wir nicht allzu viel. Statio-niert waren sie in Leutkirch, in Legau selbst befand sich nur noch ein kleiner Trupp, den der Offizier unter Kontrolle hatte. Das war nicht immer so gewesen, in den ersten Tagen nach der Besetzung waren die Frauen oft Freiwild. Die ältere Wirtstochter hatte mir erzählt, dass der Milchwagen die vergewaltigten Frauen des Mor-gens mit nach Memmingen nahm, um sie gegen eine unerwünschte Schwangerschaft behandeln zu lassen.

Pfingsten kam. Tante Marie hatte eine riesige Buttercremetorte gebacken, zu der sie Wilhelm und seinen Zimmerkameraden einlud. Buttercremetorte! Ich glaube, heute wäre echter Kaviar für mich nicht ein solches Ereignis, wie es damals Buttercremetorte für mich war.

Die Heuernte begann. Nachbarn kamen zum Helfen und auch ich bot mich an. Im Gänsemarsch wurde das Heu gewendet und später gehäufelt. Es sah so leicht aus, aber einem Neuling wie mir fiel es schwer, sich dem Rhythmus anzupassen. „Hinter mit de Mindere" – das galt mir. So bemühte ich mich am Ende der Kolonne mit den anderen Schritt zu halten. Am Abend war ich so ausgetrocknet wie das Heu. Anneline lieh mir einen Badeanzug und wir setzten uns in den Brunnen im Hof, um den Heustaub abzuspülen.

Zur „Brotzeit" wurden zwei Steinkrüge offenes, kühles Bier aus dem Gasthaus geholt. Das war reines Labsal. Die Krüge machten die Runde. Anfangs grauste es mich, besonders wenn am Schnauz-bart des Müllers der Bierschaum hing, den er nach dem nächsten kräftigen Schluck an die Hose wischte. Aber der ungewöhnlich star-ke Durst ließ mich darüber hinwegsehen und das Bier schmeckte mir köstlich. Dazu gab es selbstgebackenes Brot mit hausgemachter Leberwurst oder Geselchtem.

Wenn ich heute daran denke, wie damals im übrigen Deutschland, besonders in den Städten, Hunger und Elend herrschten, hatte ich es wohl wieder einmal einer gütigen Fügung von oben zu verdanken, dass ich in dieser Oase leben durfte. Wie wäre mein Leben verlaufen, wenn wir in Dittmannsdorf geblieben wären? Wäre ich der Vergewaltigung beim Einzug der Russen entgangen? Hätte ich dann 40 Jahre in der DDR leben müssen?

Ich sollte noch deutlicher erkennen, wie gut es für mich gewesen war, der Vision in Dittmannsdorf zu folgen. Zunächst aber war ich in meinem geliebten Süddeutschland, hatte meinen Bruder gefunden, und freundliche Menschen umgaben mich.

An einem Freitagabend war es. Mohrle, eine der Mühlenkatzen, saß auf der Fensterbank und putzte sich. „Wir bekommen heute noch Besuch", sagte Anneline. Kaum hatte sie es ausgesprochen, klopfte es an der Stubentür, und ein junges Mädchen aus Legau, die in Illertissen als Näherin arbeitete, trat ein. Sie reichte Anneline einen Zettel. Erstaunt las sie ihn, und plötzlich stieß sie einen Freudenschrei aus: „Mein Didi ist in Illerbeuren", und wirbelte mich in der Stube herum, indem sie immer wieder ausrief: „Mein Didi ist da, mein Didi ist da!" Sie hatte mir schon von ihrem jüngeren Bruder erzählt, der bei den Gebirgsjägern war. Die letzte Nachricht war vor Wochen aus Österreich gekommen. Er hieß Günther, der Name „Didi" stammte noch aus der Kinderzeit. Auf dem Zettel stand, dass er in Illerbeuren bei einem Bauern untergekommen sei, aber wegen der Franzosen noch nicht nach Legau kommen könne.

Anneline war nun nicht mehr zu halten. Sie musste gleich zu ihm. Aber alleine traute sie sich nicht und bat mich deshalb, mit ihr zu kommen. Auf zwei uralten, klapprigen Fahrrädern fuhren wir bis zur Illerbrücke. Mit ihren Papieren konnte sie passieren, während ich diesseits der Grenze auf sie wartete. Glücklich über das Wiedersehen kam sie nach einer halben Stunden wieder zurück. Wir mussten uns beeilen, um zur Sperrstunde wieder zuhause zu sein.

Man munkelte schon, dass sich die Franzosen bis Leutkirch zurückziehen würden, und bald waren tatsächlich deren Posten auf der Illerbrücke verschwunden. Ich erinnere mich an einen Sonntag im

Juni, als Anneline beim Mittagessen zu mir sagte: „Jetzt kannst Du auch mit über die Brücke. Komm doch mit, dann kannst Du meinen Bruder kennen lernen". Ahnungslos ging ich mit. Ich konnte ja nicht wissen, dass diese Begegnung über mein ganzes späteres Leben entschied. Anneline hatte Suse auf dem Gepäckträger, die sich schon sehr auf ihren Onkel freute. Alles steht noch deutlich vor meinen Augen, wie wir bei herrlichem Sonnenschein in den Hof des Bauernhauses, wo Günther Unterkunft gefunden und bereits die Heuernte mitgemacht hatte, hineinfuhren. Ein Fuder Heu stand noch vor der Scheune, und ich atmete den würzigen Duft ein, der sich bei mir immer mit Kindheitserinnerungen aus Dittmannsdorf verbindet.

In der Haustür stand ein junger Mann. Sehr braun gebrannt, dunkle, lockige Haare, mittelgroß, schlank. Suse hing gleich darauf an seinem Hals, und die Geschwister umarmten sich. Dann stellte mich Anneline vor. Wir gingen in die Stube, und ich setzte mich auf das Sofa. Günther erzählte von seinem abenteuerlichen Fußmarsch von der russischen Front in Österreich südlich von Wien, wo sich die Gebirgsjägerdivision am Tage der Kapitulation am 9. Mai befand, in Richtung Salzburg. Hungrig und immer auf der Hut, nicht in eines der von den Russen eingerichteten Auffanglager zu tappen, erreichte er mit anderen das Gebiet, das von den Amerikanern besetzt war. Die Amerikaner behandelten die deutschen Soldanten sehr fair, doch auch sie richteten ein riesiges Wald-Gefangenenlager bei Mauerkirchen ein, wo sich bald einige Hunderttausend deutscher Soldaten befanden. Die „Verpflegung" war absolut ungenügend; Über acht bis zehn Tage gab es lediglich morgens eine dünne Wassersuppe, sonst den ganzen Tag über nichts, kein Brot, kein Fleisch, nichts, nicht einmal Trinkwasser. Die Amerikaner gingen nun daran, möglichst viele der Gefangenen baldigst zu entlassen, wobei „farmer" und „worker", Bauern und Arbeiter, bevorzugt berücksichtigt wurden. Günther hatte nun insofern Glück, als er infolge seiner guten Englischkenntnisse innerhalb des Lagers als Dolmetscher verwendet wurde. Die Entlassung fand in einem auf einem Bahngeleise abgestellten Zug in einer Reihe von Waggons statt, wo sich in jedem ein amerikanischer Soldat, meist Offizier oder Sergeant, sowie ein deutscher Dolmetscher und ein Schreiber befanden. Diese

Deutschen erhielten amerikanische Verpflegung, und so waren für Günther die paar Wochen, die er sich dort aufhielt, erträglich.

Günther selbst hatte ebenfalls „farmer" als Beruf angegeben und als Heimatort Legau im Allgäu, also die Mühle seines Onkels, denn sein eigentlicher Heimatort Ulm war ja einige Monate zuvor durch Bomben fast völlig zerstört worden.

Die Amerikaner stellten nun täglich Lastwagenkolonnen zusammen, mit denen sie die Entlassenen in bestimmte Heimatgebiete brachten, die Allgäuer z.B. nach Memmingen. Dort wurde er eines Morgens zusammen mit anderen deutschen Landsern ausgeladen und sich selbst überlassen, die Entlassungspapiere in der Tasche. Von Memmingen aus war er sofort Richtung Legau aufgebrochen, aber zunächst auch nur bis Illerbeuren gekommen, weil auf der anderen Seite der Iller die Franzosen waren.

Ich hatte Gelegenheit, ihn zu beobachten. Mir gefielen seine Augen mit den langen, schwarzen Wimpern und seine Hände. An der Unterhaltung beteiligte ich mich kaum, hatten sich die Geschwister ja doch so viel zu erzählen. Auch Anneline hatte viel zu berichten: Ihr Mann war als vermisst gemeldet; von den Eltern berichtete sie, von der jüngeren Schwester, von Onkel und Tante, von den Fliegerangriffen. Die Zeit reichte nicht aus. Wir mussten uns wieder auf den Weg machen.

In den nächsten Tagen wurde es nochmals dramatischer. Da kamen plötzlich mein Bruder und sein Zimmerkamerad in die Mühle. Sie sagten, sie hätten sich heimlich weggeschlichen, da Marokkaner mit Lastwagen vor den Gasthof gefahren seinen. Das Lazarett würde aufgelöst und alle Verwundeten in die französische Zone verlegt. Bis zur bayrischen Grenze würde das Gebiet amerikanisch besetzt. Anneline schlug vor, meinen Bruder und seinen Kameraden auf dem Mühlenboden zu verstecken. Mit Mühe kam Wilhelm die schmale, steile Treppe hoch. Wir bauten sie mit Mehlsäcken zu. Es war bereits höchste Zeit: Unten in der Küche standen schon zwei Marokkaner, die offensichtlich nach ihnen suchten. Waren die beiden vielleicht denunziert worden, da sie ja schon mehrmals in die Mühle gekommen waren? Wir beteuerten, dass wir sie nicht gesehen hätten, doch die Marokkaner glaubten uns nicht. Sie durchsuchten jeden Winkel, machten alle Schränke auf, schauten im Hühnerstall nach, durchstöberten den Schopf. Als sie auf den Mühlenboden stiegen, stockte uns der Atem. Der Müller schüttete gerade einen Sack Korn in den Trichter und die Mahlsteine ratterten so laut, dass man kein Wort verstehen konnte. Es war staubig und dämmrig. Vielleicht waren es die Soldaten leid, die staubigen Winkel zu durchsuchen. Jedenfalls ließen sie es mit einem Blick von der Treppe aus bewenden. Uns fiel ein Stein vom Herzen, als sie abzogen.

Die Wirtsleute vom Gasthof „Löwen" waren damit einverstanden, das Wilhelm weiterhin in seinem Zimmer bleiben konnte. Ich war mir im Klaren darüber, dass nach Abzug der Marokkaner aus Legau wohl Frau Albrechts Bruder in die Mühle ziehen würde. Da wollte ich Platz machen. Auch mir wurde ein Zimmer im „Löwen" eingeräumt. Es war gut, dass ich etwas Geld bei mir hatte. Ich erinnere mich nicht mehr, was ich im „Löwen" bezahlen musste, sicherlich nicht viel, denn die Wirtsleute waren sehr großzügig. In der Mühle habe ich für den Monat Unterkunft und Verpflegung RM 60,00 abgegeben.

Nicht lange darauf standen plötzlich meine Eltern mit Wichtel vor der Tür. Inzwischen waren schon einige Lastwagentransporte mit Butter und Käse von Legau aus möglich, und so hatten sie diese Gelegenheit zur Mitfahrt genutzt. Die große Wiedersehensfreude wurde nur durch den Schock, den Wilhelms schwere Verwundung bei meinen Eltern auslöste, getrübt. Doch wir hatten überlebt und waren zusammen.

Glücklicherweise konnten auch unsere Eltern im „Löwen" bleiben. Wir hatten drei aneinanderliegende Zimmer, die eine lange Glasveranda verband. Diese diente Vaters Zigarrenfertigung. Unterwegs hatte er Tabakblätter aufgetrieben, die nun zum Trocknen auf einer Wäscheleine an der Decke hingen. Die fermentierten Blätter rollte er fachgerecht und in primitiven Modeln, die er sich beim Tischler hatte anfertigen lassen, und reifte sie auf den Fensterbrettern. Mutter bereitete dort ihren selbstgemachten Käse. Runde, gummiartige Taler aus Molke, die man in der Käserei umsonst bekam. Sie sind gesund, meinte sie, und wir aßen sie, mehr ihr zuliebe als aus echtem Hunger. Onkel Walter und Tante Hannah, die im Ruhrgebiet wirklich großen Hunger litten, besuchten uns einmal mit einem Lastwagen. Sie brachten Nadeln, Nägel und Garnrollen mit, die sie durch Beziehungen im Ruhrgebiet bekommen hatten. Damit gingen wir zu Bauern und Käsereien, um sie gegen Käse, Butter und Eier einzutauschen. Es waren oft demütigende Gänge, aber da Eisenwaren und Nähgarn im Allgäu Mangelware waren, war dann doch der Tausch erfolgreich, und sie fuhren mit ihren Schätzen hochbeglückt wieder heim, nachdem sie auch von unserer Wirtin, die von Tante Hannahs etwas schwermütiger Schönheit tief beeindruckt war, extra gut versorgt worden waren. Mutter und ich hamsterten mit dem Rest der Tauschware Äpfel, nach denen ich geradezu süchtig war.

Der Sommer 1945 in Legau war sonnig und heiß. Ich ging öfters in die Mühle, um mitzuhelfen. In Malchow hatte ich ja einiges über Viehzucht und Gartenbau gelernt. Es machte mir Spaß, die Schweine zu füttern, im Garten zu pflanzen und zu hacken, Unkraut zu jäten. Der Misthaufen störte meinen Schönheitssinn, und ich gestaltete ihn zu einem regelmäßigen, großen Würfel um. Nur wenn ich am Samstag die Dielen in der Stube scheuern musste, waren sie Tante Marie nie weiß genug, so viel Mühe ich mir auch gab.

Allmählich wurde nun Günther für mich ein Anziehungspunkt. Wir verstanden uns immer besser. Sonntags radelten wir an die Iller zum Schwimmen. Nach dem kalten Bad rannten wir um die Wette. Obwohl Günther ein sehr schneller Läufer war, hatte er doch Mühe, mich einzuholen. Wir waren jung, endlich konnten wir es sein und dachten nicht an die Zukunft. Die gemeinsamen Spaziergänge, das gemeinsame Kühehüten, alles war schön, wenn wir zusammen waren. Bald duzten wir uns, damals war das schon etwas Besonderes.

Einmal kam eine Nachbarin in die Mühle und berichtete von einem Aushang am Rathaus. Alle Flüchtlinge müssten zu einem bestimmten Termin wieder in ihre Heimat zurückkehren. Günther, der gerade beim Stallausmisten gewesen war, stellte die Gabel in die Ecke und rannte los, um es selbst zu lesen. Als er zurückkam, sagte er erleichtert, es beträfe nur die Evakuierten. Tante Marie meinte spöttische: „Ist man verliebt?"

Langsam fehlte es uns nun doch an Kleidung. Mutter meinte, wenn wir den Koffer aus Karlshafen holen könnten, wäre für jeden von uns etwas dabei. Sie hatte ihrer Freundin, die wegen der Luftangriffe nach Karlshafen zu ihrer Mutter geflüchtet war, einen großen Koffer mit Kleidungsstücken und Bettwäsche mitgegeben. Diese Freundin hatte ein Fuhrgeschäft betrieben, deshalb stand ihr ein Lastwagen zur Verfügung. Das war ein halbes Jahr vor Kriegsende gewesen, als wir noch in keiner Weise ans Weggehen gedacht hatten. „Man kann nie wissen", hatte Mutter gesagt. Mit derselben weisen Voraussicht hatte sie schon ein halbes Jahr zuvor in Kempten im Allgäu ein Konto eröffnet. „Man kann nie wissen", hatte sie abermals fast orakelhaft auf unsere erstaunte Reaktion erwidert. Dieses Geld war jetzt unsere Rettung.

Ja, der Koffer. Wie sollte er nach Legau kommen? Es gab keinen anderen Weg, als ihn selbst zu holen. Es war Anfang Oktober, und warme Sache für den Winter mussten wir haben. Vater und ich, wir wollten uns auf den Weg machen. Fünf Tage waren wir bis Karlshafen, ca. 40 km nördlich von Kassel, unterwegs. Am ersten Tag kamen wir bis Ulm, teils mit Milchautos, teils mit Lastern. Bei Anneline, die inzwischen wieder in Ulm war, konnten wir übernachten. Am zweiten Tag hatten wir Mitfahrgelegenheit bis Göppingen, dann mussten wir einige Kilometer zu Fuß laufen. Doch hatten wieder Glück, bis Stuttgart konnten wir auf einem offenen Holztransporter mitfahren. Durch die Trümmerstadt selbst und dann bis Ludwigsburg ging es wieder zu Fuß, durchs Neckartal bis Heilbronn wieder per Auto. Die Nacht konnten wir dort in einem Massenlager des Deutschen Roten Kreuzes in der Fabrikhalle der Firma Knorr verbringen. Eine Decke auf dem Boden war unser Lager. Mit uns übernachteten noch viele wohnungslos Gewordene der zerstörten Stadt und viele Durchreisende. Vater fiel sofort in tiefen Schlaf, und mir erging es ebenso. Doch dann sollte ich durch empörte Ruhe-Rufe wach werden. Die Ursache war Vater. Sein lautes Schnarchen dröhnte, verstärkt durch eine gute Akustik, durch die leere Halle. Ich rüttelte ihn wach. Er murmelte nur: „Ja, ja", doch nach ein paar Minuten ging es wieder los. Die in ihrer Nachtruhe gestörten Leute wurden immer ärgerlicher. Ich war froh, als der Morgen graute. Sehr früh bekamen wir vom DRK einen Becher heißen Getränks, allgemein „Mucke-fuck" genannt, offiziell als Kaffee deklariert, mit einem Stück Brot. Wir aßen und tranken in einer Nische, um uns den unfreundlichen Blicken unserer Schlafgenossen zu entziehen.

Am dritten Tag konnten wir in einem Güterzug bis Friedberg kommen. Wir hatten etwas Wegzehrung im Rucksack von unserer Legauer Wirtin. Übernachtet haben wir in dem Güterzug. Am vier-ten Tag schlichen wir uns morgens um sechs Uhr in einen anderen Güterzug, der amerikanische Soldaten beförderte. Sie waren nett zu uns und gaben uns von ihrer Verpflegung. Die Nacht im Wartesaal von Kassel war nicht sehr bequem. Am fünften Tag machten wir noch ein Milchauto ausfindig, das nach Trendelburg fuhr und uns mitnahm. Der Fahrer informierte uns, dass von dort ein Milchauto nach Karlshafen fahren würde. Wir erreichten es gerade noch und kamen gegen Abend unverhofft bei Mutters Freundin an. Sie war wohl erfreut, durch uns von Mutter zu hören, doch hatte ich gleich das Gefühl, dass die Freude, uns zu sehen, etwas verhalten war.

Als wir nach dem Koffer fragten, führte sie uns auf den Boden, wo er auch stand. Doch als ich ihn öffnete, war er leer. Auf meine Fra-ge nach dem Inhalt antwortete sie: „Es waren so viele Flüchtlinge und Ausgebombte bei uns. Da habe ich alles verteilt". Sie hatte auch nicht geglaubt, dass wir die Sachen jemals holen würden.

Die ganze Fahrt war also umsonst. Aber was sollten wir machen? In dieser wirren Zeit fragte man in der Not nicht viel nach Mein und Dein. Am nächsten Tag machten wir uns auf den Heimweg, denn in dem Haus auf der Wilhelmshöhe, einer schönen, alten Villa, war kein Platz für uns. Es war vollgestopft mit fremden Leuten. Zu Essen hatten sie auch nichts übrig. Die Heimfahrt dauerte drei Tage. Mit Güterzügen kamen wir besser voran. Bahnhofsübernachtungen wa-ren wir ja schon gewohnt.

In Legau angekommen wurde uns doppelt bewusst, wie gut wir es dort hatten. Mutter war sehr enttäuscht, dass wir mit leeren Hän-den kamen, und war ihrer Freundin gram, dass sie ihre Sachen nicht besser gehütet hatte. Ich bereute die Fahrt nicht. Wir hatten bei schönem Herbstwetter viele mir unbekannte Gegenden und Städte gesehen und viele Menschenschicksale erfahren. Vater wusste sich in außergewöhnlichen Situationen immer zu helfen. Mit ihm konnte man Pferde stehlen.

Aber jetzt drängte sich immer mehr die Frage auf, wie es weitergehen sollte. Irgendetwas musste ich tun, denn der jetzige Zustand konnte ja nicht ewig währen. Ich versuchte, in Memmingen Arbeit zu finden, etwas in Richtung meines Berufes. Die einzige Möglichkeit in dieser Hinsicht bot sich mir bei einem älteren, kauzigen Architekten, der auch Grabsteine beschriftete. Die wurden auch in dieser Zeit gebraucht. Für RM 100,00 im Monat malte ich die Vorlagen für die Grabinschriften, die ich, wenn sie eingemeißelt waren, in Blattgold auszulegen lernte. Ein heikles Geschäft, weil das Blattgold so dünn war. Außerdem hatte ich in der Werkstatt stets klamme Finger, denn bis auf ein Zimmer blieb das ganze Haus ungeheizt. Mein Reißbrett stand im zugigen Flur, und ich holte mir prompt eine Blasenentzündung, weil ich den ganzen Tag über „Eisfüße" hatte. Ich gab es nach drei Monaten auf. Ein Schneider nähte mir aus Uniformstoff einen Trachtenmantel. Nun hatte ich wenigstens einen Wintermantel. Mutter sehe ich immer noch in ihrem Pelzmantel vor mir, den sie trotz Frühjahrswärme bei der Flucht von zuhause klugerweise mitgenommen hatte. Dazu trug sie ihren hellbraunen Trachtenhut.

Ich hatte ein Haus entworfen und die Pläne als Bewerbungsunterlagen zu einem Architekten nach München geschickt. Fieberhaft wartete ich auf Antwort. Doch diese war niederschmetternd: Ich solle lieber Maurer oder Gärtner lernen. Die würden gebraucht. Innenarchitekten gäbe es wie Sand am Meer. Die Zeichnungen wären ganz hübsch, aber viel zu konservativ. Ich war wohl an einen Vertreter modernster Architektur geraten.

Kurz vor Weihnachten wurde unser Gästehaus von amerikanischen Soldaten belegt und wir mussten ausziehen. Uns wurden zwei Zimmer in einem anderen Gasthof zugewiesen. Welch ein Unterschied! Unsere neue Wirtin war geizig und kaltherzig. Polen, die bei ihr als Zwangsarbeiter gearbeitet hatten, hatten ihr aus Rache für die schlechte Behandlung die Scheune angezündet. Wir mussten bei strenger Kälte in ungeheizten Zimmern hausen. Als wir uns ein elektrisches Heizöfchen besorgt hatten, stellte sie uns den Strom ab. Unterm Dach war ein Flüchtlingsehepaar untergebracht. Der Mann holte sich in der eisigen Kälte eine Lungenentzündung und starb daran.

Irgendwie schafften wir es, unser Zimmer ein wenig weihnachtlich herzurichten. Mutter hatte aus gehamsterten Zutaten so etwas wie einen sächsischen, heimatlichen Stollen gezaubert. Der Bäcker hatte ihn für sie gebacken. Heute noch höre ich das Klopfen an der Tür, ein Spalt ging auf und herein flogen ein Paar schwarzer, nagelneuer Skischuhe für mich. Eilige Schritte entfernten sich. Doch ich hatte Günther erkannt. Dieses Geschenk war ungeheuerlich. Später sagte er mir, dass sein Schwager in München sie für ihn organisiert hatte.

Ich habe mich selten so gefreut. Nun konnten wir zusammen zum Skifahren nach Ofterschwand reisen. Skier konnten wir uns leihen. Doch meine Eltern waren recht skeptisch. Sie schickten Wilhelm vor, und er forderte mich scheinheilig zu einem Spaziergang auf, um mich dabei von diesem Vorhaben abzubringen. Seine Argumente waren: Viel zu jung für Dich, als Offizier keine Zukunft. Doch ich ließ mich nicht beirren. Die Vorfreude war viel zu groß. Ich hatte zwar einen sehr sympathischen Assistenzarzt im Memminger Krankenhaus kennen gelernt, als ich für Wilhelm Arznei besorgen musste. Er interessierte sich sehr für mich. Doch obwohl ich mir immer vorgestellt hatte, einmal einen Arzt oder Forscher zu heiraten, weil ich diese Berufe sehr bewunderte, half alles nichts, ich fühlte mich zu Günther hingezogen. Aber ihn zu heiraten, der Gedanke kam mir nicht. Die Tage in Ofterschwand waren herrlich. Wunderschön. Wir wohnten bei sehr einfachen, freundlichen Leuten, deren Tochter aus Legau stammte. Bei Regen waren wir abgefahren, doch dann hatten wir herrliches Winterwetter. Mit Fellen stiegen wir auf, um dann bei Pulverschnee ziemlich waghalsig im Schuss zu Tal zu sausen. Schussfahrten hatte ich am liebsten, doch endeten sie leider häufig mit einem Sturz. In der warmen Küchen kochte ich uns abends auf dem Holzfeuer eine Mahlzeit, die wir mit Heißhunger verschlangen. Dann genehmigten wir uns eine der sorgfältig gehüteten „Chesterfield-Zigaretten", und die Backen glühten in der Wärme des Zimmers.

Am Sonntagabend, den 28.02.1946, war Tanz im „Löwen". Diesen Tag habe ich mir in meinem Kalender dick angestrichen. Günther kam nach dem Melken in den Saal. Stallgeruch entströmte seinen Kleidern. Lebhaft erinnere ich mich an diesen Abend. Er sah mich kaum an und forderte die hübsche Gastwirtstochter Betty zu einem Walzer auf. Eifersucht stieg in mir auf, und trotzig dachte ich: Nächste Woche fahre ich nach München. Den ganzen Abend war ich wortkarg und tanzte nur widerwillig mit ihm. Ich verabschiedete mich, äußerlich kühl, mit den Worten: „Nun trennen sich unsere Wege, ich gehe nach München". Betroffen bat er mich, noch mit in die Mühle zu gehen. Mir war elend zumute, sollte unsere Beziehung so enden?

Onkel und Tante waren schon schlafen gegangen, und wir schlichen uns leise in die Stube. Zunächst schwieg ich beklommen, als Günther plötzlich sagte: „Willst Du meine Frau werden?"

Ich war so verblüfft, an diese Möglichkeit hatte ich überhaupt nicht gedacht. Vom Heiraten hatte ich sehr konservative Vorstellungen. Da musste man eine Existenz haben und eine Wohnung. Außerdem war Günther drei Jahre jünger als ich. Ich warf alle Vorstellungen über Bord, und nur das Eine zählte: Wir brauchten uns nicht zu trennen. Plötzlich war da die Zukunft. Heute noch, nach 40 Jahren, bewahre ich mir die strahlende Erinnerung an diesen Augenblick, der einen absoluten Wendepunkt in meiner Lebensgeschichte darstellte.

Wenige Tage später warf Günther sich in Schale, das heißt, er zog ein frisches Hemd an und dazu seinen Trachtenjanker aus Uniformstoff, um bei Vater um meine Hand anzuhalten. Vater gab sein Jawort, und mit bewegter Stimme sagte er zu Günther: „Urschen war immer unser Sonnenschein, aber sie hat auch viel „Möbsches' ". Möbius war der Mädchenname meiner Harthaer Großmutter Fanny. Bis heute ist Günther noch nicht klar geworden, was Vater damit gemeint haben könnte. Ab und zu, wenn ich etwas überraschend reagiere, sagt Günther: „War das jetzt möbsch?"

Zu Pfingsten war Verlobung. Die Wirtin vom „Löwen" hatte eine Erdbeertorte mit Schlagsahne gestiftet. Für die silbernen

Verlobungsringe hatte Anneline einen echt silbernen Esslöffel gestiftet, den der Juwelier zusätzlich zur Bezahlung verlangt hatte. Die Eltern zeigten sich sehr tolerant, es gab kein einziges negatives Wort mehr über unsere Verbindung. Ihre Sorgen und Bedenken behielten sie für sich. Dass Günther die Mühle einmal erben sollte, stand eigentlich schon fest. Onkel und Tante hatten ihn schon als kleines Kind adoptieren wollen, da sie selbst keine Kinder bekommen konnten. Die Sommerferien hatte er stets in der Mühle verbracht. Es war seine zweite Heimat geworden. Heute noch hat er die schönsten Kindheitserinnerungen an Legau. Die Vorstellung, dass einer aus der Familie wieder etwas Eigenes haben würde, gefiel auch meinen Eltern.

Im Hinblick auf dieses Erbe ging Günther im Frühjahr 1946 in die Waldmühle nach Ottobeuren, um das Müllerhandwerk auch in einem fremden Betriebe kennen zu lernen. Damit begrub er die Pläne, eventuell noch zu studieren oder, wie sein Vater vorgeschlagen hatte, wie er selbst zur Ulmer Stadtverwaltung zu gehen.

Die Waldmühle war die größte in der Gegend, ein Musterbetrieb auch in der Viehwirtschaft. Einmal war sie Reichssieger in der Milchleistung geworden. Ich besuchte ihn oft. Im Kuhstall konnte man fast vom Boden essen, während man es bei den Menschen mit der Sauberkeit nicht so genau nahm. Wenn ich ihn besuchte, durfte ich am Tisch der „Herrschaft" mitessen. Auf einer vor Flecken strotzenden Tischdecke gab es Teller, während das Gesinde in einem Nebenraum aus einer gemeinsamen Schüssel aß. Als die Suppe ausgeschöpft war, bediente sich erst mal der Foxterrier, indem er von den Tellern probierte, was niemanden störte. Einmal kam der Hausherr gerade vom Jauchen. Ungewaschen, mit bespritzten Händen und Kleidern setzt er sich zu Tisch und verbreitete einen recht ländlichen Geruch.

Der Weg von Legau zur Waldmühle war für mich mit dem klapprigen Fahrrad sehr beschwerlich und weit. Als ich dann einmal auf dem steilen, steinigen Waldweg stürzte und blutend und humpelnd, mit zerrissenen Strümpfen in die Waldmühle kam, suchten wir nach einer anderen Lösung. Das Getrenntsein fiel uns schwer. So kam ich auf die Idee, am Klosterkrankenhaus in Ottobeuren als Kochlehrling zu arbeiten. Sogleich sprach ich bei der Frau Oberin, einer feinen älteren, gebildeten und weltklugen Nonne, vor. Als ich sagte, dass ich evangelisch sei, zögerte Sie erst meinte aber dann, man könne es gegen Kost und Logis versuchen, denn sie könnte wohl Hilfe in der Küche gebrauchen. Logis bestand aus einem Schlafplatz in einer Dachkammer, die ich mit einem Küchenmädchen vom Lande teilte. Was war das für ein unangenehmer Geruch da drin?! Ich riss sofort die Dachluke auf. Bald war mir die Ursache klar. Das Mädchen zog das Nachthemd über die schmuddelige Unterwäsche. „Man darf sich nicht nackt sehen, das ist unkeusch", erklärte sie mir. Aus diesem Grunde konnte sie ja nun auch nicht baden, und sicher hat sie dann auch nur ihr Gesicht gewaschen. Ich benutzte den Waschraum für die Patienten, was mir den Spitznamen „Dame" eintrug. Vieles erweckte meinen Widerspruch. Zwei Flüchtlingsfrauen, die mit mir in der Küche arbeiteten, durften nur am Sonntag in die Klosterkapelle. Für die schöne barocke Basilika hatten sie keine „Sonntagskleider". Auch wurde für den kranken Herrn Pfarrer extra serviert: bestes Essen, mit Sorgfalt in einzelnen Schüsseln angerichtet, während die verwundeten Soldaten in einem großen Saal nur etwas Zusammengekochtes auf Blechtellern gereicht bekamen. Sie hatten ständig Hunger. Ich steckte ihnen heimlich Esswaren zu, die ich aus der wohlgefüllten Speisekammer ohne Skrupel entnahm und unter der Schürze versteckte.

Wollte ich abends zu Günther, hieß es: Man dürfe seinen Verlobten nicht so oft sehen, das sei nicht gut für die Liebe, und ich bekam keinen Ausgang, sodass uns nur die Sonntage blieben. In der Küche musste ich ganz schön schuften. Vom Gemüseputzen, Spülen und Wischen mit Sodalauge waren meine Hände rot und rau. Handcreme war nicht zu bekommen. Zum Kochen lernen war nicht viel Gelegenheit: Haferflockenschmarren, Semmelschnitten und Scheiterhaufen habe ich in meinem Kalender notiert. Mein Gastspiel war nur kurz. Frau Oberin rief mich bald zu sich und meinte, ich passe doch nicht so richtig ins Kloster. Für Günther war die Zeit in der Waldmühle auch bald zu Ende, denn er wurde zur Heuernte in der Mussenmühle gebraucht.

Anfang Juli fuhr ich allein nach Chemnitz. Wenn ich gewusst hätte, was mir bevorstand, hätte ich die Reise nicht gemacht. Aber wir brauchten dringend Geld. Wilhelm wollte nach Heidelberg, um dort sein Studium abzuschließen. Die Wahl war auf mich gefallen, da ich politisch unbelastet war. Günther wollte mich nicht fahren lassen, doch ich war unbekümmert. Obwohl ich wusste, dass die Grenze zur russisch besetzten Zone absolut dicht gemacht worden war und Passierscheine nicht zu bekommen waren.

In zwei Tagen gelangte ich bis Hof, teils per Anhalter, teils mit Zügen, die sehr unregelmäßig fuhren. Es verlief ähnlich wie die Fahrt nach Karlshafen. Das DRK war wieder hilfreich. Ich konnte dort übernachten, als ich nachts um zwei Uhr in Nürnberg ankam. Heißer Kaffee in Blechbechern stand immer bereit.

In Hof auf dem Bahnhof war es trostlos. Zerlumpte Gestalten schlichen, um Brot oder Zigaretten bettelnd, von Tisch zu Tisch. Ich getraute mich kaum, von meinem mitgebrachten Proviant zu essen. Gierige Blicke verfolgten mich, und als ich eine von den Zigaretten, die Günther mir mitgegeben hatte, rauchte, stürzten sich mehrere auf die Kippe.

Wie sollte ich nur über die Grenze kommen? Ich ging zur Flüchtlingskommission. Dort riet man mir entschieden ab, schwarz hinüberzugehen. Es sei viel zu gefährlich, denn die Grenze würde scharf bewacht und kontrolliert. Den ganzen Tag über erkundigte ich mich überall nach Möglichkeiten, über die Grenze zu gelangen. Der ganze Bahnhof war voll kampierender Menschen, die auf einen Zug warteten oder nicht wussten, wohin sie gehen sollten. Man sagte mir, ein Grenzlotse sei verhaftet worden, der Leute durch die Wälder über die Grenze geleitet habe. Bei solchen Versuchen habe es schon einige von den Russen erschossen Tote gegeben. Außerdem sei jetzt gerade Vollmond, da sei ein Durchkommen unmöglich.

Verzagen beschlich mich, doch ich wollte auf keinen Fall unverrichteter Dinge zurückfahren. Wieder verbrachte ich eine Nacht im Wartesaal, fast schlaflos. Am Morgen sah meine Lage genauso schwierig aus, wie am vergangenen Tag. Aber wenigstens war ich nicht allein. Seit Tagen war von Hof aus kein Zug in die russische Zone abgefahren, und die Menschen warteten und warteten. Die meisten von ihnen hatten Grenzpapiere. Im Laufe der Zeit stellte sich so eine Art Zusammengehörigkeitsgefühl unter den vielen Wartenden ein. Man unterhielt und beriet sich und erfuhr viel Anteilnahme und gute Ratschläge. Am vierten Tag eilte das Gerücht von Mund zu Munde, dass heute ein Zug fahren sollte.

Das Herz schlug mir höher. Jetzt wurde es ernst. Eine kleine Gruppe von Leuten versicherte mir, dass sie mir helfen wollten. Der Güterzug, der tatsächlich am späten Abend bereitstand, befand sich schon auf russischem Gebiet. Ich erinnere mich, dass wir die Waggons nicht normal bestiegen, sondern von russischen Soldaten hineingetrieben wurden. Diese Soldaten gaben lautstarke Befehle, die wir nicht verstanden. Berittene umkreisten den Zug. Die Türen wurden geschlossen, die Kontrolle begann. Meine Helfer rieten mir, mich in eine Ecke zu kauern, und legten das Gepäck auf mich, obendrauf meinen großen Fluchtrucksack. Die Löwenwirtin hatte mir eine Flasche Schnaps mitgegeben zum Tauschen für alle Fälle. Proviant und Zigaretten waren auch darin. Nach kurzer Zeit schon taten mir in dieser unbequemen Kauerstellung die Beine weh. Eine Ewigkeit musste ich diese Tortur aushalten. Ich hörte die russischen Laute näher kommen und hielt den Atem an. Plötzlich fühlte ich über mir, wie sie sich an dem Gepäck zu schaffen machten. Würden sie mich entdecken? Doch sie gingen Gott sei Dank weiter, und nachdem der Zug sich in Bewegung gesetzt hatte, gruben mich meine Helfer aus. Ich konnte kaum noch gerade stehen, so schmerzten meine Beine. Dann entdeckte ich, dass die Schnapsflasche und die Zigaretten weg waren. Jetzt machten sich die schlaflosen Nächte und die überstandene Aufregung bemerkbar und ich sank in eine Ecke in einen Erschöpfungshalbschlaf. Bis Plauen ging alles gut. Dann hieß es plötzlich, der Zug würde plombiert und alle „Fahrgäste" kämen in Dresden in ein Lager zur Entlausung. Ich musste also hinaus. Der Bahnhof von Plauen war hell erleuchtet und man hörte ständig diese lauten Kommandos der Russen. Schnell öffneten meine Helfer die Waggontür, und ich sprang auf der dem Bahnsteig gegenüberliegenden Seite aus dem Zug in die Dunkelheit und ließ mich einen Abhang hinunterrollen, wo ich in Deckung blieb, bis der Zug weitergefahren und die Lichter erloschen waren. Meinen Rucksack hatte man mir nachgeworfen.

Ich glaube, es war so gegen 23 Uhr, als ich mich aufraffte und durch den Stadtrand von Plauen irrte, ohne zu wissen, wie es weitergehen sollte. Kein Mensch war auf der Straße, bis plötzlich drei betrunkene, grölende russische Soldaten auftauchten. Da bekam ich, teils aus Angst, teils vor Erschöpfung, einen schier irrsinnigen Weinkrampf. Das war meine Rettung. Die russische Seele sprach. Der eine Soldat streichelte mich, um mich zu beruhigen, und dann zogen sie weiter.

Ich lief eilig zum Bahnhof zurück, ich wollte unter Leute, ins Licht, egal, was würde. Morgens um fünf Uhr ging ein Arbeiterzug. Ich löste eine Fahrkarte nach Chemnitz und bestieg diesen Zug, ohne dass mich jemand behelligte. Ein glücklicher Zufall kam mir zu Hilfe. Ich traf eine ehemalige Schulkameradin, mit der ich sehr befreundet gewesen war, die zur Arbeit nach Chemnitz fuhr. Das Wiedersehen war eine echte Überraschung. Sie bot mir an auf der Rückreise, in Glauchau, wo sie bei ihren Eltern wohnte, zu übernachten.

Es gelang mir, in Chemnitz bei der Bank RM 2.000,00 Bargeld und wichtige Papiere zu bekommen. In Dittmannsdorf traf ich Tante Fina völlig apathisch auf dem Sofa liegend an. Die Aufregungen waren zu viel für ihr Herz gewesen, besonders die Sorge um Onkel Georg, der trotz seiner 80 Jahre als ehemaliges Mitglied des Generalstabs in Zschopau eingesperrt worden war. Unser eigenes Häuschen war belegt mit einer kinderreichen Familie. Die Katze fraß aus Meissener Porzellan. Das viele Obst störte die Frau, es mache ja so viel Arbeit. Ich wusste nicht, was ich sagen sollte. Großzügig gestatten sie mir, ein „Andenken" mitzunehmen. Einen Meissener Aschenbecher mit einem Vogelpaar aus meinem Zimmer nahm ich mit.

Mein Besuch in Hartha war bedrückend. Tante Alma war geistig verwirrt. Ein Sohn war beim Volkssturm gefallen und ein Sohn erschossen worden, als er die weiße Fahne hisste. Das war zu viel für sie gewesen. Beim Essen lachte sie schaurig und warf mit abgegessenen Hühnerbeinen um sich. Ihr Mann gab mir aus den Beständen seiner Fabrik einige Meter Schottenstoff mit, die ich in meinem Rucksack verstaute.

In Chemnitz standen überall Holzbarrikaden vor den russischen Quartieren. Pausenlos tönten Parolen aus Lautsprechern. Ich dachte: So schnell wie möglich wieder in den Westen. Aber inzwischen war die Falle wohl völlig zugeschnappt. Die Grenze war hermetisch abgeriegelt. Niemand durfte passieren. Ich geriet in Panikstimmung. Man sagte mir, über Thüringen ginge es noch am besten.

Von Chemnitz aus fuhr ich erst einmal nach Glauchau zu meiner ehemaligen Schulfreundin. Ihre Eltern nahmen mich mit großer Herzlichkeit auf. Meine Freundin erklärte sich bereit, den größten Teil des Bargeldes hundertmarkweise in Briefen an mich zu schicken, denn es sei bei meinem Vorhaben, die Grenze illegal zu passieren, nicht ratsam, für damalige Verhältnisse so viel Geld bei sich zu tragen. Wir erhielten dann auch pünktlich die Briefe, jeweils mit RM 100,00. Doch bekam ich nach geraumer Zeit eine amtliche Aufforderung, mich in München zu melden. Ich hatte keine Ahnung, was da vorliegen könnte. Nach langen Verhören wurde mir endlich mitgeteilt, dass ich als Ostspionin verdächtigt würde. Doch nach zwei Tagen hatte man sich von meiner Harmlosigkeit überzeugt. Bei der Briefzensur war ihnen aufgefallen, dass ich regelmäßig Geld aus der russischen Zone erhielt.

In meinem Kalender steht: „5-Uhr-Zug von Saugerhausen nach Gößnitz, Gera, Erfurt, Gotha, Leinefelde Silberhausen. 30 km zu Fuß nach Dingelstädt." In Gera geschah es. Ich saß im Zug und merkte, wie mich ein Mann fixierte. In meinem Trachtenmantel, mit Bergschuhen und dem großen Rucksack war mir der Grenzgänger anzusehen. Plötzlich kam ein Polizist auf mich zu und verlangte meine Papiere. „Kommen Sie mit", sagte er barsch, und ich musste mit aussteigen. Ich war sicher, dass der Mann, der mir aufgefallen war, mich denunziert hatte. Unter seinem triumphierenden Blick ging der Polizist mit mir einige Ecken weiter. Als wir aus dem Blickfeld waren, zischte er mir zu: „Verschwinden Sie rasch". Wieder einmal hatte ich Glück gehabt. Bis der nächste Zug ging, musste ich lange warten und verhielt mich so gut wie möglich unauffällig.

„In Dingelstädt im Kaffeehaus übernachtet", das steht im Kalender, aber ich kann mich nicht daran erinnern. Ich wünschte, ich hätte meine Notizen etwas ausführlicher gemacht. Weiter ist zu lesen: „5.00 Uhr nach Geismar". Als ich aussteigen wollte, sah ich einen Trupp berittener russischer Soldaten heransprengen. Sofort stieg ich auf der anderen Seite aus. Zum Glück stand da der Grenzzug zur Rückfahrt bereit. Einige Leute saßen schon drinnen. Ich musste mit jemandem reden, weil ich mir keinen Rat mehr wusste. Ein Mann gab mir im Vertrauen eine Adresse in Hildebrantshausen. Da wisse er einen jungen Mann, der für RM 100,00 Leute über die Grenze führe. Zwar hatte ich schon von Gerüchten gehört, dass Grenzgänger beraubt und niedergeschlagen worden seien. Aber es gab keinen anderen Weg für mich. Über Legenfeld am Stein kam ich nachmittags in Hildebrantshausen an. Diese Gegend im Thüringer Wald war wunderschön.

Vom Himmel strahlte die Sonne, es war sehr warm und mein Mantel war mir lästig, der Rucksack schwer. Um nicht aufzufallen, versteckte ich Mantel und Rucksack im Gebüsch und begab mich zu der mir empfohlenen Adresse. Ich klingelte, und der Mann, der mir öffnete, flößte mir sofort Vertrauen ein. Er erklärte sich einverstanden. Die beste Zeit sei morgen Mittag, meinte er. Er würde mit einem Beil, als Waldarbeiter getarnt, voraus gehen. Mein Gepäck müsse ich selbst tragen, zu seiner Sicherheit. Wie ich die Nacht verbrachte, weiß ich nicht mehr. Die Zeit wurde mir lang, bis endlich der vereinbarte Zeitpunkt herangekommen war. Wir trafen uns außerhalb des Ortes. Er riet mir, den Mantel anzuziehen; durch die graugrüne Farbe sei ich besser getarnt.

Die Grenze verlief auf dem bewaldeten Kamm. Wir mussten einen steilen Wiesenhang, völlig deckungslos, hinauf gehen. Die Sonne brannte herab, und ich hatte Mühe, in dem dicken Mantel und mit dem Rucksack, in größerem Abstand zu folgen. Oben hinter einem Gebüsch wartete mein Führer auf mich. Noch einige Meter durch den Wald, dann kamen wir an den Längsweg, auf dem die Grenzposten patrouillierten. Ich solle ihm jetzt das Geld geben, denn über den Weg müsse ich allein gehen, sobald er das Kommando geben würde.

Getarnt lauerten wir und sahen zwei Soldaten mit geschultertem

Gewehr vorbeigehen. Nach ein paar Minuten flüsterte mein Begleiter: „jetzt", und ich rannte los. Auf der anderen Seite ging es steil bergab. Ich kugelte förmlich ins Tag hinab und blieb unten völlig erschöpft liegen, aber mit einer solchen Erleichterung, dass ich sie kaum beschreiben kann.

In weiteren zwei Tagen war ich wieder in Legau. Manchmal hatte ich geglaubt, dass ich nie wieder zurückkommen würde. Später hörte ich, dass Menschen ohne Papiere nach Sibirien verschleppt worden waren.

Die Hochzeit

Im Herbst waren wir des Getrenntseins müde und beschlossen, zu Weihnachten zu heiraten. Wir teilten es unseren Eltern mit. Sie waren einverstanden. Es hatte bei meinen Eltern Bedenken gegeben, hatten sie sich doch für ihre Tochter einen gesicherten Start gewünscht. Sie selbst standen vor einem Existenzneubeginn, nachdem nun endgültig in der Heimat alles, was nicht ohnehin schon den Bomben zum Opfer gefallen, enteignet worden war. Mein Vater versuchte es mit dem Aufbau einer eigenen Versicherungsagentur und war zu diesem Zweck nach Wolfenbüttel gezogen, weil ihm dort ein Angebot gemacht worden war. Er hauste in einem kleinen Zimmer, während meine Mutter noch in Legau in einer kleinen Dachwohnung im Haus eines dortigen Arztes bleiben konnte. Mein Bruder war in Heidelberg, um seinen Dr. jur. zu machen. Ich hatte ein winziges Zimmer in Stuttgart, wo ich bei einem Architekten arbeitete. So war die Familie auseinandergerissen und traf sich nur zu Feiertagen in Legau.

Nun wollte ich heiraten, ohne jegliche Aussteuer, einen Mann, der zur Zeit als Mahlknecht in einer Mühle arbeitete. Und dieses Erbe war auch noch ungewiss, denn ein schriftlicher Vertrag lag nicht vor. Der erlernte Offiziersberuf meines Verlobten nützte ihm auch nichts mehr, nur das Kriegs-Notabitur auf dem Gymnasium in Ulm blieb ihm.

So kann man verstehen, dass meine Mutter sich alles anders vorgestellt hatte. Aber sie mochte Günther sehr, und da wir so zuversichtlich waren, schickte sie sich drein.

In normalen Zeiten war es üblich, dass die Brauteltern die Hochzeit ausrichteten. Das bereitete Mutter Kopfzerbrechen. Die Gasthäuser waren von Amerikanern besetzt, wo sollte man das Essen herbekommen? Und Platz für die Gäste war ja auch nicht in der kleinen Dachwohnung im Arzthaus. So nahm sie schweren Herzens den Vorschlag von Günthers Tante an, die Hochzeit in der Mühle zu feiern. Mit Tante Marie verstand ich mich recht gut, aber Onkel Xaver sah diese Verbindung nicht gerne: Eine „von drüben", evangelisch, kein Geld, und noch dazu keine Bäuerin, das waren in seinen Augen keine Vorzüge. Das nächste Problem war: Was sollte ich in der Kirche anziehen? Wir konnten eine Wehrmachtsdecke auftreiben, die wir schwarz färben ließen. Ein Schneider erbarmte sich meiner und machte mir ein Kostüm daraus. Für eine Flasche Schnaps, ich weiß nicht mehr, woher wir die hatten, erstand ich ein Paar derber Halbschuhe. Etwas Besseres war nicht aufzutreiben. Ich fühlte mich nicht sehr wohl in diesen unkleidsamen Sachen, aber ich setzte mich darüber hinweg.

Günther hatte sich aus seiner ehemaligen Uniform einen Trachtenjanker machen lassen, der ihm gut stand. Ich hatte mich mit einer „katholischen" Trauung einverstanden erklärt, mit Blick auf die streng katholische Landbevölkerung, falls wir in der Mühle leben würden. Mir und Günther war die Konfession nicht so wichtig. Allerdings mussten wir beide in die „Brautschule", ehe wir die Erlaubnis für die kirchlichen Trauung bekamen, weil ich ja evangelisch war. Dazu mussten wir uns einige Tage vor der Trauung zu einem bestimmten Termin abends im Pfarrhaus einfinden. Wir wurden von der Haushälterin des Pfarrers in die große Küche geführt mit den Worten: „Herr Pfarrer kommt gleich". Mir war etwas bänglich zumute, weil ich nicht wusste, was mich erwarten würde. Nach einiger Zeit betrat der Herr Pfarrer, ein Mann zwischen 60 und 70 Jahren, im schwarzen Anzug, die Bibel in der Hand, den Raum. Er war mir auf den ersten Blick sympathisch. Seine Frömmigkeit hatte für mich nichts Bedrückendes an sich, sondern seine verständnisvollen

Worte im ökumenischen Sinn machten es mir leicht, diesen Schritt zu tun. Der Ritus der katholischen Kirche erforderte, dass ich ein Gelübde auf die Bibel leisten musste:

1. Ich bin einverstanden, meine Kinder im katholischen Glauben zu erziehen (damals habe ich nicht übersehen, dass das doch einige Schwierigkeiten bereiten würde).

2. Dass ich meinen Mann nicht an der Ausübung seines Glaubens hindern werde.

Es gab auch noch eine dritte Bedingung, auf die ich mich leider nicht mehr im Detail besinnen kann.

Nach der Zeremonie unterhielten wir uns noch sehr angeregt, und der Herr Pfarrer erzählte von seiner früheren Tätigkeit als Gefängnispfarrer in Australien. Dies erklärte mir seine menschliche, weltoffene Art. Mit vielen guten Wünschen verabschiedete er uns.

Für den zweiten Weihnachtstag war die kirchliche Trauung, im Anschluss an die 9.00-Uhr-Messe angesetzt.

Der 26. Dezember 1947 war, mit recht winterlichen Temperaturen, angebrochen. Wir waren sehr früh aufgestanden. Meine Mutter war sehr aufgeregt, zupfte dauernd an mir herum, trieb meinen Vater zur Eile an. Wichtel, der die Aufregung spürte, sprang uns in der engen Wohnung dauernd zwischen den Beinen herum. Um 8:30 Uhr sollten wir auf dem Standesamt sein.

Das Standesamt bestand aus einem Zimmer in dem kleinen Rathaus gegenüber der Kirche. Als wir hinkamen, erwartet uns bereits Günther vor der Tür, und wir stiegen zusammen die schmale Treppe hinauf in den ersten Stock. Dort wartete schon die Familie. Mein Bruder und Günthers Schwester Anneline, die Trauzeugen. Außerdem Günthers Eltern und seine zweite Schwester Viktoria mit ihrem um 20 Jahre älteren Mann. Und natürlich Onkel Xaver und Tante Marie von der Mühle. Tante Marie, groß, stattlich, mit schmalem Kopf, noch betont durch die straff nach hinten zu einem Knoten frisierten, dunklen Haare. Sie war karg in ihren Gefühlsäußerungen, aber in ihren fast schwarzen Augen konnte man ihr Temperament vermuten. Sie war geistig beweglich, feinsinnig und eine große

Blumenfreundin; sie war die dominierende Persönlichkeit, während Onkel Xaver mit seiner eher vierschrötigen Gestalt und seinem grauen, breiten Schädel bäuerisch wirkte. Bei Tante Marie erkannte man deutlich die Familienähnlichkeit mit ihrem Bruder, Günthers Vater.

Nun traf der Bürgermeister ein und vollzog die standesamtlich Trauung. Es ging alles sehr schnell, ein paar Worte des Bürgermeisters, dann musste ich zum ersten Mal mit meinem neuen Namen unterschreiben. Alle Anwesenden gratulierten, nur Onkel Xaver wendete sich brüsk ab, ohne mir die Hand zu reichen. Wir zogen alle in die Kirche.

Es waren sehr viele Leute zur Feiertagsmesse gekommen. Günther und ich wurden vom Messdiener zu zwei Stühlen direkt vor dem Altar geleitet. Orgelklänge ertönten, der Pfarrer erschien mit den Ministranten, und der Gottesdienst begann. Die schöne Kirche im süddeutschen Barockstil, die mir fremden mystischen Riten, der Gesang - alles machte einen starken Eindruck auf mich. Meine Augen blickten nach oben und ich sah das Deckengemälde mit Gottvater. Die Engel unter ihm schienen wohlwollend auf uns herabzublicken. Ich war so in Gedanken versunken, dass Günther mich anstubsen musste, da ich sitzen geblieben war, als wir niederknien sollten. Die Predigt war ganz persönlich an uns gerichtet. Der Pfarrer sprach über die Liebe und flocht viel Persönliches ein, das wir ihm erzählt hatten: Von unseren Fluchtwegen, die uns in Legau zusammengeführten hatten, von der Geschwisterliebe, die mich den weiten Weg geführt hatte. Es war eine wunderschöne Predigt.

Plötzlich klang von der Empore eine herrliche Altstimme mit dem Lied: „So nimm denn meine Hände und führe mich".

Das war die Überraschung meiner Mutter. In Legau war die Frau des Oberbürgermeisters von Augsburg mit ihren zwei Kindern als Evakuierte wohnhaft. Sei war von Beruf Opernsängerin. Da meine Mutter des öfteren ihre Kinder hütete, wenn sie abwesend sein musste, hatte sie meiner Mutter den Wunsch erfüllt, zu unserer Hochzeit in der Kirche zu singen.

Das war eine feierliche Einstimmung für die eigentliche Zeremonie der Trauung und den Ringwechsel. Die silbernen Verlobungsringe waren es, für die Anneline die silbernen Löffel gespendet hatte. Wir bekannten uns mit einem „Ja" zu den ehelichen Pflichten, die der Pfarrer uns vorsprach, er segnete unseren Bund, die Sängerin sang noch ein weiteres Lied, an dessen Text ich mich aber leider nicht erinnern kann, und unter Orgelklängen zerstreute sich die Gemeinde.

Vater, darauf bedacht, der Hochzeit wenigstens etwas von dem Flair seines früheren Lebensstils zu geben, hatte die breite Einfahrt zur Mühle mit Tannenreisig bestreut. Sehr zum Missfallen Onkel Xavers, der, als wir von der Kirche kommend über diesen Tannenreisteppich schritten, abfällig bemerkte: „A wa Grünzeug".

Eine große Tafel war in der Mitte der Stube gedeckt. Ich saß rechts von Günther, links neben mir mein Schwiegervater, und um die Tischecke der Herr Pfarrer. Was es zu essen gab, weiß ich heute nicht mehr. Während des Essens fühlte sich mein Schwiegervater verpflichtet, mir Maßregeln für unser künftiges, intimes Eheleben zu geben. Der Pfarrer fiel ihm mit einem Augenzwinkern ins Wort und sagte: „Herr Zimmermann, ich glaube, jetzt ist nicht der richtige Zeitpunkt für solche Ratschläge". Ich war ihm dankbar, denn ich war schon recht verlegen geworden. Schwiegervater war ein strenger, aufrechter Mann, der sonst keinen Widerspruch duldete. Den Pfarrer aber respektierte er.

Die allgemeine Unterhaltung war angeregt, weil die meisten sich lange nicht gesehen hatten und die durch unsere Heirat neu zu Verwandten Gewordenen sich kennen lernen wollten. Nur Onkel Xaver musste wieder einmal seinem Unmut Ausdruck verleihen, indem er aufstand und sich eine Zigarette anzuzünden, bevor die Gäste mit dem Essen fertig waren. Dann ging er mit mürrischem Gesicht hinaus.

Nach dem Essen machten die meisten einen Spaziergang und Günther führte mich in eine Schreinerwerkstatt. Dort wartete eine Überraschung auf mich: Günther hatte mir ein Paar nach damaligen Ansprüchen hochmoderner Skier mit Stahlkanten machen lassen.

Ich war sehr glücklich darüber, fuhr ich doch mit großer Leidenschaft Ski.

Dann traf sich wieder alles in der Mühle zum Kaffee, zu dem es Tante Maries berühmte Buttercremetorte gab - bei den damaligen winzigen Fettrationen eine seltene Köstlichkeit. Eine entfernte Verwandte aus Legau mit dichterischer Ader hatte Verse verfasst, die von jungen Leuten vorgesungen wurden; lustig und im Refrain wiederholten sie immer: „Sportsmägdlein". Das sollte ich sein. Wahrscheinlich war mein legendärer Fußmarsch von Chemnitz nach Legau über mehrere hundert Kilometer der Grund zu dieser mir angedichteten Eigenschaft. Dazu wurden uns zwei Allgäuer Kaffeetassen (Becher mit Porzellanfuß) überreicht. Für unsere übrigen Hochzeitsgeschenke benötigten wir wenig Platz: zwei Kaffeetassen mit Untertasse, eine Glasschüssel.

Sonst habe ich keine Erinnerungen mehr an den weiteren Verlauf dieses Tages. Die Nacht verbrachte ich in der kleinen Wohnung meiner Mutter, auf einem alten, unbequemen Sofa. Wichtel kuschelte sich trotz der Schmalheit des Lagers an mich, glücklich, dass er bei mir sein konnte. Günther übernachtete in der Mühle.

Die Zeit in Stuttgart
(Januar 1948 bis Mai 1949)

Am nächsten Tag fuhren Günther und ich nach Stuttgart in mein möbliertes Zimmer, das Günther zu einem monatlichen Aufpreis von RM 5,00 mitbewohnen durfte. Dieses Zimmer hatte die Ausmaße von 2,5 m auf 3 m und enthielt einen Schrank (die Hälfte war mit Kleidern der Wirtin belegt), einen Tisch, einen Stuhl und ein Bett. Auf der Fensterbank stand eine Kochplatte, zudem gab es noch eine Waschkommode mit einer porzellanenen Waschschüssel und ebensolchem Wasserkrug. Die Schüssel diente mir zum Kuchenbacken, Gemüsewaschen und für unsere Körperpflege. Das Wasser musste ich in der Toilette, die jetzt von fünf Personen benutzt wurde, holen. Besonders morgens gab es da peinliche Engpässe. Ein Bad gab es für uns nicht. Da das Zimmer nicht heizbar war, hatten wir einen Kanonenofen (so nannte man damals einen kleinen Ofen). Ein Kamin stand nicht zur Verfügung, und so mussten wir ein Loch in die Außenwand schlagen, durch das das Ofenrohr gesteckt wurde. Erstaunlicherweise hatten dies unsere Wirtsleute erlaubt.

Wir kamen also gegen Abend in das eiskalte Zimmer. Es gab kein Licht, da unsere Wirtin die elektrische Birne herausgeschraubt hatte; auch die waren Mangelware. Ich muss dazu sagen, dass unsere Wirtin das Zimmer beschlagnahmt vom Wohnungsamt zwangsvermieten musste. Ihre Tochter musste deshalb im Wohnzimmer schlafen, und so war der Groll auf die unerwünschten Mieter, die sie in ihrer schon kleinen Wohnung zudem noch einengten, verständlich. Dennoch – sie wusste ja, dass wir von der Hochzeit kamen – war es wenig freundlich, dass sie auch noch die zwei Schubladen der Waschkommode entfernt und den Inhalt einfach auf den Tisch gekippt hatte.

Günther machte gleich Feuer, Kohlen und Holz lagerten unter dem Bett. Nun lag aber unglücklicherweise ein starker Wind auf der Seite der Rohröffnung und blies uns den ganzen Rauch ins Zimmer. Mir kamen die Tränen, nicht nur vom Rauch, aber was half's. Wir konnten nur warten, bis es hell wurde, dann wollte Günther in den Trümmern der zerbombten Häuser ringsum nach einem Knierohr suchen, damit der Rauch abziehen konnte. Er fand auch nach längerem Suchen tatsächlich eines und löste das Heizproblem damit erfolgreich.

An dieser Stelle muss ich zum besseren Verständnis die Verhältnisse im Sommer und Herbst vor unserer Hochzeit schildern.

Halb Stuttgart lag noch in Schutt und Asche, viele Häuser, die noch standen, hatten keine Dächer. So erklärt sich auch die Wohnungsnot, und ich hatte großes Glück gehabt, dass mir überhaupt dieses Zimmer zugesprochen worden war. Vorher hatte ich vier Wochen lang primitiv in einem Dachkämmerchen einer Pension gewohnt, und, was besonders unangenehm war, es gab Ameisen zu Tausenden überall: im Bett, auf dem Tisch, in Esswaren, im Kleiderschrank - Nach stundenlangen Behördengängen, wiederholtem Warten und andauerndem Rennen von einem Amt zum anderen hatte ich dann endlich die erforderliche Aufenthaltsgenehmigung, Arbeitserlaubnis, und das Wohnrecht.

Nun muss ich noch von Günther berichten. Immer in Erwartung des Mühlenerbes wollte er seine Kenntnisse erweitern und hatte Anfang 1947 eine Mahlknechtsstellung in einer großen Mühle in einem Dorf bei Ulm angenommen. Ich war also in Stuttgart, er in Ulm. Nur ab und zu konnten wir uns sonntags in Ulm bei seinen Eltern sehen. Um dies zu ändern, kamen wir zu dem Entschluss, dass er sich in der Nähe von Stuttgart eine Stelle suchen sollte.

An einem herrlichen Maitag war er dann durchs Remstal gezogen. Die Obstbäume blühten, und er klapperte sämtliche Mühlen ab. In der „Geheimen Mühle" in Beinstein bei Waiblingen, die von der alten Mühlenbesitzerswitwe, ihren zwei Schwestern und drei Töchtern betrieben wurde, brauchte man tatsächlich gerade infolge Staublungenerkrankung des zweiten Mahlknechts einen Ersatz, und so konnte er nach wenigen Tagen schon dort anfangen. Die Arbeitszeit betrug wöchentlich ca. 65 bzw. 75 Stunden, je nachdem, ob Mahlwoche oder Gerbwoche war. Die beiden Mahlknechte wechselten sich ab: Der eine war für das Mahlen verantwortlich und begann morgens um 6 Uhr und arbeitete bis zur letzten Partie gegen 1 Uhr nachts. Der andere hatte dann Gerbtag, das bedeutete Annahme des Mahlgutes von den Bauern, Wiegen, Reinigungsgänge des Getreides und Ausgabe des Mehls an Bauern und sonstigen Mühlenkunden. Damals kamen ja die Glücklichen, die ein paar Pfund Körner bei der Getreidenachlese ergattern konnten, zum Umtausch gegen Mehl in die Mühle. An diesem Gerbtag also betrug die Arbeitszeit 7 Stunden. Der Wochenlohn, den die alte Mühlenbesitzerswitwe stets persönlich mit feierlichem Gesicht übergab, betrug RM 22,00. Kost und Logis waren frei. Letzteres bestand aus einer unheizbaren Dachkammer mit Schrank und primitiver Lagerstätte. Die meisten Kunden der Mühle waren Weinbauern des Remstals und aus Fellbach sowie vom Roten Berg bei Esslingen. Nun war es üblich, den Mahlknechten ein Trinkgeld in bar und in Naturalien, also Wein oder „Peitschenstecken" (eine dortige Spezialität, ähnlich dem Landjäger), Obst oder Gemüse zu geben. Wenn Günther mich am Samstag besuchte, war ich immer gespannt, was er wohl alles mitbringen würde. Es war für mich ungemein wertvoll, eine Zubuße zu den kärglichen Rationen der Lebensmittelkarte zu bekommen. Heute macht man Nulldiät, fastet der Figur und der Gesundheit zuliebe, übersättigt von all dem Überfluss. Wir aber waren ausgehungert; lockere Zähne, graue, faltige Haut, stumpfe und ausgefallene Haare waren die Folge von Fett- und Eiweißmangel. Ein Körbchen Kirschen, ein wenig Wurst, natürlich Mehl, und die besagten Peitschenstecken, das waren Köstlichkeiten, die mir Günther brachte. Einmal hatte er ein Suppenhuhn dabei. Es war alt und zäh, aber es hatte keine Gelegenheit, weich zu werden, denn ich hatte es Stück für Stück während des Kochens aufgegessen. So gab nur noch die Brühe eine kräftige Suppe.

Sehr willkommen waren die Trinkgelder in Form von gutem Remstäler und Fellbacher Wein. Er verhalf uns zu manch spontanem lustigen Abend mit Freunden. Spannend war auch das Geldzählen. Was es eine mehr magere oder eine einträgliche Woche gewesen? Günther zog ein Bündel völlig verstaubter RM-Scheine, meist 1 oder 2 RM, aus der Tasche, und ich breitete sie auf dem Tisch aus, um sie zu zählen. Das Geld war schon auch wichtig, denn auf meinen Streifzügen durch die Geschäfte konnte ich doch hin und wieder einen Gegenstand für unseren beabsichtigten Hausstand erwerben. Das Erste war eine Stehlampe und ein schmiedeeisernes Tischchen, welches uns und unseren Besuchern neben der Freude seines Anblicks auch noch viel Schmerzen bereiten sollte. Es war nämlich eine Fehlkonstruktion, die weitgeschwungenen Beine überragten die Tischplatte um ein Beträchtliches, sodass man sich unweigerlich die Beine anstieß, wobei der Tisch ins Wanken geriet und sich Kaffee, Wein oder andere Flüssigkeiten über den Tisch ergossen. Trotzdem erfreuten wir uns an ihm, war er doch ein eigenes Möbel.

Wir hatten einige Tage Urlaub und zur Krönung gingen wir in den Zirkus. Dort passierte mir ein Missgeschick. Am Ende der Vorstellung war meine Handtasche mit allen wichtigen Papieren und den Lebensmittelkarten weg. Ja, ich hatte sogar meinen wertvollen Schmuck in der Tasche, den ich im Brustbeutel auf meiner abenteuerlichen Flucht von daheim sorgsam gehütet hatte. Ein eisiger Schrecken durchfuhr mich. Warum ich mein ganzes Hab und Gut mit mir herumschleppte, ist mir heute nicht mehr klar. Vielleicht hatte ich Angst, dass es mir aus meinem Zimmer zu ebener Erde gestohlen würde. Nun war die Tasche nicht mehr da. Die Zirkusbesucher strömte dem Ausgang zu und ich wusste nicht mehr, wer neben mir gesessen hatte. Da zwängte sich Günther schon durch einen Spalt und sprang auf den Fußboden unter uns. Die Sitzgelegenheit bestand aus einem gestaffelten Brettergerüst mit einfachen Bänken darauf. Wir hatten fast ganz oben gesessen. Ich spähte durch den Spalt und sah zu meiner grenzenlosen Erleichterung, wie Günther meine Tasche vom Boden aufhob. In meiner Begeisterung – wir waren ja nicht verwöhnt mit irgendwelchen Lustbarkeiten – war mir die Tasche beim Beifallklatschen vom Schoß gefallen. Zum Glück war Günther so schnell gewesen, denn ich sah schon einige Männer den Boden absuchen.

Obwohl unsere Lebensbedingungen schwierig waren, genossen wir die gemeinsamen Wochenenden sehr. Doch dann bekam Günthers Mühlenkollege plötzlich Diphterie. Alle Mühlenbewohner wurden unter Quarantäne gestellt. Wir konnten nur mehr telefonieren. Glücklicherweise blieb Günther von der Krankheit verschont. Da er ja nun durch den Ausfall des zweiten Mahlknechts die Mühle allein bedienen musste, arbeitete er täglich von 6 Uhr morgens bis nachts 24 Uhr durch, also 18 Stunden am Tag. Nach vier Wochen konnte er dann am Wochenende wieder zu mir nach Stuttgart kommen. Das hieß, 8 km mit dem Fahrrad von Beinstein nach Fellbach und dann mit der Straßenbahn bis zu mir am Hölderlinplatz.

Im März 1948 war ich ganz sicher, dass ich ein Kind erwartete. Wir waren sehr glücklich darüber, doch zugleich wurde uns die Unzulänglichkeit unserer Wohnverhältnisse bewusst. Doch da kam Hilfe im rechten Augenblick. Ich hatte meine Studienfreundin Charlotte aus meiner Berliner Studienzeit zufällig in Stuttgart wiedergetroffen. Sie war mit einem Architekturstudenten verheiratet und wohnte auch in einem Zimmer ganz in der Nähe. Ihr Vater hatte in Schlesien ehemals eine Tiefbaufirma und führte sie jetzt im Westen weiter. Er war in der Lage gewesen, einen ausgebrannten Dachstuhl in der Gutenbergstraße wieder aufzubauen unter der Bedingung, dass seine Tochter mit ihrem Mann in die neu erstandene Dreizimmerwohnung einziehen konnte. Meine Freundin bot uns ein Zimmer mit Küchenbenutzung an. Mit Freuden sagten wir zu, wenn auch das Zimmer ohne Sonne war, weil das Fenster zum nur drei Meter entfernten Nebenhaus schaute. Diese an sich glückliche Fügung bereitete uns aber auch einige Probleme: Das Zimmer war ja leer, und wir nannten nur eine Stehlampe, den besagten eisernen Tisch und den Kanonenofen unser eigen. Doch mein Nesttrieb war erwacht, und voll Elan begab ich mich zu dem Möbelgeschäft Behr, wo ich 1944 das Tischlerpraktikum gemacht hatte. Ein günstiges Geschick ließ mich an einen leitenden Herrn geraten, der auch aus Chemnitz stammte. Erst sprachen wir natürlich von der Heimat, dann hörte er sich mit Interesse meine Wünsche an. Er zeigte sich sehr hilfsbereit, und wir suchten einen eichenen Wohnschrank mit passender Kommode und hübsche helle Gardinen aus. Der Preis war erschwinglich, und ich war hoch erfreut. Doch da kam der Dämpfer meiner Euphorie: Zum Möbelkauf genügte nicht allein das Geld, sondern man benötigte als Privatkunde dazu einen Holzzuteilungsschein. Diesen konnte man als Privatkunde auf dem schwarzen Markt bekommen. Auf dem Heimweg ging ich in Gedanken alle Möglichkeiten durch, die uns zur Verfügung standen. Da fiel mir meine Schwägerin Anneline ein, die einen guten Bekannten in Ulm hatte, der in einem Holzgroßhandel tätig war. Es ließ mir keine Ruhe, und ich fuhr gleich am nächsten Tag nach Ulm, nachdem ich von der Bank RM 1.000,00 abgehoben hatte, denn umsonst gab es diesen Schein nicht. Voller Tatendrang begab ich mich zu Anneline, die hilfsbereit, wie sie immer war, gleich mit zu ihrem Bekannten ging. Doch dieser Gang erwies sich als eine Enttäuschung. Er konnte mir nicht helfen. Die einzige Möglichkeit, sagte er, sei der Schwarzmarkt.

In einem düsteren Viertel in Ulm waren Juden untergebracht, die den Schwarzmarkt beherrschten, und man konnte dort für teures Geld so ziemlich alles bekommen. Nur mit Unbehagen denke ich an diesen Gang dorthin zurück. Ich ging also recht unbekümmert in die mir beschriebene Straße, nur von dem einen Wunsch getrieben, diesen Schein und somit die Möbel zu bekommen. Die alten Häuser in der Sedanstraße machten einen grauen, düsteren Eindruck, und ich kam mir in dem Ozelotmantel, den meine Mutter auf der Flucht getragen und mir geschenkt hatte, ziemlich fehl am Platze vor. Einige jüdische Männer standen müßig auf der Straße herum. Ich hatte ja keine Erfahren mit solchen Geschäften und wusste nun nicht recht, was ich tun sollte. Da sprach mich einer der Männer an: „Was wollen kaufen?" Ich erschrak, er sah nicht sehr vertrauenerweckend aus. In den mittleren Jahren, klein, feist, schmuddelig angezogen. Am liebsten wäre ich davongelaufen, doch ich fasste mich und sagte ihm, was ich wollte. „Du mitkommen", sagte er. Es war ein polnischer Jude, der sehr mangelhaft Deutsch sprach. Ich folgte ihm mit klopfendem Herzen in ein Haus, aber nach außen hin gab ich mich sehr gelassen. Er ging mir voraus, eine schmale Treppe hoch bis unter das Dach. Neugierige Blicke aus dunklen Augen spähten aus den Türen, meist Frauen und Kinder. Oben schloss er eine Kammer auf und, nachdem ich eingetreten war, gleich wieder zu. Ich erschrak, ließ mir aber nichts anmerken. Das Mobiliar bestand aus einem eisernen Bett, einem Stuhl und einem wackeligen Tisch. Er deutete auf den Stuhl und ich setzte mich auf dessen Kante, während er unter dem Bett einen schäbigen Koffer hervorzog. Er breitete vor mir Nylonstrümpfe und Seife aus und sagte: „Das für ein bisschen Unterhaltung". Mir brach der kalte Schweiß aus. Die Tür war abgeschlossen, und er hatte den Schlüssel abgezogen. Wahrscheinlich würde mich niemand hören, wenn ich um Hilfe rief. Das Dachfenster war zugeschlossen, eine stickige Luft nahm mir fast den Atem. Doch ich tat, als hätte ich nicht verstanden, was er meinte, und sagte bestimmt: „Nein, diese Sachen brauche ich nicht", und fragte nochmals nach dem Holzschein. Da packte er in aller Ruhe seine Sachen wieder ein, während ich nur den Gedanken hatte, so schnell wie möglich wieder hinauszukommen. Energisch sagte ich: „Was ist nun mit dem Holzschein?" Da erklärte er mir, er müsse ihn erst besorgen und ich solle morgen wiederkommen, aber erst am Abend. Entschlossen ging ich zur Tür, die er aufschloss, und ich verließ das Haus mit weichen Knien. Anneline berichtete ich von meinem Erlebnis und bat sie, am nächsten Tag mit mir zu kommen, denn allein, dazu noch im Dunkeln, wollte ich nicht wieder dorthin gehen.

Unsere Ängste waren groß, als wir am nächsten Abend in die bewusste Straße gingen. Man muss ja bedenken, dass es strafbar war, auf dem Schwarzmarkt zu kaufen, und wir konnten in eine Razzia geraten. Doch Anneline nahm das in Kauf, da sie wusste, wie viel mir an dem Schein lag. Es war dunkel und regnete und die Gegend wirkte noch unheimlicher als am Tage. Doch wir waren zu zweit, und so stiegen wir tapfer die Treppe hoch und klopften an der Tür. Wir hörten, wie der Schlüssel umgedreht wurde, und der Mann ließ uns in die Kammer eintreten. Seine Enttäuschung darüber, dass ich nicht allein kam, war ihm deutlich anzusehen. Wir wurden schnell handelseinig. Ich bekam den Holzschein und er seine RM 1.000,00. Er schloss seine Kammer wieder auf, und wir hatten nur eines im Sinn: So schnell wie möglich fortzukommen.

Kurz darauf bekamen wir unsere Möbel, die ersten eigenen. Mit den hellen geblümten Vorhängen war das Zimmer aufs Angenehmste verändert. Das Bedürfnis, ein eigenes Heim zu haben, gehörte zu den größten Triebkräften meines Lebens.

Schon als Kind liebte ich das efeubewachsene Haus in meinem Bilderbuch. Heckenrosen rankten sich um einen steinernen Turm, und im Garten spielten Kinder mit einem Hund. In meiner Fantasie war ich die Mutter dazu, die mit dem Vater gleich aus der niederen, runden Haustür treten würde. Nun sollte unser Wunschkind kommen. Keinen Augenblick machte ich mir Sorgen wegen unserer unsicheren Situation. Wir glaubten zwar fest daran, die Mühle von Tante Marie einmal übernehmen zu können, aber wann würde das sein? Bis dahin waren wir auf Günthers Verdienst in der Mühle angewiesen, denn an die Möglichkeit, meine eigene Arbeit bei dem Stuttgarter Architekten auch nach der Geburt des Kindes fortzusetzen, dachte ich in keiner Weise.

Auf allen Gebieten lag die Zukunft im Nebel und nichts war vorausschaubar. Die Versorgungslage war schlechter denn je. Mutter war entsetzt über unsere Unbekümmertheit und hatte tausend Einwände. Doch allmählich lernte sie die Lektion aller Eltern, dass Kinder ihr Leben selbst bestimmen müssen. Und unsere Freude auf das Kind konnte nichts trüben.

Von Anfang an hatte ich eine intensive Gefühlsbindung zu dem werdenden Leben in mir, wie ich es nie für möglich gehalten hätte.

Diese ließ mich klaglos mein dauerndes Übelsein ertragen. Zu den unpassendsten Gelegenheiten fiel ich in Ohnmacht. Am Postschalter lag ich plötzlich auf dem Boden, und auf dem Bahnsteig passierte mir dasselbe. Sicherlich fehlten mir Obst und Gemüse, wonach ich ein heißhungriges Verlangen hatte. Doch die große Markthalle war verödet, nur vereinzelt standen Marktfrauen vor fast leeren Ständen. Unter dem Tisch hatten sie nur für Stammkunden, die mit Tauschware bezahlten, einen Salat, ein paar Äpfel, etwas Suppengrün. Sie ließen sich nicht erweichen, gegen Geld etwas herauszugeben. Nur die klägliche Menge Kartoffeln, die man auf Lebensmittelkarte bekam.

Auf die ärztliche Bestätigung der Schwangerschaft hin bekam ich etwas Milch und Nährmittel mehr.

Mein Bedürfnis nach Verschönerung des Zimmers lenkte meine Aktivität auf den hässlichen, verschmutzten, noch mit Brandflecken übersäten Holzfußboden. Er war beim Wiederaufbau nach dem Dachstuhlbrand nicht erneuert worden. Auf den Knien bearbeitete ich ihn mit Spachtel, Scheuerbürste und Wachs, welches ich dem Drogisten abgebettelt hatte. Am selben Tag kam ein Paket aus Argentinien von einer Freundin aus der Malchower Zeit. Nach Kriegsende war sie mit ihrer Familie ausgewandert und hatte dort geheiratet. Wir waren in regem Briefwechsel geblieben, und nun hatte sie an mich gedacht. Hocherfreut fand ich in dem Paket Bohnenkaffee und ein Paar luxuriöser Kinderhausschühchen aus grünem Leder mit weißem Pelzfutter. Ob sonst noch etwas darin war, weiß ich nicht mehr. Man kann sich heute kaum noch vorstellen, welch einen Genuss Charlotte und mir die erste Tasse Kaffee bereitete. Schon der Duft, der sich in der ganzen Wohnung ausbreitete, entzückte uns. Von der mühseligen Arbeit war ich ganz erschöpft, aber der Kaffee spornte mich zu neuen Taten an. Am nächsten Tag kam Mutter auf dem Weg nach Heidelberg, wo Wilhelm studierte, auf einige Stunden vorbei.

Auch sie nahm teil an unserer Kaffeeorgie. Wir waren geradezu gierig nach diesem belebenden Trank. Alkohol und Zigaretten waren für mich jetzt tabu, aber mit keiner Faser dachte ich daran, dass Kaffee schaden könnte. Als Mutter am späten Nachmittag weitergefahren war, überkam mich eine Mattigkeit, und ich verspürte ein deutliches Ziehen im Kreuz. Ich schob es auf die anstrengende Arbeit im Knien. Entsetzen erfasste mich, als ich auch noch eine Blutung entdeckte. Bei all meiner Unwissenheit war mir klar, dass dies eine Fehlgeburt bedeuten könnte. Ich legte mich sofort hin und zwang mich zur Ruhe. Charlotte versuchte mir die Vorteile einer Fehlgeburt klarzumachen. Aus ihrer Sicht war das verständlich. Sie erwartete selbst in Kürze ein Kind. Ihr Mann studierte Architektur und musste bis spät in die Nacht zu Hause arbeiten. Es erschreckte sie die Vorstellung, Wand an Wand noch ein schreiendes Baby zu ertragen. Unfairerweise hatten wir ihnen verschwiegen, dass wir ein Kind erwarteten, aus Angst, dann das Zimmer nicht zu bekommen. Dies hätte unsere Freundschaft aufs Spiel setzen könne. Sie waren aber großmütig und nicht nachtragend, und so war nach kurzer Krise bald das alte Verhältnis wiederhergestellt.

Aber ich bäumte mich auf gegen ihre Beschwichtigungen. Noch nie hatte ich mir etwas so sehr gewünscht wie dieses Kind. Als Günther am frühen Abend heimkam, erschrak er zutiefst über meinen Zustand. Er rief sofort meine Ärztin an, und auf ihr Anraten hin brachte er mich unverzüglich mit dem Taxi in die Klinik.

Die Untersuchung ergab wenig Hoffnung. Es hieß: Man kann nur abwarten.

Ich wurde aus Platzmangel in einem Untersuchungszimmer hinter einem Paravent auf einen Schragen gelegt und mir selbst überlassen. Eine Nachtschwester schaute routinemäßig alle Stunde nach mir mit der berufsmäßigen Frage: „Immer noch kein Abort?"

Ich konnte kein Auge zutun. Mit äußerster Willensanstrengung versuchte ich, meinen Körper zu beeinflussen, ihn zu zwingen, das Kind zu behalten. Es war eine schlimme Nacht. Am nächsten Morgen war die Situation unverändert: Immer noch leichte Wehen. Günther kam schon ganz früh am Morgen, und als die Ärztin nach mir schaute, sagte sie: „Wenn ich „Lutran" hätte, könnte ich wahrscheinlich helfen, aber wir haben kaum die nötigsten Arzneimittel. Sie können ja versuchen, ob eine Apotheke dieses Mittel noch vorrätig hat".

Daraufhin rannte Günther los. In der ersten Apotheke schüttelte man nur mit dem Kopf, in der zweiten auch. Als er atemlos in der dritten die gleiche Reaktion erfuhr, kamen ihm vor Enttäuschung und Erschöpfung die Tränen. Da ging die Apothekerin wortlos nach hinten und reichte ihm stillschweigend die Packung über den Ladentisch. Ich bekam sofort die Spritze und nach kurzer Zeit ließen die Wehen nach. Am nächsten Tag konnte ich wieder heimgehen.

Im Juni kam die Währungsreform. Wohl hatte es darüber schon dauernd Gerüchte gegeben, aber der Zeitpunkt kam für uns und die meisten dann doch überraschend. Samstags waren noch alle Schaufenster öd und leer, am Montag darauf prall gefüllt. Beim Metzger, bei dem bisher nur eine Pflanze einsam vor sich hinvegetierten hatte, lagen plötzlich Fleisch und Wurst, appetitlich angerichtet, in den Auslagen. In der Königstraße drängten sich die Menschen staunend vor den Schaufenstern. Alle fragten sich: „Wo kommen plötzlich die vielen Waren her?"

Über Nacht war das alte Geld wertlos geworden. DM 60,00 bekam jeder Deutsche als Startgeld. Ich habe mir am zweiten Tag ein Paar dringend benötigter Schuhe gekauft, und Günther erstand ein Pfund Schweinebraten für DM 5,00 ohne Fleischmarken. Innerhalb weniger Tage eröffnete hier ein Kiosk und dort ein Kiosk, wo man Obst, Schokolade, Zeitungen und Zigaretten kaufen konnte. Schlagartig hatte Geld wieder einen ganz anderen Stellenwert.

Ich empfand, wie die Menschen sich veränderten. Materielle Wünsche wurden geweckt, schnell wurden Unterschiede deutlich. Wer Waren hatte, bekam gutes Geld dafür. Die „Wingerter", Günthers Kunden in der Mühle, bekamen von der Winzergenossenschaft für ihre vorjährige Ernte größere DM-Beträge. Schon im nächsten Jahr konnten sich viele von Ihnen Schlepper leisten. Mit Trinkgeldern waren viele aber nicht mehr so großzügig wie vordem. Wo man vorher nur Aufräumungsarbeiten in der Trümmerstadt beobachten konnte, begann jetzt fast sofort an vielen Stellen der Aufbau.

Die Geburt rückte immer näher. Ein Kinderbettchen hatte ich noch einen Tag vor der Geldentwertung, also noch gegen Reichsmark selbst, einem gutmütigen Geschäftsmann ablocken können. Die bescheidenste Babyausstattung war für uns fast unerschwinglich. Aber irgendwie bekam ich doch das Nötigste zusammen.

Ich sah der Niederkunft gelassen entgegen, vielleicht gerade wegen der unvollständigen Aufklärung. Ärztliche Überwachung wie heute war nicht üblich und auch technisch in diesem Maße sicherlich nicht möglich. Dass man heute durch Ultraschall das geheimnisvolle Werden des Kindes im Mutterleib sichtbar machen kann, schließt sicher viele Risiken aus. Die Eltern wissen auch sehr bald, ob es ein Junge oder ein Mädchen wird - es gibt keine Überraschung mehr und sie können sich darauf einstellen. Gewiss ist dies ein Fortschritt, aber ist es das wirklich? Wir jedenfalls hatten keinerlei Wünsche, was das Geschlecht unseres Kindes anbelangte, waren aber voller Spannung. Auf einen Namen konnten wir uns bis zu diesem Zeitpunkt noch nicht festlegen.

Am 13. September war Mutter gekommen, um mir tatkräftigen Beistand zu leisten. Sie konnte bei netten Leuten, die über uns wohnten, schlafen. Am Abend waren wir noch bei einer Bekannten zum Abendessen eingeladen. Ich hatte heißhungrig sehr viel von dem Gurkensalat gegessen. Als ich des Nachts wegen Bauchkrümmens aufwachte, schob ich dies auf den Gurkensalat. Doch bald, als das Krümmen wellenartig auftrat, wurde mir klar, das es jetzt so weit war. Um 5.00 Uhr stand ich auf und wusch mich in dem winzigen Waschbecken in der Toilette. Das war unsere gemeinsame Waschgelegenzeit, ein Bad gab es nicht in der Wohnung. Um 6.00 Uhr weckte ich Mutter. Wir frühstückten noch in aller Ruhe. Gegen 9.00 Uhr machten wir uns zu Fuß auf den etwa halbstündigen Weg zur Hölderlinklinik. Ein Taxi wäre zu teuer gewesen, auch war ich die letzten Monate geradezu gehsüchtig und hatte allein lange Spaziergänge unternommen. Nun musste ich allerdings des Öfteren stehen bleiben, bis wieder eine Wehe vergangen war. Wir kamen recht fröhlich in der Klinik an, sodass die Schwester uns wieder wegschicken wollte. „So kriegt man noch kein Kind", meinte sie. „Oh", sagte ich und schaute peinlich an mir herunter auf eine kleine Lache, die sich noch vergrößerte. Ich hatte das Gefühl auszulaufen. „Die Fruchtblase", sagte die Schwester, und dirigierte mich schleunigst in ein Untersuchungszimmer. Dort sollte ich mich auf den Schragen legen und, die gegenüberliegende Uhr im Blick, auf die Abstände der Wehen achten. Dann ließ sie mich allein, und ich wurde immer ratloser, je schneller die Wehen aufeinander folgten. Die Klingel an der Türe konnte ich schon nicht mehr erreichen. Um 11.30 Uhr kam endlich die Hebamme mit einem Berg weißer Kittel zum Nähen. Als sie mich sah, legte sie diese schnell weg und rief nach der Ärztin. Ich bekam noch eine Spritze, damit die Heftigkeit der Wehen nachlassen sollte, weil sie Angst hatte, es könne irgendetwas reißen.

Um 12.05 Uhr war unsere Tochter geboren. Sie hatte es so eilig, auf die Welt zu kommen, dass sie bereits krähte, als erst der Kopf draußen war.

Das Glücksgefühl, das ich empfand, als ich das rotbraune, schwarzhaarige Wesen im Arm hatte, lässt sich mit nichts Anderem in meinem Leben vergleichen. „Wie soll sie heißen?", fragte die Hebamme, und ich antwortete ganz spontan: "Kristin".

Es war recht seltsam, denn wir hatten diesen Namen vorher nie erwähnt. „Kristin Lavranstocher" war ein Lieblingsbuch von mir. Der Roman spielt im mittelalterlichen Norwegen und Sigrid Undset bekam dafür den Nobelpreis für Literatur. Kristin wird, nach einer sorglosen Kindheit in der Geborgenheit des elterlichen Gutes, Mittelpunkt einer großen Familie. Wie sie unerschrocken alle Schwierigkeiten meistert, ihrem ertrotzten Ehemann - einem außerordentlich schönen, trotz seiner Fehler liebenswerten Mann, der sie in viele schlimme Situationen bringt - in unerschütterlicher Liebe treu zur Seite steht, davon handelt der Roman: Diese unvergessene Gestalt der Weltliteratur, leidenschaftlich, voll innerer Kraft und äußerer Schönheit, hatte meine ganze Sympathie.

Nomen est omen – es gibt viele Parallelen im Wesen und im Leben unserer Tochter. Günther, als er mit einem rosa Nelkenstrauß, von Mutter benachrichtigt, am Nachmittag erschien, war völlig überrumpelt von der Namensgebung. Aber er war ihm recht, und als er das kleine Wesen hinter der Glasscheibe, von der Schwester hochgehalten, sehen durfte, war er sehr glücklich.

In der Klink ging es recht spartanisch zu. Als erste Mahlzeit, eine Stunde nach der Geburt, bekam ich einen scheußlichen Linseneintopf. Ich bekam keinen Bissen herunter. Aber wir waren ja an karge Kost gewohnt.

Wieder zuhause, machten uns Kristins Augen Sorgen. Schon in der Klinik waren sie immer verklebt gewesen. Ich solle mit Kamille spülen, sagte man mir, es wäre nicht weiter schlimm. Nach einigen Tagen, es war Samstagnachtmittag, packte mich eine solche Unruhe, dass ich handeln musste. Ich rief sämtliche Augenärzte an und konnte endlich einen erreichen. Er kam extra wegen unseretwegen in seine Praxis. Nachdem er Kristin untersucht hatte, sagte er: „Es war höchste Zeit. Wenn die Infektion auf die Hornhaut übergreift, könnte sie blind werden". Mit Salbe und mit Tropfen wurde es dann bald wieder gut, und wir konnten endlich ihre Augen sehen.

Mutter in ihrem Übereifer brachte erhebliche Missstimmung in unsere harmonische Wohngemeinschaft. Charlotte und mir standen insgesamt nur zwei Gasflammen zur Verfügung. Wir mussten beide die Windeln waschen, Fläschchen bereiten, Wasser heißmachen und kochen. Mutter stand extra früh auf, und wenn Charlotte in die Küche kam, waren die Flammen immer besetzt. Wir waren bemüht, die Gasrechnung so klein wie möglich zu halten, und teilten uns den Betrag. Das war immer reibungslos verlaufen. Mutter beachtete unser Sparprogramm nicht. Als ich sie einmal darauf aufmerksam machte, war sie sehr beleidigt. „Wenn ich Dir zu teuer bin, kann ich ja gehen", war ihre Äußerung. Es kamen Spannungen auf, die den Aufenthalt in der gemeinsamen Küche unerträglich machten. So atmete ich auf, als Mutter wieder nach Legau fuhr. Ihre übertriebene Fürsorge für mich war zur Last geworden. Binnen kurzem hatten Charlotte und ich wieder das gleiche, problemlose Verhältnis. Bei gegenseitiger Rücksichtnahme kamen wir gut mit den Gegebenheiten zurecht. Wir konnten wieder so herrlich albern sein. Nie wieder hat mir die Küchenarbeit so viel Spaß gemacht wie damals.

Kristin verhielt sich mustergültig. Sie weinte fast nie, war immer zufrieden. Charlottes Mann Wolfgang war sehr roh, dass sie ihn bei seiner nächtlichen Arbeit nie störte und seine Befürchtungen zunichte machte.

In dieser Zeit war ich uneingeschränkt glücklich. Ich genoss es, dass ich mich ganz dem Kind widmen konnte. Außer Fläschchen zubereiten, Haferschleim kochen, Obstsäfte und Gemüsesäfte pressen, Windeln kochen und das bisschen Hausarbeit hatte ich nichts zu tun. So fuhr ich Kristin bei jedem Wetter spazieren und suchte jeden Strahl Sonne, weil wir das dunkle Zimmer hatten. Günther kam jeden zweiten Abend, wenn er seinen „Gerbtag" gehabt hatte. Stets hatte er etwas Gutes zu essen und zu trinken dabei. Sich mit jemandem von Grund auf zu verstehen, ist ein großes Geschenk. Von Kindheit an hatte ich mir als Erfüllung meiner Sehnsucht eine friedliche Familie gewünscht. Hätte mir jemand Ruhm gegen Glück versprochen, ich hätte nicht getauscht.

In diesem Zustand restloser Zufriedenheit tropfte langsam etwas Wermut: Ein wenig bekümmert war ich, weil Kristin nur winzige Mengen Nahrung zu sich nahm, während Petra, Charlottes vier Monate ältere Tochter, schon die größte Flasche austrank. Doch der Kinderarzt war zufrieden mit Kristins Entwicklung. Mehr Unruhe bereitete mir, dass sie nicht auf den Füßchen stehen wollte. Sobald man sie aufstellte, zog sie die Füße an. Obwohl ich bei mehreren Ärzten war, die alle sagten, es habe nichts zu bedeuten, konnte ich mein Unbehagen nicht loswerden. Endlich schickte mich eine Ärztin zu einem Orthopäden, der sie lange untersuchte. „Äußerlich kann ich nichts feststellen, aber zur Vorsicht wollen wir ihre Hüfte röntgen", meinte er. Es wird schon nichts sein, beruhigte ich mich. Die Diagnose traf mich wie ein Blitz. Die Gelenkkapsel sei nicht geschlossen. Sei müsse sofort einen Gips bekommen, denn wenn sie anfangen würde zu laufen, würde der Oberschenkelknochen aus der Pfanne springen. Ich brach in Tränen aus. Der Arzt, ein sehr gütiger Mann, versicherte mir: „Sie haben Glück, dass wir es so früh erkannt haben. Ich kann Ihnen mit Bestimmtheit sagen, dass es wieder gut wird".

Nach einer Stunde brachte man mir Kristin wieder. Sie war bis zur Taille eingegipst und auch das rechte Bein war bis zu den Zehen abgespreizt in Gips. Der Kinderwagen und das Bettchen waren jetzt viel zu schmal. Außerdem saugte sich ihr Wässerchen am Rücken im Gips hoch. Zuerst schnitt ich in die Matratze des Bettchens ein Loch, so dass eine Schüssel hineinpasste. Den Boden des Bettes konnte man glücklicherweise sehr hoch stellen, sodass Kristin obendrauf liegen konnte. Den Gips schnitt ich rund um den Po aus, damit sie nicht wund wurde.

Erwähnen muss ich, dass der Orthopäde persönlich vorbeikam, um zu sehen, wie ich zurechtkam. Auch er ist einer der Menschen, an die ich mich mit Dankbarkeit erinnere. So lieb und geduldig Kristin war, wenn der Gips alle sechs Wochen erneuert werden musste, schrie sie doch jedes Mal auf dem Weg dorthin wie am Spieß.

Ein neues Problem tauchte auf. Eines Tages lagen Günther und ich im Bett. Wir hatten das Licht noch nicht gelöscht. Plötzlich fuhr Günther auf, hebt das Bild von der Wand und rief. „Weißt Du, was das ist?" Ich hatte keine Ahnung. „Wanzen", sagte er. Mich packte das Grausen - Wanzen! Ich hatte noch nie welche gesehen und brachte sie bisher nur mit Verkommenheit in Verbindung, während Günther sie aus dem Krieg zur Genüge kannte. Mein erster Gedanken war: Sind sie auch im Kinderbett? Wir schauten sofort nach, und tatsächlich saßen in den Ritzen des Paidibettchens dicke, eklige Tiere. Am nächsten Morgen nahm ich das Bett auseinander, schrubbte es mit Schmierseife ab und verklebte die Ritzen mit Wachs.

Aus unbegründeter Scham sprachen wir mit niemandem über diese Plage. Wir konnten ja gar nichts dafür, denn die Tierchen kamen immer wieder aus dem alten Fußboden. Hellhörig geworden, beobachtete ich vom Küchenbalkon aus, wie unter uns zwei alte Frauen ihre Matratzen lüftete und sie eifrig absuchten. Aber mit Charlotte und Wolfgang wechselte ich kein Wort darüber, ich kann es heute nicht verstehen.

Kristin war neun Monate alt, als uns ein gütiges Geschick eine Wohnung bescherte. Wilhelm war in Waiblingen am Landratsamt als Assessor tätig. Eines Tages kam eine verwitwete Pfarrersfrau zu ihm. So nebenbei erzählte sie ihm, dass sie ihr von Bomben zerstörtes Haus wieder aufgebaut habe. Nun suche sie noch Mieter für ihre Dachwohnung. Wilhelm dachte sofort an uns. Frau Pfarrer reagierte sehr positiv. Die Schwester vom Herrn Doktor, das mussten rechte Leute sein. Außerdem war sie noch mit den Mühlenbesitzern befreundet. Wir sahen uns die Wohnung an und griffen begeistert zu, nachdem auch der Bürgermeister sein Einverständnis gegeben hatte.

Ein kleiner, rechteckiger Flur führte in ein 14 m² großes Wohnzimmer, das zwei Fenster hatte: eines in der Schräge, ein Dachgaubenfenster, und ein normales an der Giebelwand. Hinter dem Wohnzimmer befand sich ein 10 m² großes, gefangenes Schlafzimmer. Eine kleine Küche und ein Plumpsklo auf der anderen Seite. Ein Zimmer neben dem Wohnzimmer hatten die Mieter im ersten Stock belegt und als Büro eingerichtet. Sie hatten einen Metzgerei-Einrichtungsbetrieb, einen reinen Familienbetrieb, den die drei Söhne aus amerikanischer Gefangenschaft wieder aufbauten. Der älteste Sohn war unverheiratet und wohnte hier bei seinen Eltern, war aber die ganze Woche auf Reisen und besuchte Metzgereien. Das sollte sich für uns als sehr nahrhaft erweisen, denn dank unseres guten Verhältnisses zu der Familie bekamen wir jeden Samstag einen Teller mit Wurstwaren; er musste ja bei seinen Kunden reichlich einkaufen.

Charlotte und Wolfgang waren froh, unser seitheriges Zimmer in Stuttgart nun für ihre Tochter Petra zur Verfügung zu haben.

Beinstein (1949 bis 1955), sowie Böblingen und Stuttgart

Frau Pfarrer war groß, eher hager und hatte glatte Haare zu einem Knoten frisiert. Sie war von tatkräftigem, verständnisvollem Wesen, von schwäbischer Sparsamkeit und doch hilfsbereit und großzügig.

Sie war auch eine leidenschaftliche Gärtnerin. Wir durften ein verhältnismäßig großes Beet innerhalb ihres nicht allzu großen Gartens für uns bepflanzen. Günther organisierte mir einen Wagen voll herrlichen verrotteten Mistes aus der Mühle. Dieser bewirkte, dass ich eine hervorragende Gemüseernte erzielte, von der wir den ganzen Sommer und Herbst über profitierten. Auch Erdbeeren hatte ich gepflanzt, die Früchte trugen, deren Größe prämierungswürdig waren. Frau Pfarrer hatte Kristin in ihr Herz geschlossen. „Mein Mägdlein", sagte sie immer voll Zärtlichkeit.

Zum Umzug hatten wir uns Bettstellen mit Matratzen, einen Esstisch und vier Stühle angeschafft. Ich hatte einen Platinring mit einer großen Perle günstig verkaufen können. Auch für ein kleines Küchenbuffet hatte es noch gereicht.

So hatten wir es schon recht gemütlich. Aber welches Entsetzen!: Wir waren kaum vier Tage eingezogen, da krabbelte eine dicke Wanze im Schlafzimmer, wo das Kinderbettchen stand, die frisch mit Raufaser tapezierte Wand empor. Obwohl wir unter der Mithilfe von Günthers Freund Dieter noch in der Waschküche des alten Hauses in Stuttgart sämtliche Möbel gründlichst geschrubbt hatten, hatten wir anscheinend doch welche mitgebracht. Die ganze Nacht über berieten wir: Sagen wir es der Frau Pfarrer oder sagen wir es ihr nicht? Dieser peinlich sauberen Frau, die eine so hohe Meinung von uns hatte - nein, das konnten wir ihr nicht sagen. Wanzen in ihrem neuen Haus, auf das sie so stolz war! Sie würde uns auf der Stelle kündigen.

Ich wollte zur Drogerie gehen und mich beraten lassen, und zwar gleich am nächsten Morgen. Im Laden waren viele Kunden, so bemühte ich mich, dem Drogisten so diskret wie möglich mein Anliegen vorzutragen. Er verstand mich erst nicht, weil ich so leise sprach, „Ach Wanzen!", posaunte er dann plötzlich laut in den Laden, „Kein Problem!", und gab mir ein flüssiges Mittel, mit dem wir den ganzen Raum bei geschlossenen Fenstern aussprühen sollten. Am selben Tag begann Günther wild entschlossen einen Vernichtungsfeldzug und versprühte das Gift, bis er hustend und selbst halb vergiftet aus dem Zimmer taumelte. Von da an hatten wir Ruhe.

Mutter war es leid, weiterhin allein in Legau zu bleiben und uns sowie Vater nur hin und wieder zu sehen. Dennoch sagte sie später Immer: „In Legau war meine schönste Zeit". Mit Wichtel streifte sie dort durch die liebliche Allgäuer Natur, pflückte Beeren und sammelte Pilze, half hier und dort aus und war im ganzen Ort bekannt und beliebt. Sie aß einfach und hatte keine Plage mit dem Haushalt. Gesundheitlich ging es ihr dort recht gut. Aber sie wollte nach Stuttgart ziehen, um in unserer Nähe zu sein. Vater hatte sich in Wolfenbüttel bei der Viktoria-Versicherung schon einen Kundenstamm mühevoll aufgebaut, als er die Möglichkeit bekam, in Stuttgart bei der Allianz anzufangen. Aber obwohl er da wieder von vorne anfangen musste, war er bereit, das mühsam Aufgebaute aufzugeben und in eine neue Stadt zu ziehen. Er war wirklich nicht kleinzukriegen.

Vaters und Mutters gemeinsame Sehnsucht war, wieder in einem eigenen Haus, mit Garten zu wohnen. Sie fanden in Stuttgart-Gablenberg ein Ruinengrundstück auf einem ehemaligen Weinberg. Eine steile Treppe, von Kletterrosen überdacht, führte hinauf. Von der Ruine standen nur die Außenwände und ein kleiner Weinkeller mit gewachsenem Boden, der Vater gleich entzückte. Es war ein romantisches Grundstück und kam den Vorstellungen meiner Eltern sehr nahe. DM 10.000,00 sollte das Projekt kosten. Der Verkauf des Schmucks, den Mutter im Brustbeutel auf der Flucht und die ganze unsichere Zeit über gerettet hatte, ermöglichte ihnen die Finanzierung des Baus. Den Wiederaufbau übernahm ein Architekt, den ich aus der Zeit meiner Tätigkeit bei dem Stuttgarter Architekten her kannte, zu günstigen Bedingungen. Alles sollte so einfach wie möglich ausgeführt werden, um die Kosten niedrig zu halten. Günther half in seinem Urlaub, der damals allerdings nur zehn Tage im Jahr betrug, den alten Schutt zu beseitigen. Während der Bauzeit hatten sich die Eltern ein möbliertes Zimmer genommen. Die Vermieterin war zwar eine etwas zwielichtige Person, und noch obskurer war ihr Freund, aber sie hatten das Zimmer angenommen, weil es in der Nähe lag und Unterkünfte ohnedies mehr als rar waren. Eines Tages musste Mutter mit Entsetzen feststellen, dass ein kostbarer Ring fehlte. Sie hatte das Zimmer kurze Zeit verlassen, nachdem sie es verschlossen und den Ring unter das Kopfkissen gelegt hatte. Die Vermieterin konnte sich nicht genug tun, Mutter ihr Bedauern über den Verlust zu beteuern - überschwänglich und falsch, wie Mutter sagte. Die Polizei machte ihr keine Hoffnungen, den Ring wiederzubekommen, da sie keinerlei Beweise hatte. Dass der Freund mit einem Nachschlüssel ins Zimmer gegangen sei und ihn aus dem Haus geschafft habe, wäre nur eine Vermutung. Mutter war untröstlich. Am nächsten Tag hätte sie einen Käufer gehabt und der Erlös war eingeplant in die Kalkulation.

Das Häuschen haben sich meine Eltern schwer erkämpft. Vater besuchte unermüdlich Firmen, um neue Kunden zu gewinnen. Den Sekretärinnen brachte er Bonbonnieren mit, damit er vorgelassen wurde. Mit seinem Einsatz und seinem Humor gewann er viele Sympathien. Allerdings ging er bereits auf die 70 zu. In einem Alter also, in dem andere längst in Rente oder pensioniert sind, musste er nochmals anfangen, den Lebensunterhalt zu verdienen. Mutter sagte oft, Vater sei wie ein Rennpferd: nicht zu stoppen auf dem Weg zu seinem Ziel. Zu ihrem Verdruss lief er auf Spazierwegen immer vorneweg, wollte alles sehen oder rannte der Straßenbahn nach, um noch mitzukommen. Weder Hitze noch Kälte konnten ihn an seinen Vorhaben hindern. Mutter litt unter den sehr unregelmäßigen Einnahmen. Sie war für Sicherheit und Ruhe. Dass er wie sich später herausstellte, aus Verärgerung die Krankenversicherung kündigte, und das kurz vor ihrer Krankheit, hat sie ihm sehr übelgenommen.

Vater hatte es wieder verstanden, das Haus mit Atmosphäre zu beleben. Die Wohnküche war einmalig: Irgendwoher hatte er eine massive Holzeckbank mit passendem Tisch aufgetrieben und ein Tischler fertigte Kücheneinbauschränke nach meinen Zeichnungen an. Der Kachelofen, die Gardinen, der Herrgottswinkel, alles passte zusammen und erinnerte an ihr geliebtes Oberbayern. Aber die Einrichtung war nicht zu verwechseln mit dem heutigen nachgemachten alpenländischen Stil, sondern war einfach und zum Wohlfühlen. Mutter schlief im Wohnzimmer, da Vater so schnarchte. Außer ihrem Bett stand dort kaum etwas, trotzdem wirkte es gemütlich. Am originellsten war Vaters Büro, in dem er auch schlief. Klein und vollgestopft glich, es eher einer Alchimistenbehausung: Hier gab es ein Goldfischglas oder gläserne Behälter, in denen beispielsweise Enzianwurzel und alle möglichen Kräuter angesetzt waren. (Diese Auszüge brauchte er zu seinem selbstgebrannten Schnaps. Der Garten bot Pflaumen, Birnen und Äpfel, und die ganze Ernte wanderte in das Fass, das er mit Sorgfalt überwachte.) Überdies füllten Ordner und Schriftstücke, eine vorsintflutlich Schreibmaschine sowie verschiedene Pflanzen den Raum an.

Vater hatte seine eigene Buchführung, zum Leidwesen der Gesellschaft, die sich technisiert hatte. Aber es funktionierte alles reibungslos und die Kunden kamen zu ihrem Recht, da er viele Kleinschäden auf dem Kulanzwege bereinigte. Als er wegen einer Bauchoperation, die er bis zum Durchbruch hinausgezögert hatte, im Krankenhaus lag, nannten ihn die Ärzte und Schwestern nur Pius XII. Tatsächlich hatte Vater mit seinem schmalen Kopf und der großen Hakennase verblüffende Ähnlichkeit mit diesem Papst. Wir gingen alle gerne zu den Eltern; Mutters gute Küche war auch ein Anziehungspunkt.

Endlich, nach neun Monaten, wurde Kristin von ihrem Gips befreit. Der Arzt war sehr zufrieden, und langsam lernte sie auch gehen, wenn sie auch lange Zeit sehr vorsichtig ging. Geistig war sie ihrem Alter weit voraus. Ich erinnere mich noch gut an ihren ersten Geburtstag. Die Hausbewohner hatte ich zum Kaffee eingeladen und den Tisch ein wenig festlich gedeckt: selbstgebackene Hefenusshörnchen, Kerzen und Blumen standen darauf. Als ich Kristin ins Zimmer trug und diese den Tisch sah, strahlte sie und sagte: „Oh, Butstag", ganz deutlich. Der Arzt meinte, durch die Bewegungsbehinderung habe sich dafür ihr Geist schneller entwickelt.

Frau Pfarrer vergötterte sie. Sie durfte oft von ihrem täglich gleichen Menü, Suppe und Pudding, probieren. Leider aß Kristin immer noch wie ein Spatz und war dementsprechend dünn wie eine Heuschrecke. Aber süß war sie mit ihren großen, lang und dicht bewimperten, dunklen Augen, die immer erwartungsvoll in die Welt blickten. Nur wenn sie im Kinderwagen saß, hatte sie einen ernsten, strengen Blick. Frau Pfarrer nannte sie dann ihre „Viertelsgräfin".

Günther hatte eine lange und anstrengende Arbeitszeit, aber er war froh, nicht mehr jeden zweiten Tag bei jedem Wetter mit dem Fahrrad über Fellbach nach Stuttgart fahren zu müssen. Auch konnte er jetzt, wenn er jeden zweiten Tag etwa bis eine Stunde nach Mitternacht Mahldienst hatte, den nahe gelegenen Remsdamm entlanggehen und dann zu Hause schlafen, anstatt in der primitiven im Winter eisigen, Kammer in der Mühle.

Wir waren glücklich. Doch an unserem bisher wolkenlosen Gemütshimmel zogen plötzlich Wolken auf. Im Februar 1949 war Tante

Marie unerwartet an Brustkrebs gestorben. Im März fuhr ich mit Kristin nach Legau. „Du musst jetzt zeigen, dass Du eine tüchtige Müllerin abgibst und Onkel Xavers Vorurteile widerlegst", sagten Wilhelm und die Eltern. Ich stürzte mich geradezu in diese Aufgabe, besonders um Günthers willen. Er hing dank seine schönen Kindheitserinnerungen mit ganzem Herzen an der Mussenmühle. In Malchow hatte ich, was Hausarbeit, Gartenarbeit und Viehzucht betraf, viel gelernt. Nun galt es zu beweisen, was ich konnte.

Ich kochte, buk, putzte, räumte Schränke auf, grub und pflanzte im Garten, fütterte die Schweine und Hühner. Nebenbei musste ich noch Kristin versorgen, die gerade ein halbes Jahr alt war. Der jüngste Bruder der soeben verstorbenen Tante Marie, ein Junggeselle, der ebenfalls Xaver hieß, war auch gekommen. Abends, wenn ich schon todmüde war, brachten die beiden Männer noch ihre Kleider zum Ausbessern und Entflecken. Sie gaben mir kein Geld zum Einkaufen. Da ich nicht dauernd darum bitten wollte, so schrieb ich Günther und bezahlte dann alles aus eigener Tasche. Onkel Xaver der Erste, wie ich ihn nennen will, machte geheimnisvolle Ausflüge. Auf meine Fragen gab er keine Antwort. Von anderer Seite erfuhr ich, dass er wieder eine Frau suchte und sich da und dort mit solchen traf. Eine alte, weitläufige Verwandte, die Kupplerin des Ortes, versorgte ihn mit Adressen. Ich erntete für meine Arbeit keinen Dank. Das einzige, was er einmal zu mir sagte, war: „Ich hätte Dir gar nicht so viel zugetraut".

Ich wusste nicht, was ich denken sollte. Wollte er wirklich wieder heiraten? Was würde dann aus uns? Günther hatte alle sonstigen Berufspläne zurückgestellt und sich nur auf die Müllerei konzentriert. Wie oft hatten wir uns unsere Zukunft in der Mühle ausgemalt! Ich hatte im Geiste Pläne gemacht, wie wir so nach und nach bauliche Veränderungen und Renovierungen vornehmen würden, ohne den Charme des alten Hauses zu stören. Rosen wollte ich anpflanzen, Gemüse und Blumen gediehen so gut in dem Garten. Ich stellte mir vor, wie ich den Ertrag steigern und dann damit in Memmingen auf den Markt gehen würde; Bauernbrot und frische Eier waren sicher auch gefragt. Meine schönsten Kindheitserinnerungen gehen ja zurück nach Dittmannsdorf. Wie gerne war ich dort im Pferde- und

Kuhstall gewesen, begeistert hatte ich Hühner und Enten gefüttert. Und jetzt könnten wir auch in Legau wieder mit Tieren leben. Ich könnte wieder einen Hund haben - wie schön hätte er es auf dem Hof. Die Jahreszeiten würden wir intensiv miterleben. Die vor uns liegende Arbeit unterschätzte ich nicht, aber wir würden sie bewältigen und wären unser eigener Herr. Nur, wie würde es mit den zwei Xavern gehen? Würde der Onkel nicht immer bestimmen wollen und versuchen, uns mehr wie Knecht und Magd zu behandeln? Der andere Xaver sollte auf Lebenszeit im „Stüble", einem Ausgedinge im Mühlenanbau, Heimatrecht genießen. Auch er würde seine eigenen Vorstellungen mitbringen, es handelte sich ja schließlich um sein Elternhaus.

Würden wir mit all dem fertig werden? Dies ging mir durch den Kopf.

Jetzt wollte ich erst einmal zeigen, dass ich sehr wohl imstande war, die Aufgaben einer Müllerin zu meistern und damit Vorurteile gegen mich widerlegen.

Am nächsten Samstag beim Morgenkaffee sagte der Onkel: „Kannst Du nicht heute einen Kuchen backen?" Ach, wie nett, dachte ich, dann will er heute Nachmittag mit uns gemütlich Kaffee trinken, und wertete es als Pluspunkt für mich. Mit Eifer buk ich also eine Biskuitrolle mit Erdbeersahnefüllung. Es war gar nicht so einfach, mit dem Holzfeuer die Hitze zu regulieren. Doch das Ergebnis hätte selbst einem Konditor Ehre machen können. Nach dem Mittagessen sagte Onkel Xaver aber zu meiner Enttäuschung: „Wenn Du mit dem Spülen fertig bist, kannst Du zu Deiner Mutter gehen". Warum auf einmal so gönnerhaft? Sonst hatte er doch immer etwas dagegen. Wollte er mich aus dem Haus haben? Auch der Magd hatte er freigegeben und der andere Xaver ging zum Tarockspielen. Als ich am Abend zurückkam, standen auf dem Schüttstein zwei gebrauchte Kaffeebecher und zwei Teller. Von der Biskuitrolle war kaum noch etwas übrig.

Im Dorf nahmen viele Leute Anteil an den Ereignissen in der Mussenmühle, die dem Dorfklatsch reichlich Nahrung boten. Viele Legauer waren uns sehr freundlich gesonnen. So erfuhr ich, dass der

Müller noch immer auf Freiersfüßen wandelte. Er habe eine Frau aus Memmingen vom Zug abgeholt und gegen 17 Uhr wieder zum Bahnhof gebracht. Ich überlegte, ob ich ihn nicht darauf ansprechen sollte, aber dann fürchtete ich, alles zu verderben, und sagte mir: „Gehe es, wie es will, ich muss meine Aufgabe jetzt und hier erfüllen".

Aber gerade das wurde mir immer schwerer. Der andere Xaver verwaltete die Vorräte mit äußerster Sparsamkeit, ja mit Geiz. Von den Äpfeln bekam ich nur die angefaulten in die Küche. Dann brachte er mir Fleisch, das in Lake eingelegt war. Ein unangenehmer Geruch stieg mir in die Nase. Angewidert bereitete ich es zu, doch auch beim Braten roch es, trotz reichlichen Würzens wie Bohnenkraut und Majoran, nicht appetitlicher. Ich frage mich heute, warum ich es nicht auf den Misthaufen geworfen habe. Nein, ich zwang mich auch noch, davon zu essen. Das sollte ich bitter bereuen, denn ich bekam eine so schlimme Magen- und Darmerkrankung, dass ich abreisen musste. Es war mir unerklärlich, dass die zwei Xavers ohne Beschwerde blieben. Mir war jedenfalls noch zuhause in Beinstein wochenlang schwach und elend zumute.

Froh war ich indes, wieder zuhause bei Günther zu sein, aber ich war recht niedergeschlagen, denn im Rückblick hatte ich das Gefühl, dass all mein guter Wille und meine Arbeit nicht anerkannt worden waren. Haus, Hof und Garten hatte ich so schön in Ordnung gebracht, aber ich hatte die Mauer aus Verdrossenheit und Verschlagenheit nicht durchbrechen können. Ich war sicher nur ausgenutzt worden.

Mein Gefühl sollte mich nicht getäuscht haben. Nach einiger Zeit erfuhren wir durch Bekannte aus Legau, der Mussenmüller habe in aller Heimlichkeit, nur auf dem Standesamt, eine viel jüngere Witwe mit einem 13-jährigen Sohn geheiratet. Als wir noch hörten, dass ein Vertrag bestand, in dem der Sohn als alleiniger Erbe eingesetzt war, wurde uns bewusst, dass wir unsere jahrelang genährten Pläne und Hoffnungen begraben mussten. Für uns hieß es: „Mühle ade!" Denn wir hatten nur mündliche Versprechungen entgegenzusetzen, und Tante Marie war tot.

Günther hatte die Müllerei viel Freude gemacht, doch jetzt bot sie keine Aussichten mehr. Der Verdienst reichte bei weitem nicht aus, eine Familie zu ernähren, und ich dachte überdies an die Gefahr einer Staublunge, an der ein Kollege erkrankt war. Schlaflose Nächte und endlose Diskussionen brachten uns zunächst auch nicht weiter. Es war, als wenn unser Zug an einem Halt stünde. Wie würden jetzt die Weichen gestellt werden, wohin würde er uns bringen?

An einem schönen Spätherbsttag 1949, es war Samstagnachmittag, sollten wir einen Fingerzeig erhalten. Ich war gerade mit den Erdbeerpflanzen im Garten beschäftigt, Günther grub unser Gartenbeet um. Von einem Fenster im ersten Stock aus schaute uns der Seniorschef der Metzgerei-Einrichtungsfirma zu und unterhielt sich mit Günther. Plötzlich sagte der alte Herr: Wollen Sie nicht bei uns anfangen?" Wir schauten uns überrascht an, und Günther antwortete – ich muss wohl zustimmend genickt haben – „Darüber lässt sich reden".

Es gab nicht viel zu überlegen. Sie wurden sich schnell einig. Das Anfangsgehalt von DM 200,00 war zwar niedriger als die seitherigen, vornehmlich aus Trinkgeldern bestehenden Mühleneinkünfte, aber es würde schon irgendwie gehen.

Also am 1. Januar vom Mahlknecht zum Büroangestellten. Heiligabend nahm Günther Abschied von der Mühle. Besonders die jüngste Tochter ließ ihn ungern gehen. Ich glaube, sie hatte die Hoffnung, dass unsere Ehe scheitern würde, immer noch nicht aufgegeben - Ich bekam von Günther am Tag seines Abschieds aus der Mühle einen Gummibaum. Dieser sollte uns die ganzen Jahre begleiten. Es war ein richtiger Mutterbaum. Mit unzähligen Ablegern habe ich Freunde und Verwandte beglückt.

In den wenigen Tagen zwischen Weihnachten und Neujahr erlernte Günther auf unserem wackeligen schmiedeeisernen Tisch das Schreibmaschinenschreiben im Zehnfingersystem, Stenographie hatte er sich bereits in den letzten beiden Gymnasialjahren selbst beigebracht.

Ich war jetzt einigermaßen beruhigt. Es war immerhin ein Anfang aber das Geld langte trotz äußerster Sparsamkeit kaum länger als bis zum 20. eines Monats, und so sannen wir auf Nebenverdienste. Wir verkauften Hemden auf Provisionsbasis. Anneline hatte wieder geheiratet und ihr Mann betrieb zusammen mit seinem Bruder in Ulm eine Hemdenfabrikation. Mit einer Musterkollektion gingen wir von Haus zu Haus. Die Bestellungen leiteten wir nach Ulm, bekamen von dort die Hemden zugeschickt und lieferten sie dann aus. Bei Bekannten machte es mir nichts aus, aber Fremde als Kunden zu werben, fiel mir nicht leicht. Da machte ich manch unliebsame Erfahrung. Es waren ja hauptsächlich die Frauen, die die Hemden für ihre Männer kauften. Mit männlichen Kunden kam ich besser zurecht. Einmal passierte es mir, dass eine Hausfrau, als ich ihr die bestellte Ware bringen wollte, mir die Tür vor der Nase zuschlug mit den Worten: „Ich möchte, dass Ihr Mann mir die Hemden bringt".

Auf Raten kauften wir uns das erste Modell eines Strickapparates. Ein Monstrum, das man nur mit äußerster Anstrengung betätigen konnte. Hatte man glücklich die ersten Maschen in den Nadeln, musste man sie mit Gewichten beschweren, damit sie nicht wieder heraussprangen. Vorausgegangen war eine komplizierte Rechnung: So und so viele Maschen ergaben so und so viele Zentimeter, was wiederum von der Stärke der Wolle abhing. Wie schnell fiel eine Masche herunter, die man mühsam wieder aufhäkeln musste. Vor allem durfte man nicht vergessen, die Gewichte rechtzeitig nachzuhängen, denn sonst war die Arbeit nicht mehr gespannt und löste sich vom Apparat. Aufträge bekam ich zur Genüge. Wie gut, dass die Leute damals nicht so anspruchsvoll waren, denn meine ersten Modelle waren sicherlich keine Meisterwerke. Die Wolle konnte ich verbilligt einkaufenm und der Stricklohn war, obwohl gering, doch ein Zubrot für den Haushalt. Die ganze Familie war allmählich eingestrickt. Mit der Zeit konnte ich auch Muster und hübsche Kanten einstricken. Ich erinnere mich an ein rotes Kleidchen für Kristin, in dem sie sehr süß aussah. Es war unverwüstlich, ihre jüngeren Cousinen haben es noch mit Freude getragen.

Damals kam das Fußballtoto in Mode. Sollten wir es nicht auch einmal versuchen? Günther verstand etwas vom Fußball und versprach, eine glückliche Hand zu haben, denn er hatte schon zweimal bei einer Tombola den Hauptgewinn gezogen. Hochbeglückt hatten wir das eine mal eine Küchenwaage in Empfang genommen, das andere Mal einen Nähkasten. Und da war ja noch der große Bär, der Haupttreffer auf dem Rummelplatz. Heute würde sich kein Mensch um diese Sache in einfachster Ausführung reißen, doch für uns waren sie Schätze. Warum sollte Fortuna Günther nicht auch beim Toto einmal hold sein? Um die Chancen zu vergrößern, taten wir uns mit einem Fußballvereinskameraden zusammen. Mit ihm wurde das Ausfüllen des Totoscheins am Donnerstagabend zum Vergnügen. Welcher Verein wird gewinnen? Und dies auf jeden Fall? Dies ergab dann eine so genannten „Bank" im kleinen Systemtipp. Günther ging die Sache mehr von der Wahrscheinlichkeitsrechnung her an, während Fritz, so hieß der Vereinskamerad und Mittipper, der augenblicklichen Form, in welcher sich die Vereine gerade befanden, besonderen Wert beimaß. Bei Most und Butterbroten wurde die Diskussion zum Ende der Sitzung immer lebhafter. Samstagabend am Radio stieg dann die Spannung, um nach der Durchgabe der ersten Ergebnisse meist schon in Enttäuschung zu enden. Doch eines Samstags war es wieder einmal Zeit für die Durchgabe der Fußballergebnisse. Günther saß am Tisch, den Totoschein vor sich, ich schaute ihm über die Schulter. Das erste Spiel richtig, ebenso das zweite und das dritte. Zwei der "Bänke" waren richtig, darunter die „Unentschieden-Bänke". Das 7.,8.,9 und 10. Spiel waren alle richtig im Grundtipp. Schließlich stand fest: Wir hatten einen „Zwölfer"! Einen „Zwölfer" ! Wir schnappten fast über vor Freude. Wie viel Geld würde es diesmal geben? Gewinne von DM 100.000,00 und mehr waren damals durchaus schon möglich, besonders bei überraschenden Spielergebnissen. Wir konnten die Durchgabe der voraussichtlichen Quoten am nächsten Morgen kaum erwarten und schliefen schlecht. Im Geiste sah ich uns schon in meinem Traumhaus. Aber der Traum verflog rasch, als die Quoten bekannt gegeben wurden. Insgesamt ca. DM 1.300,00 für den 1. 2. und 3. Rang, die niedrigste Gewinnsumme seit langem. Das ergab für jede der beiden Wettparteien je DM 650,00. Es war zwar auch viel Geld damals, nur hatten wir schon mit etwas mehr gerechnet. Doch wir konnten Rückstände im Hemdenhandel bezahlen und leisteten uns einen Einkaufsbummel mit Mittagessen im Bahnhofsrestaurant Stuttgart für DM 5,00 pro Person. Ich durfte mir eine Bluse aussuchen. So froh ich über Tante Hannas Kleiderpakete war, genoss ich den Luxus, mir etwas selbst kaufen zu können, mit besonderer Genugtuung.

Unser zweites Kind war unterwegs. Mutter war wieder einmal entsetzt: „Kind, wie könnt ihr nur, wo es so schon hinten und vorne nicht langt! und überhaupt: Du bist so dünn".

Ich hatte es mir in den Kopf gesetzt, diesmal zur Geburt zuhause zu bleiben. Hermine, die Älteste der drei Mühlentöchter, war Hebamme, genannt die „Hermese". Die junge Frau des Pfarrers, mit der ich befreundet war, hatte sechs Kinder im Pfarrhaus mithilfe von Hermese zur Welt gebracht. Wieviel schöner es in häuslicher Umgebung sei, hatte sie mir vorgeschwärmt. Ich glaube, sie bekam die Kinder hauptsächlich, um das Wochenbett zu genießen. Mutter hatte Bedenken und bestand darauf, dass wenigstens ein Arzt dabei sein müsse. 14 Tage quälte ich mich über die Zeit. Da gab mir Hermese Chinin. Die Tablette sollte ich nehmen, die werde die Geburt einleiten. Kaum hatte ich sie am Abend geschluckt, sagte Günther: „Mir ist so schlecht, ich glaube, ich werde krank". Und er legte sich auf die Couch. Das kann ja heiter werden, dachte ich, und kochte ihm einen Kräutertee, von dem es ihm noch schlechter würde. Gegen 22.00 Uhr begannen wirklich die Wehen, und dies gleich ziemlich heftig. Günther holte die Hebamme. Hermese kam, wollte einen Kaffee, und legte sich zum Schlafen auf die Couch.

Derweil saß ich auf einem Stuhl und ließ die Schmerzen über mich ergehen. Gegen Mitternacht musste ich mich ins Bett legen. Günther hatte die Ehebetten auseinandergestellt, damit etwas mehr Platz war. Kristin war nebenan bei Frau Reich. Hermese traf unbekümmert einige Vorbereitungen, doch als plötzlich das Kindspech an die Wand spritzte, bekam sie es mit der Angst zu tun. Sie rief sofort den Arzt an, der in wenigen Minuten, aus Waiblingen kommend, eintraf. Ich tat, was ich konnte, aber es ging und ging nicht vorwärts: Steißlage und ein Ärmchen nach oben über den Kopf. Ich war schon wie von

Sinnen, aber es sollte noch schlimmer kommen. Der Arzt fuhr mit der Hand in mich hinein, um die Lage zu verändern. Wollten sie mich bei lebendigem Leib zerreißen? Meine gellenden Schreie hallten durch das ganze Haus. Du hast so etwas schon einmal bei einer Kuh gesehen, schoss es mir durch den Kopf.

Endlich war der Junge draußen. Aber er schien völlig leblos. Jetzt begann ein hektisches Treiben: Das Fenster wurde aufgerissen und der Arzt hielt das Baby an die kalte Morgenluft, schleuderte es in der niedrigen, schrägen Dachstube fast bis an die Decke und tauchte ihn in fast heißes Wasser – aber es gab kein Lebenszeichen. „Rasch, holen Sie mir aus meinem Auto die Schachtel aus dem Handschuhfach". Günther flog die Treppe hinab, vorbei an den weißen, schreckensbleichen Gesichtern der Hausbewohner. Eine Spritze, die Ertrunkene zur Wiederbelebung bekommen, brachte endlich den erlösenden Schrei.

Nun erst konnten sie sich mir zuwenden. Ich wurde wieder zugenäht, wobei Günther mit der Nachttischlampe leuchten musste. Ich fühlte schon gar nichts mehr. Die Nachgeburt hat Günther bei Morgengrauen im Garten vergraben.

Der Arzt stieß sich während der Behandlung das Knie ganz fürchterlich an unserem dafür bekannten eisernen Tisch, ich erinnere mich noch gut an den Indianertanz, den er daraufhin aufführte.

Beim Abschied beugte sich Hermese über den Stubenwagen und sagte: „Jetzt kann er nur noch eine Gehirnblutung kriegen." Er bekam sie Gott sei Dank nicht, dafür ich aber eine Brustvereiterung mit höchstem Fieber, und ich sprach nur wirres Zeug. Am 1. Oktober kam Schwester Ursel von der Familienpflege. Bis dahin hatte Günther mich und das Kind, auf einem Bein hüpfend, versorgt.

Am Wochenende vor der Geburt war ein wichtiges Punktespiel gewesen, und da Günther die meisten Tore zu schießen pflegte, bearbeiteten ihn seine Kameraden, doch auf jeden Fall mitzuspielen. Ausgerechnet bei diesem Spiel trat er so unglücklich auf eine Grasscholle (die damaligen Fußballplätze der unteren Klassen glichen eher Krautäckern), dass sein Knöchel riesig anschwoll. So teilte Günther schließlich mit mir das Wochenbett, und Schwester

Ursel betreute uns bestens. Es war eigentlich recht gemütlich. Doch ich, elend wie ich nach all den erlittenen Schmerzen war, konnte mich nicht von der Vorstellung das Bett nicht mehr zu verlassen befreien. Schwester Ursel, jung, hübsch, sympathisch, erzählte mir, in ihrem Beruf als Säuglingsschwester hätte man die Chance, den Witwer zu heiraten, wenn die Frau im Wochenbett stürbe. Das käme oft vor.

Wir hatten den Bub „Hans-Günther" genannt, Schwiegermutter zuliebe: Hans hieß ihr gefallener ältester Sohn. Hans-Günther war von Anfang an nicht richtig satt zu kriegen, selbst nach der größten Mahlzeit schrie er noch wie ein Löwe. Es war nicht auszuhalten. In der Dachstube war es im Winter eisig kalt und es zog durch die nicht isolierte Schräge, sodass ich nur mit Kopftuch schlief. Um nicht aufstehen zu müssen, weil ich erkältet war, nahm ich Hans-Günther mit in mein Bett. Von Stund an schlief er nur mit dem Ärmchen um meinen Hals und würgte mir fast die Luft ab. Günther duldete ihn nur ungern im Schlafzimmer und protestierte lauthals. Nur am Wochenende wurde er akzeptiert. Außerdem war Kristin eifersüchtig auf ihr Brüderchen, und besonders während des Stillens trieb sie allerlei Unsinn, um auf sich aufmerksam zu machen. Doch wollte sie ihn auch selbst betreuen und schmierte ihm das Gesichtchen dick mit Niveacreme ein. Einmal kam ich gerade hinzu, wie sie dem Winzling Leberwurstbrot in den Mund stopfte.

Eines Tages kam eine Handlungsreisende an die Tür. Es stellte sich heraus, dass sie aus Chemnitz war und unsere Familie gut kannte. Ich bat sie herein. Sie war in großer finanzieller Not. Das Zimmer war ihr gekündigt worden, und sie wusste nicht, wohin sie gehen sollte. Wir boten ihr vorübergehend unser Sofa an, und sie kam mit Sack und Pack. Ohne Kaffee und Zigaretten konnte sie nicht leben. Sie hatten Schulden über Schulden bei ihrer Vertriebsfirma und wir sollten sie retten. Erst war ich froh, dass sie mir etwas im Haushalt half, da ich immer noch nicht bei Kräften war. Aber dann wurde sie zum Albtraum. Ihr Sohn im Rheinland, an den wir schrieben, lehnte es ab, ihr zu helfen. Wir hatten nicht das Herz, sie vor die Tür zu setzen. Da kam Anneline zu Besuch. Als sie meinen Nervenzustand sah, nahm sie Kristin und mich kurzerhand mit nach Ulm.

Schwiegervater war empört. „Wie kannst Du der Frau Dein Kind ausliefern? Meine Frau hätte das nie getan!" Gleich am anderen Morgen fuhr er mit nach Beinstein. Schwiegervater stürmte ins Wohnzimmer, als wäre er wie früher im Polizeieinsatz. Günther saß zusammen mit der Frau auf dem Sofa, Hans-Günther schlief friedlich in seinem Körbchen. Es sah eigentlich ganz traulich aus. Wohl deshalb blieb Schwiegervater plötzlich im Türrahmen stehen und herrschte seinen Sohn an: „Hast Du mit der Frau was g'habt??" (Die Frau war Mitte 50!). Da explodierte Günther: "Ich schmeiß' Dich raus", schrie er seinen Vater an - die Szene war bühnenreif. Ich flüchtete aus dem Haus. Als ich nach einer halben Stunde wiederkam, war Schwiegervater abgerauscht, nachdem er die Frau aus dem Haus gejagt hatte.

Einige Monate später litt ich unter Unterleibsschmerzen. Die Frauenärztin konnte jedoch nichts feststellen. „Passen Sie auf Ihren Blinddarm auf", sagte sie noch. Eines Abends – ich stand gerade am Herd und bereitet Bratkartoffeln, als Günther heimkam – konnte ich ihn gerade noch begrüßen, dann lag ich ohnmächtig auf dem Boden. Schöner Schreck! Auf dem Sofa kam ich wieder zu mir. Günther maß das Fieber: Etwas mehr als 40 ° C. Er rief sofort den Arzt an, den gleichen, der mir bei der Geburt beigestanden hatte. „Wahrscheinlich ist es der Blinddarm", sagte Günter, in Erinnerung an das, was die Frauenärztin kurze Zeit vorher diagnostiziert hatte. „Da hat man nicht so hohes Fieber", meinte der Arzt (und tatsächlich war das Fieber wirklich nicht so hoch, denn wir hatten versäumt, die Quecksilbersäule des Fieberthermometers vor dem Messen herunterzuschlagen). „Ich glaube nicht, dass es der Blinddarm ist. Machen Sie Umschläge, ich komme morgen wieder" – riet der Arzt. Da wurde Günther bestimmter: „Ich bestehe darauf, dass Sie meine Frau in ein Stuttgarter Krankenhaus einweisen", verlangte er. „Sie bleibt mir die Nacht über nicht hier". Darauf erwiderte der Arzt scharf: „Bin ich hier der Arzt oder Sie?" Wie die Kampfhähne standen sie sich gegenüber. Günther ließ sich nicht beirren, ein Krankenwagen wurde bestellt, und um 22.00 Uhr befand ich mich in der Klinik, mit der schriftlichen Einweisungsdiagnose: „Unklare Schmerzen im rechten Unterbauch".

Um 23.30 Uhr lag ich schon unter dem Messer. Man hatte den Professor zuhause geweckt, die Operationsschwestern aus dem Schlaf gerissen. Es war allerhöchste Zeit gewesen, denn der Blinddarm war total vereitert.

Als es mir wieder etwas besser ging, genoss ich den Krankenhausaufenthalt. An Urlaub konnten wir ja im Traum nicht denken. Hier bekam ich gutes Essen ans Bett gebracht, konnte schlafen und lesen soviel ich wollte. Meine Bettnachbarin war eine lustige Nudel, und wir lachten den ganzen Tag. Sogar die Schwestern hielten sich gerne bei uns auf. Dass ich zweiter Klasse liegen konnte, verdankte ich Tante Hanna, die es bezahlte. Wieder einmal erwies sie sich als meine gute Fee, und weil sie meine Liebe zu Kleidern und Schmuck kannte, schenkte sie mir zur Genesung einen wunderschönen Aquamarinring von sich.

Im Juli 1952 bekam Günther eine Anstellung im Fackelverlag. Es galt, einen Buchklub aufzubauen. Günther war unter vielen Bewerbern ausgewählt worden, obwohl er keine Ausbildung aufzuweisen hatte. Ein glücklicher Umstand war, dass der Inhaber des Verlages den Seniorchef der Metzgereieinrichtungsfirma, in der Günther seit Januar 1950 beschäftigt war, kannte und deshalb an einem persönlichen Gespräch gerade mit diesem Bewerber interessiert war. Ausschlaggebend war dann aber wohl die Tatsache, dass Günther einen schriftlichen Prüfungsbrief in Gegenwart des Verlagsinhabers zu dessen vollster Zufriedenheit geschrieben hatte, jedenfalls stellte er ihn vom Fleck weg ein.

Die Arbeit in der alten Firma hatte Günther nicht mehr befriedigt. Das Gehalt hatten wir wie Gummi durch den Monat gezogen, trotzdem kamen wir bei äußerster Sparsamkeit kaum damit aus. Es gab ganz selten Fleisch, keinen Kaffee, nur Tee, und zwar auf eine Kanne nur eine Prise. Nudeln und Brot stellten wir selbst her aus dem Mehl, das wir ab und zu von der Mühle noch bekamen. Günther war so dünn, dass ein Bekannter zu ihm sagte: „Du bist wohl zu faul zum Essen". Mit seinen schwarzen, lockigen Haaren und seinem dunkel gebräunten Teint glich er dem sizilianischen Aufrührer Giuliano. Eine italienische Ahnin geistert ja angeblich durch seinen Stammbaum und macht sich immer wieder bemerkbar.

Jetzt bekam Günther DM 370,00 im Monat, brutto, und es bestand sogar Aussicht auf baldige Erhöhung. Doch es war ein hartes Brot. Um 6.00 Uhr aus dem Haus, eine Viertelstunde bis zum Bahnhof Rommelshausen, Bahnfahrt bis zum Hauptbahnhof Stuttgart, dann wieder Fußweg bis zum Herdweg. Abends war er selten vor 21.00 Uhr zuhause. Samstags wurde damals nicht generell gearbeitet, die Normalarbeitszeit betrug 48 Stunden, der Urlaub zwei Wochen; Weihnachtsgeld oder Urlaubsgeld gab es nicht, aber die tägliche Überstundenzeit, meist handelte es sich um zwei Stunden, erhielt er bezahlt.

Im Grunde war es trotz allem eine fröhliche Zeit im Remstal. Wenn Günthers Freunde aus der Ulmer Jugendzeit, zwei davon hatte es auch nach Stuttgart verschlagen, zu Besuch kamen, buk ich Berge von Hefehörnchen, sie stifteten den Wein dazu, und wir tanzten, dass unter uns der Kronleuchter wackelte. Unsere Hausmitbewohner hatten viel Verständnis. Wir waren in dem kleinen Dorf schon recht heimisch. Durch Günthers Mühlentätigkeit und seine Fußballerei gehörten wir dazu. Auch Hans-Günther entwickelte sich immer mehr zum Fußballbegeisterten. Mit seinen drei Jahren wartete er am Gartentor, den Ball im Arm, bis die größeren Jungen aus der gegenüberliegenden Schule kamen. Dann spielte er mit ihnen wie ein Profi auf dem nahegelegenen Fußballplatz. Vater und Sohn waren ständig auf dem Fußballplatz. Dass Hans-Günther zweimal den Ball an den Kopf bekam, verminderte nicht im Geringsten seine Begeisterung. So war es in Beinstein mein Sonntagsvergnügen mit Kristin zu dem jeweiligen Spiel in einem der umliegenden Dörfer zu Fuß zu gehen – der Bus war zu teuer - hinter dem Tor den Daumen zu drücken, zuhause den schlammüberzogenen, aber zufriedenen Torschützen zu säubern und literweise Tee zu kochen.

Günther träumte von einem Lloyd von Borgward, Preis DM 2.500,00. Wie viel bequemer hätte er es mit so einem Auto gehabt, in den Verlag zu kommen. Wir machten oft Pläne, obwohl wir wussten, dass sie sich nicht verwirklichen ließen, aber irgendwann vielleicht doch! Einmal kamen wir aus dem „Heidi" - Film, in der Turnhalle gegenüber unserem Haus gab es alle paar Monate eine Kinovorführung mit Filmriss und Tonstörungen. Wahllos sahen wir uns jeden Film an, hungrig nach Abwechslung. Von dort aus konnten wir auch abwechselnd schnell in die Wohnung laufen, um nach den Kindern zu sehen. Dieser Heidi-Film nun löste in uns ein starkes spontanes Verlangen aus, Urlaub in unseren geliebten Bergen zu machen. Vielleicht könnten wir trampen, uns etwas Geld borgen? Könnten wir nicht Kristin mitnehmen und Hans-Günther zu meinen Eltern geben? Wäre das nicht zu machen? Feuer und Flamme, wie wir zunächst waren, erschreckten uns alle möglichen auftauchenden Probleme. Doch schon am nächsten Morgen siegte der Wunsch.

Mein Bedürfnis nach einer größeren Wohnung wuchs von Tag zu Tag. Da wäre ja noch das dritte Zimmer. Doch dieses bewohnte jetzt die verwitwete alte Frau von Günthers ehemaligem Seniorchef. Das Büro war verlagert worden, nachdem der älteste Sohn geheiratet und die untere Wohnung bezogen hatte, in der für die Mutter dann kein Platz mehr war. Sie war ja lieb und nett, die alte Dame, strapazierte aber dennoch meine Nerven aufs Äußerste. Sie kochte zu ungewöhnlichen Zeiten. Da sie sich vorwiegend von Kohl, Rettich und anderen stark riechenden Lebensmitteln ernährte, stank unser nebenan liegendes Wohnzimmer permanent. Am Weihnachtabend passierte es dann, dass zwar Kerzen, Tannenreis und Stollenduft, wie ich es seit der Kindheit so sehr liebte, Weihnachtsstimmung verbreiteten, allerdings der Geruch des Käse Menüs von nebenan unaufhaltsam durch die Türritzen drang. Dies alles sei gut für die Galle, meinte die alte Dame - für meine traf dies allerdings bestimmt nicht zu. Oft hielt sie mich aus Langeweile und einem unstillbaren Redebedürfnis von der Arbeit ab. Die ewig langen Monologe über Krankheiten und pessimistischen Zukunftsprognosen, ich konnte sie kaum stoppen, ohne unhöflich zu werden. Dabei schaute sie wie Kassandra persönlich aus. Bloß nicht im Alter so werden nahm ich mir vor.

Ich wollte eine Wohnung für uns allein, mit einem Bad, einem Wasserklosett und vor allem mit einem Kinderzimmer.

Wir fanden ein neuerbautes, kleines Haus bei Böblingen, in dem die Erdgeschosswohnung zu vermieten war. Im Keller und im Dachgeschoss gab es noch zwei kleine Wohnungen. Mir gefiel alles auf Anhieb. Drei Zimmer, Küche und Bad, das war gerade richtig für uns. Das Haus lag mitten in Obstbaumwiesen, ganz allein. Nur ein Feldweg führte vorbei in den nahen Wald. „Die Straße wird gemacht", versicherte uns der Vermieter, allerdings beteuerte er uns dies auch nach vier Jahren noch. Am 1. Oktober 1955 war der Bau fertig und wir konnten einziehen. Um das Haus sah es noch schlimm aus, und ich konnte mir vorstellen, wie es bei Regen sein würde. Doch es hatte den Vorteil, dass ich den Vorgarten um die Terrasse nach meinen Ideen anlegen konnte. Ich würde Rosen pflanzen, alle Sorten.

Der 1. Oktober war ein herrlicher Herbsttag. Die rotbäckigen Äpfel der Obstbäume lachten uns ins Fenster, von dem aus wir auch einen Blick auf das unter uns liegende Böblingen hatten, das ein wenig im Dunst lag. Es sollte sich bewahrheiten, dass wir fast immer nebelfrei wohnten, weil die Nebelgrenze unter uns lag. Ich war ganz selig, hatte nichts auszusetzen, verdrängte, dass die Miete statt DM 40,00 wie in Beinstein jetzt DM 120,00 betrug. Ich hatte fast die Illusion, im eigenen Haus zu leben. Wenn erst die Rosen im nächsten Jahr blühen würden, wäre es meinem Bilderbuchhaus schon näher. Durch die großen Eckfenster im Wohnzimmer schien den ganzen Tag die Sonne. Nie wieder gediehen mir die Alpenveilchen so üppig wie an diesen Fenstern. Mutter sagte: „Ihr habt das gemütlichste Wohnzimmer, das man sich vorstellen kann". Der gelbliche Kachelofen, vom Flur aus zu heizen, trug viel dazu bei.

Günther hatte allerdings wieder einen recht weiten Weg mit dem Bus ins Geschäft. Da sich der im Juni 1952 neugegründete Buchklub stürmisch entwickelte - beim Umzug hatte Günther als Leiter des inzwischen aus dem Verlag ausgegliederten Buchklubs schon etwa 70 Mitarbeiter - gab es natürlich viel Arbeit, und er kam oft spät nach Hause. Die Kinder waren immer schon im Bett. Da ich ihnen vorzulesen pflegte, fügten sie sich stets ohne Murren. „Heidi", „Der Pelzjäger", das waren Bücher, die uns zu Tränen rührten.

Kristin hatte durch die Schule schnell Anschluss gefunden. Der Schulweg bei Wind und Wetter bekam ihr recht gut. Mit Rose, einer Klassenkameradin, die in der Nähe wohnte, verbummelte sie oft die Zeit, sodass ich manchmal in Sorge war, wenn sie sich mittags verspätete. Im Winter kam sie mit roten Backen durch den Schnee gestapft. Erkältungen hatte sie erst, als ein Bus eingeführt wurde.

Bald hatten wir zwei neue Hausgenossen: Reno, ein Schäfer-Schnauzer-Mischling, war fünf Monate alt, als wir ihn aus dem Tierheim holten. Kristin brachte außerdem ein junges Kätzchen an, das wir Mimi nannten. Mimi macht mit dem gutmütigen Reno, was sie wollte. Was haben wir gelacht, wenn sie sich ihm an den Bart hängte, ihm auflauerte, um auf seinen Rücken zu springen. Er bewachte wie ein Vater ihre ersten Jungen, während sie auf Mäusejagd ging.

Hans-Günther fiel es schwerer, sich an die veränderte Situation zu gewöhnen. Ihm fehlten seine bisherigen Spielkameraden, hier konnte er immer nur mit Kristin und Rose spielen. Immer musste er die Rolle des Kindes übernehmen bei ihrem stets gleich ablaufenden Familienspiel. Einmal hörte ich am Fenster, wie er so gerne der Vater sein wollte. Doch das gefiel den um drei Jahre älteren Mädchen nicht. Da seufzte er und sagte resignierte: „Dann bin ich eben wieder das Kind". Reno wurde vor ein Wägelchen gespannt, in dem Hans-Günther sitzen musste. Er wurde gefüttert und bemuttert.

Wenn es nicht gerade regnete, waren die Kinder den ganzen Nachmittag draußen an der guten Luft, ohne Autobelästigung. Morgens, wenn der Bauer mit seinem Pferdewagen kam, lief Hans-Günther hinter dem Pferd her und sammelte mit seinem Schubkärrchen für meine Rosen die Pferdeäpfel auf. Mit dieser Düngung gediehen die Rosen prächtig. Schon in Beinstein wollte Hans-Günther nicht in den Kindergarten, und so durfte er mit in Kristins Klasse hinten auf der Bank sitzen. Die Wiener Lehrerin hatte ihn ins Herz geschlossen, weil er der Ruhigste und Aufmerksamste von allen war. Er zeigte mir dann stolz all die Blätter, die er während der Stunde vollgekritzelt hatte. Hier war er stiller und nicht mehr so selbstbewusst. Erst als wir eine Familie mit einem gleichaltrigen Jungen kennen lernten, wurde es besser, doch überließ er Reiner die führende Rolle, während er sich in Beinstein oft massiv durchgesetzt hatte. Einmal hatte er sogar den um zwei Jahre älteren Jungen von Günthers Chef gebissen, sodass dieser schreiend davonlief. Manchmal hatte bei seinen Zornesausbrüchen Ablenkung geholfen, doch öfter hatte ich mir nicht anders zu helfen gewusst, als ihm mit dem Teppichklopfer das Hinterteil zu bearbeiten. Hier in Böblingen war er mir manchmal zu fügsam und brav.

An dieser Stelle will ich noch einige seiner früheren Streiche festhalten. Eines Tages kam Kristin völlig außer sich die Treppe hochgerannt, ihren dreijährigen Bruder hinter sich herziehend, während sie ununterbrochen schrie: „Mein Hans-Günther, mein Hans-Günther". Sie wurde verfolgt von einem aufgeregt fuchtelnden Mann. Folgendes war passiert: Hans-Günther hatte mit Steinen geworfen, und als der Mann mit seinem Lastwagen vorbeikam, wollte Hans-Günther über ihn hinwegwerfen, hatte mit seinen kurzen Ärmchen dies aber nicht geschafft, sondern das Führerhaus getroffen und den Mann sehr erschreckt. Die Scheibe war zum Glück ganz geblieben. Mit Mühe gelang es mir, den Mann davon abzuhalten, den Bub zu versohlen. Hans-Günther wusste wohl genau, dass man nicht mit Steinen werfen darf, aber er hatte bloß Weitwurf üben wollen, wie er es auf dem Sportplatz gesehen hatte. Seine früh ausgeprägte Hilfsbereitschaft brachte ihm zu seinem großen Erstaunen nicht immer Dank ein. Einmal hatten wir Kaffeegäste. Am Tisch fehlte nur noch die Sahne. Ehe ich mich versah, hatte der kleine Kerl mit beiden Händen die Glasschüssel gepackt da die Wohnzimmertüre geschlossen war, ließ er kurzerhand die Schüssel fallen, um die Hände frei zu bekommen, die Tür zu öffnen, deren Klinke er nur mit Mühe erreichte. Betreten schaute er auf die mit Glassplittern durchsetzte Sahne am Boden. Des Öfteren hat er uns mit ähnlichen Einlagen überrascht. Buster Keaton hätte nicht besser agieren können.

In Böblingen lernten wir zwei US-Soldaten kennen. Es entstand eine freundschaftliche Beziehung, und sie verbrachten viele Stunden ihrer Freizeit bei uns, zumal ihre Kaserne ganz in der Nähe im Wald gelegen war. Sie genossen meine deutsche Küche, spielten mit den Kindern und viele Tischtennisturniere wurden vor dem Haus ausgetragen. Dafür nahmen sie uns zum Picknick mit, brachten uns vom Kasernenkoch bestens gegrillte Hähnchen und amerikanischen Whiskey. Günther konnte seine recht guten Englischkenntnisse verwerten und ausbauen, während die meinen doch sehr dürftig waren. Völlig neu war für uns die freie Art ihrer Kindererziehung. Dies lernten wir bei einem Kinobesuch in der Kaserne kennen. Spät am Abend liefen die Kinder noch Popkorn essend während des Films durch den Raum und niemand wies sie zurecht. Wir standen noch lange mit den beiden in Briefverbindung, als sie schon wieder in Indianapolis und Ohio waren.

Doch wollten auch einige Dornen in unserem Leben nicht fehlen. Besonders schlimm war es, als Günther eines Sonntags ganz plötzlich sehr hohes Fieber und Schmerzen im linken Oberschenkel bekam. Als am nächsten Morgen die Ärztin kam, spritzte sie ihm Penicillin. Die Schmerzen im Bein verschlimmerten sich und das Fieber stieg noch weiter. Es war ein sehr kalter Wintertag. Es lag viel Schnee und herrliche Wintersonne schien ins Zimmer. Die Ärztin sagte: „Sie liegen hier so schön, dass sich Sie lieber nicht ins Krankenhaus einweise". Das wäre uns beinahe zum Verhängnis geworden. Das Fieber blieb unverändert hoch, und das Penicillin zeigte keinerlei Wirkung. Ich bekam es mit der Angst zu tun und drängte auf eine Krankenhauseinweisung. Unser Glück war, dass im Böblinger Krankenhaus ein begnadeter Chirurg war. Die Röntgenaufnahme erbrachte, dass ein Granatsplitter, der sich mehr als zehn Jahre überhaupt nicht mehr bemerkbar gemacht hatte, schon bis zum Knochen gewandert war und sich bereits Eiter im Blut befand. Trotz des hohen Fiebers wurde Günther gleich operiert. Doch danach sank das Fieber immer noch nicht so recht. Ich verging fast vor Sorge und Angst. Ich sprach mit dem Arzt und weinte herzzerreißend. Er tröstete mich liebevoll und versprach mir, Günther würde wieder gesund. Günthers Mutter und Schwester kamen aus Ulm. Als sie ihn besuchten, sagte er erschrocken: „Steht es so schlecht um mich? Bisher hatte er seinen Zustand gar nicht ernst genommen. Der Arzt hielt sein Versprechen. Endlich war Günther fieberfrei und ich konnte ihn zuhause gesund pflegen.

Dann wurde Mutter krank. Es fing ganz harmlos an. Einmal klagte sie: „Diesmal kann ich mich aber gar nicht von der Grippe erholen". Ein anderes Mal glaubte sie, die ab und zu auftretenden Leibschmerzen kämen von ihren zu hohen Absätzen. Sie sah oft blass aus und war müde. Nachdem sie sich nach einigen Wochen immer noch nicht besser fühlte, ging sie zum Arzt. Nie war sie ernstlich krank, noch nie in einem Krankenhaus gewesen. Wie muss ihr zumute gewesen sein, als der Arzt ihr nach einer Unterleibsuntersuchung ins Gesicht sagte: „Sie haben Krebs. Aber er ist ganz im Anfangsstadium. Mit Bestrahlungen bekommen wir es in den Griff." Eigentlich hätten wir ja stutzig werden müssen, dass der Arzt ohne Gewebsuntersuchung sofort diese Diagnose hatte stellen können. Aber sicher wollten wir an die Beschwichtigung glauben und verdrängten jede nüchterne Überlegung. Später konnte ich einmal ihre Krankenpapiere einsehen. Da stand als Befund nach der ersten Untersuchung: „Inoperabel". Die stationären Bestrahlungen verbrannte ihr die Haut, und sie fühlte sich so elend. „Das ist der Strahlenkoller, trinken Sie viel Kognak, das hilft", wurde ihr gesagt. Es folgte eine Zeit der Hoffnungen und der Rückschläge.

Von Böblingen-Tannenberg aus war es mir nicht möglich, den Eltern so zu helfen, wie sie es nötig hatten. Wir überlegten deshalb, in ihre Nähe zu ziehen. Zu diesem Zeitpunkt sollte Kristin ins Gymnasium wechseln. Vom Tannenberg aus hätte sie einen sehr weiten Schulweg gehabt, und zudem hatte das in Frage kommende Gymnasium keinen besonders guten Ruf. Wir fanden in Stuttgart-Sillenbuch, in der Nähe des elterlichen Hauses in Gablenberg, eine Dreizimmer-Parterrewohnung in einem Zweifamilienhaus: eine gehobene Gegend an einer ruhigen Strasse, sehr nette Vermieter mit ebenfalls zwei Kindern. Alles war neu und schön, die Tapeten konnten wir uns selbst aussuchen, trotzdem hatte ich immer Heimweh nach dem freien Leben auf dem Tannenberg. Mimi, die Katze, durften wir nicht in die neue Wohnung mitnehmen. Wenn die Zeit nicht so knapp gewesen wäre, hätten wir deshalb weiter gesucht, doch die Wohnungen waren noch immer äußerst rar. So mussten wir Mimi in ein Tierheim geben. Mir tut es noch heute leid.

Reno indes durften wir mitnehmen. Doch wurde es nach ein paar Monaten von tag zu Tag problematischer. Das an völlige Freiheit gewohnte Tier, wurde auf einmal in städtisches, dicht bewohntes Gebiet versetzt, zum strengen Wächter. Einmal passierte es, dass Reno - ein an sich überaus gutmütiger Hund - aus dem offenen Kinderzimmerfenster sprang, als zwei Männer am Gartentor geklingelt hatten. Kreidebleich flüchteten sie sich wieder auf die Straße. Es muss schon furchterregend ausgesehen haben, als der große, schwarze Hund mit dem struppigen Bart wie eine Furie aus dem Fenster fuhr. Es häuften sich die Beschwerden. Als unsere Hausbesitzerin wegen Trauer schwarz gekleidet war, wollte er auch sie nicht ins Haus lassen. Nach langen Überlegungen und Diskussionen mit den Kindern, die auch sehr an Reno hingen, kamen wir zu der Einsicht, dass er es wohl bei einem uns bekannten Bauern im Allgäu besser haben würde. Schwer wurde die Trennung, obwohl es Reno bei dem tierlieben Bauern sehr gut hatte.

Gleichwohl würde ich nicht wieder so entscheiden. Nie wieder würde ich ein Tier weggeben.

Hans-Günther bekam in der Sillenbucher Volksschule einen idealen Klassenlehrer. Durch sein einfühlsames Verständnis und seine Güte lernten die Kinder begeistert und bekamen sehr viel Allgemeinwissen vermittelt. Kristin dagegen fühlte sich gar nicht wohl in ihrem rein evangelischen Mädchengymnasium. Von Ökumene hatten die dortigen Lehrkräfte wohl nie etwas gehört; Oft wurde sie zurückgesetzt wegen ihrer Konfession Wir hatten die Schule gewählt, weil wir Kristin den langen Schulweg nach Stuttgart ersparen wollten. Jedoch gaben Kinder aus reichem Haus den Ton an: „Was, Deine Eltern kaufen bei C&A ein, dem Billighaus?", oder „Deine Mutter trägt ja nur einen Trauring aus Silber". Das waren typische Aussprüche. Oft klagte Kristin über Bauchweh, wobei der Arzt keinen Befund feststellen konnte. Heute kann ich es nicht mehr verstehen, dass wir sie damals aus dieser Schule nicht hinausgenommen haben. Wohl habe ich öfters mit der Rektorin gesprochen, doch nützte es wenig. Vielleicht war Mutters Krankheit, die mich so in Anspruch nahm, der Grund. Einmal besuchte Mutter uns, um zu sehen, wie wir so wohnten. Als ich sie von der Straßenbahn abholte, kam sie mir so verändert, so klein und dünn entgegen, dass mir die Schwere der Krankheit erschreckend ins Auge fiel. Zuhause bei ihr, wenn ich ihr im Haushalt half, war sie lebhaft und interessiert wie immer, und mir war ihr Verfall nicht so aufgefallen.

Es folgte ein Jahr, das ganz im Schatten von Mutters Leidensweg stand. Eine Darmverschlussoperation, der eine qualvolle Nacht vorangegangen war, in welcher Vater und ich ihr nur den Kopf halten konnten, während sie sich dauernd erbrechen musste, brachte etwas Erleichterung, aber nur vorübergehend.

Ihre geistigen Interessen dagegen waren ungebrochen. Vom Krankenhaus aus trat sie noch dem Schillerverein bei. Schiller entsprach ihrer Mentalität und war ihr bevorzugter Dichter. Das letzte halbe Jahr ihres Lebens verbrachte sie in Hirsau in einem Sanatorium. Obwohl dort sonst keine todkranken Patienten aufgenommen wurden, behielten sie Mutter bis zu ihrem Ende. Die evangelischen Schwestern liebten sie wegen ihres geduldigen, liebenswürdigen Wesens. Bis zuletzt behielt sie ihre Anteilnahme an Anderen. Vater bewies seine Liebe zu ihr in rührender Weise: Er verlegte sein Büro in einen wenig benutzten Raum im Sanatorium. Dort saß er an einem kleinen Tisch, überall waren seine Akten verstreut. Er schrieb Briefe, Schadensmeldungen, alles mit der Hand. Durch seine individuelle Betreuung, seinen Einsatz und seine humorvolle Art hielten ihm die einmal gewonnenen Kunden die Treue. So war er den ganzen Tag über im Sanatorium und konnte immer wieder ins Krankenzimmer schauen, um seiner Else jeden Wunsch von den Augen abzulesen. Oft war sie mit ihm ungeduldig, aber das schmälerte nicht im Geringsten seine Fürsorge.

In der Ehe meiner Eltern hatte es doch manches Zerwürfnis durch gegensätzliche Temperamente und Eifersucht gegeben, doch jetzt bewies Vater seine unerschütterliche Liebe. Dies rührte die Schwestern, und so duldeten sie sein völlig aus dem dortigen Rahmen fallendes Verhalten.

Mutters Nahrung bestand hauptsächlich aus Haferflockensuppe. Sie konnte dann sagen: „Schau mal, wie meine Haare wieder wachsen, iss nur Du auch viel Haferflocken, das ist das Beste für die Haare". Sie nahm immer mehr ab, und wir versuchten, etwas zu finden, was ihr schmeckte, doch meist widerstand ihr alles. Sonntags wollte sie einmal so gerne Austern; Wir haben diese dann in einem Lokal in

Stuttgart aufgetrieben.

Ich verbrachte viele Tage in dem stillen Krankenzimmer. Der eigenartige Geruch ist mir noch gegenwärtig. Mutter fühlte sich dort geborgen. Der Blick aus dem Fenster ließ sie teilhaben an dem Wechsel der Jahreszeiten. Erst war es der blühende Magnolienbaum, danach verströmte ein dunkelvioletter Fliederbaum seinen Duft, der durch das geöffnete Fenster drang. Sie sah, wie sich die Bäume sommerlich belaubten und hörte den Gesang der Vögel. Nur die Herbstfärbung sollte sie nicht mehr erleben. Wenn auch der Sanatoriumsaufenthalt die letzten Reserven verschlang, ein „Papier" (wie Mutter die Aktien nannte) nach dem anderen verkauft werden musste, so haben wir doch die beruhigende Gewissheit, ihr zur Erleichterung ihres Leidensweges die besten Voraussetzungen geschaffen zu haben. Nur eines bedauere ich heute noch. Es war, als Mutter noch im Krankenhaus lag. Wir feierten Hans-Günthers Kommunion zuhause in Sillenbuch. Ich hatte noch mit ihr die Speisenfolge besprochen. Nach der Kirche gab es selbstgebackene Schinkenhörnchen, dann Mittagessen für zehn Personen mit Fleisch, Gemüse, Salat und Nachtisch. Zum Kaffee hatte ich Obsttorten und Kuchen gebacken. Alles hatte ich alleine zubereitet und ich war ziemlich erschöpft. Nachmittags fuhr Günther mit dem Kommunionkind ins Krankenhaus. Weil ich dachte, sie könne bei ihrer Diät ohnehin nichts Anderes essen, hatte ich ihr keine Kostproben von Kuchen und Schinkenhörnchen geschickt, was Sie als lieblos empfand und bitterlich weinte.

Sie erfuhr viel Anteilnahme und Liebe während ihrer Krankheit. Tante Hanna besuchte ihre Schwester regelmäßig und übernachtete dann immer bei uns. Im Sanatorium wurde ihre Krankheit vor den übrigen Patienten geheimgehalten. Die Schwestern aber waren ausnahmslos liebevoll besorgt um Mutter. Sie musste aber auch andere Erfahrungen machen. Ich erinnere mich, dass sie einmal zu Beginn ihrer Krankheit ganz entsetzt vom Zahnarzt kam. Ihr fehlte ein Zahn, der ersetzt werden sollte: wegen des Krankenhausaufenthalts hatte sie eine längere Pause während der Behandlung einlegen müssen. Da sagte der Zahnarzt zu ihr: „Sie sehen so schlecht aus, da hat es gar keinen Zweck, etwas an Ihren Zähnen zu machen".

Am 24.08.1962 konnte sie endlich für immer die Augen schließen. Die letzte Woche verbrachten wir, Günther hatte zu der Zeit Urlaub, in Hirsau. Während ich, mit kurzen Unterbrechungen bei den Mahlzeiten, an ihrem Bett saß, half Günther Vater bei seinen Büroarbeiten. Mutter stand fast durchweg unter Opiumeinfluss zur Linderung ihrer Schmerzen. Sie murmelten ihre Gebete und bat inständig um Erlösung. Am letzten Abend saßen Vater, Günther und ich bei ihr im abgedunkelten Zimmer. Gegen 23.00 Uhr kam die Oberschwester zu uns. Als Mutter den letzten Atemzug getan hatte, schaltete die Schwester alle Lichter ein, damit wir die Verklärung des Todes sehen sollten. Und wirklich, mir schien es, als husche der Anflug eines Lächelns über Mutters Gesicht - als wenn sie im Traum etwas Schönes erblicken würde. Ihre leidvollen Züge hatten sich geglättet und sie lag, als ob sie friedlich schliefe, in ihren Kissen. Bei all unserer Trauer hatte uns etwas Erhabenes berührt.

Tante Hanna holte Vater nach der Beerdigung nach Konstanz, um ihm über den ersten Schmerz hinwegzuhelfen.

Bei uns ging das Leben weiter. Günther ärgerte sich immer mehr über seinen Chef, einen schlimmen Choleriker. Obwohl er inzwischen Prokura erhalten hatte und für mehr als 100 Mitarbeiter verantwortlich war, hielt ihn nichts mehr in dieser Firma. Zumal ihm das doch recht mittelmäßige Buchprogramm nicht lag. Er bewarb sich beim Herder Verlag in Freiburg im Breisgau.

Meine Gefühle waren zwiespältiger Art. Trotzdem war es für mich eine freudige Vorstellung, dass nun vielleicht Freiburg unser Wohnsitz werden sollte. Seitdem Lisa mir damals in Vevey von Freiburg vorgeschwärmt hatte - sie stammte ja aus Waldkirch - schlummerte bei mir Freiburg als Wunschheimat im Unterbewusstsein, ohne dass ich jemals dort gewesen war. Ich hatte das Gefühl, dass ich mich dort wohlfühlen könnte. Auf der anderen Seite hatte ich die Umzieherei satt. Noch war es ja nicht entschieden, ob Günther beim Herder Verlag angenommen würde.

Bei diesem Verlag hatte er sich beworben, weil ihm eine Mitarbeiterin im „Fackel-Buchklub" das „Rote Haus" mitgebracht hatte, die Mitgliederzeitschrift der „Herder-Buchgemeinde", die er vordem nicht gekannt hatte. Dieses Programm sagte ihm mehr zu. In Sillenbuch ging Günther regelmäßig in die Kirche, die einem Benediktinerkloster angeschlossen war. Die Patres waren sehr aufgeschlossen, und besonders einen gab es, der sehr gut predigen konnte. Eines Tages kam einer der Patres zu uns. Bei einer Tasse Kaffee unterhielten wir uns sehr angeregt. Der Pater wollte Günther für den Kirchenchor gewinnen, doch Günther meinte, er würde nicht gerne ohne seine Frau etwas unternehmen. Wir hatten gerade vorher beratschlagt, wie wir gemeinsam unsere Abende noch angeregter verbringen könnten. Ab und zu gingen wir in ein kleines Kino am Ort, hörten Radio oder lasen. Fernsehen war damals noch nicht so üblich, und wir hatten noch kein Gerät, das damals noch mehr als einen Monatslohn kostete.

Der Pater ließ nicht locker. „Ihre Frau kann ja mitkommen, sie soll das Strickzeug mitbringen", meinte er. Ich fand das annehmbar und war einverstanden. Als wir dann pünktlich zur nächsten Probe erschienen, begrüßte uns der Chorleiter höchst erfreut. Kaum hatte ich ein paar Worte gesagt, rief er begeistert: „Ich höre schon, Sie haben eine Altstimme, die uns gerade besonders fehlt", und er drängte mich zu einem freien Stuhl in die Reihe der Sängerinnen, die mich, ob der vermeintlichen Unterstützung, wohlgefällig musterten. Ich war dermaßen überrumpelt, dass ich denn mit hochrotem Kopf dasaß und auf das mir gereichten Liederblatts starrte. Im Geiste sah ich meinen toten Bruder Christian hämisch grinsen, wie damals in der Kindheit, als ich die Weihnachtslieder nach meiner eigenen Melodie sang. Ich konnte noch nie den Ton treffen, geschweige denn vom Blatt singen. Die Probe begann. Die Altstimme hatte Einsatz. Tapfer sang ich mit. Doch schon bald ertönte die Stimme des Chordirigenten: „Die falschen Töne lassen wir bitte weg", wobei er in meine Richtung zeigte. Beschämt verstummte ich. Dies war mein erster und letzter Auftritt in einem Chor, aber der Ausspruch wurde zum Familienzitat. Dagegen war Günther eine Stütze des Chores. Er sang sogar an Ostern in der dortigen Kirche den Pilatus in einem für Kirchenchöre bearbeiteten Stück.

Der Glaube seiner Kindheit war tief in Günther verwurzelt. Er wollte seine Arbeitskraft in den Dienst einer vertretbaren Sache stellen.

Dies hatte er in seinem Bewerbungsschreiben deutlich gemacht. So kam ein Schreiben des Verlages, in welchem mitgeteilt wurde, dass der Juniorchef des Verlages demnächst die verlagseigene Buchhandlung in Stuttgart besuchen werde und Günther sich bei ihm vorstellen könne. Dies geschah auch, und bald darauf kam ein Schreiben aus Freiburg mit Vorschlägen für einen offiziellen Vorstellungstermin beim Personalchef.

Freiburg

Ich fuhr zu diesem Termin natürlich mit, denn ich wollte nun endlich das Freiburg meiner Träume kennen lernen. Als erstes nahmen wir uns ein Zimmer in einem bescheidenen Hotel. Dann suchten wir sofort den Verlag auf.

Wir standen vor einem imposanten roten Backsteinbau, der ein ganzes Carree einnahm. Über dem Hauptportal stand eingemeißelt: „Geist schafft Leben, nach Joh. 6". Alles atmete Tradition aus. Günther ging zu seinem Vorstellungsgespräch, und wir verabredeten uns für später in einem Café, das wir auf der Hauptgeschäftsstraße gesehen hatten. Ich schlenderte durch die Straßen und ließ mich von dem südlichen Flair einfangen. Es war Juni und bereits sommerlich warm. Überall blühten mediterrane Pflanzen in großen Kübeln. Obwohl die Stadt im Krieg stark zerstört worden war, gab es noch viele alte Häuser, und die neuen passten sich nahtlos an. Der Markt um das Münster, dessen Türme filigran in den Himmel strebten, bezauberte mich. Der Wunsch, hier zu leben, wurde übermächtig in mir. Ich begab mich ins Café. Jede Stadt hat ja wohl ihr eigenes typisches Café. Das Café „Steinmetz" mit seiner Biedermeierbestuhlung, seinen duftigen Vorhängen war das, was das Café Kranzler für Berlin war.

Die Atmosphäre war unaufdringlich vornehm, gediegen und angenehm. Gleich, wenn man eintrat, stieg dem Besucher ein köstlicher Duft von gutem Kaffee und Schwarzwälder Kirschtorte in die Nase. Ich hatte mir ein Buch mitgebracht, doch konnte ich mich einfach nicht konzentrieren. Die Zeit verging so langsam, und mir wurde immer beklommener zumute. Wenn das Gespräch nun negativ verlaufen würde? Aber sprach nicht dagegen, dass es so lage dauerte? Endlich wurde ich von meinen Zweifeln erlöst, als Günther freudestrahlend an meinen Tisch kam. Nun war es beschlossene Sache, dass wir nach Freiburg ziehen würden. Am 02.01.1964 sollte er anfangen.

Nun musste die praktische Seite bedacht werden: Wohnungssuche, Schulprobleme, und was würde aus Vater? Er wäre ja dann allein in Stuttgart. Das Beste wäre, so stellten wir es uns vor, er würde zu uns ziehen. Vielleicht könnten wir uns ein Haus bauen, in dem wir Platz genug haben würden. Als Erstes besorgten wir uns die Freiburger Zeitung. Bald fiel uns eine Anzeige auf: „Kleines, älteres Haus im Glottertal für ein Jahr zu vermieten". Günther schrieb an die Adresse. Er muss wohl den richtigen Ton getroffen haben, und seine Aussage, dass er beim Herder Verlag anfangen würde, tat das ihrige, denn wir wurden unter vielen Bewerbern ausgewählt und bekamen eine Zusage. Gleich am nächsten Wochenende fuhren wir hin, um uns das Häuschen anzusehen. Das Glottertal fanden wir zauberhaft, nur vom Häuschen selbst war ich etwas enttäuscht, hauptsächlich deshalb, weil es so verwohnt war. Ein altes Ehepaar hatte lange darin gewohnt und nun waren beide gestorben. Der Besitzer war der Sohn eines großen Bauern in der Nähe. Er wollte etwa in einem Jahr heiraten und dann selbst ins Haus einziehen.

Der junge Mann führte uns im Haus herum. Zwei kleine Zimmer, mit einem Kachelofen zu heizen, eine etwas größere Küche mit einem Kohleherd. Stolz wies er auf die in der ehemaligen Speisekammer installierte primitive Dusche hin. Unter dem Dach befand sich noch ein ausgebautes Zimmer mit einem Ofen. Dann zeigte er uns noch den verwilderten Garten, und man merkte ihm an, dass er selbst von seinem Besitz sehr angetan war. Worte gab er als echter Schwarzwälder nur wenige von sich. Sein Gesicht drückte Verwunderung aus, als ich erklärte: „So kann ich hier nicht wohnen, die alten Tapeten müssen runter, auch wenn es nur für ein Jahr ist". Mit Widerwillen hatte ich den muffigen Geruch im Haus wahrgenommen, und ich vermutete, dass er auch nicht mit noch so viel Lüften zu vertreiben wäre. Deutlich sah ich, wie es in ihm arbeitete, doch dann hatte er wohl meine Kritik, die ich mit einigen Beschönigungen milderte, verkraftet. Sein Freund sei Malergeselle, der könne es vielleicht in der Freizeit machen, meinte er. Wir einigten uns, die Kosten zu teilen. Raufasertapete überstreichen, das konnte ja nicht die Welt kosten. Wir erklärten uns bereit, die alten Tapeten selbst zu entfernen. An einem der nächsten Wochenenden fuhren wir also wieder ins Glottertal. Kristins Freundin begleitete uns, um mitzuhelfen. Es war eine mühsame Arbeit, aber zu fünft schafften wir es über das Wochenende. Mir bereitete es Genugtuung, als die hässlichen, schmutzigen Tapeten verschwunden waren.

Unser Vermieter sollte auch von der Renovierung profitieren. Seine Verlobte wollte nämlich nicht in das Haus einziehen. „Das ist doch kein Huus", hatte sie ihm zu seiner Enttäuschung gesagt. Als wir dann eingezogen waren, war das Haus sauber und freundlich, und wir hatten es uns ganz gemütlich eingerichtet. Ob er einmal seine Verlobte mitbringen könne, fragte er uns eines Tages. „Natürlich, kommen Sie doch am Sonntag zum Kaffee", erwiderte ich. Sie kam, und als sie sich umgesehen hatte, schwand ihre Abneigung gegen das Haus zusehends.

Ein Umzug ist für Kinder immer hart: Die Schule muss gewechselt werden, Freundschaften gehen auseinander, die gewohnte Umgebung wird vermisst. Vor dem Umzug ging ich nochmals in die Schulen, um mich zu informieren. Bei Kristin fiel die Beurteilung nicht so günstig aus. Man hatte größte Bedenken, dass sie in Freiburg mitkäme, besonders, da dort Französisch erste Fremdsprache sei. In Wirklichkeit hat sie dann den Schulwechsel sehr gut verkraftet und später in Französisch im Abitur eine Eins geschafft.

Im Stuttgarter Ludwigsgymnasium hörte ich oft nur Lobesworte über Hans-Günther. Alle Lehrer sagten wie aus einem Munde nur Gutes über seine schulischen Leistungen. Sein Verhalten wäre vorbildlich, und auch im Sport wäre er sehr vielversprechend. Außerdem war er Klassensprecher. Als ich das alles hörte, wurde ich nachdenklich und traurig. Es tat mir leid, dass er aus diesem Milieu, das so förderlich für ihn war, herausgerissen wurde. Er machte dann auch wirklich, im Gegensatz zu Kristin, einen schlechten Tausch in puncto Schule. Mit dem Lehrstoff hatte er keine Probleme, aber ein sehr konservativer Rektor mit wenig Verständnis für die Jugend bestimmte die Atmosphäre. Auch war es für ihn schwer, Freunde zu gewinnen, weil in seiner Klasse sehr viele auswärtige Schüler waren, die während der Woche im Internat untergebracht waren.

Um den Kindern die Umstellung zu erleichterten, wollten wir sie mit einem Hund überraschen. Auf eine Anzeige hin fuhr Günther nach St. Märgen. Es war an dem Tag im November 1963, als John F. Kennedy ermordet wurde. Günther kam mit einer Hand voll Hund, einem sechs Wochen alten Dackelwelpen an. Wir waren alle voll Entzücken über den kleinen, munteren, wuscheligen Kerl. Hier konnte er sich im Garten austoben, das war ideal. Das Problem waren nur die vielen Katzen. Max, den Kater, hatte das verstorbene Ehepaar hinterlassen. Dieses musste wohl auch sämtliche Katzen aus der Umgebung gefüttert haben, denn sie umlagerten ständig das Haus. Waldi - ein originellerer Name war uns nicht eingefallen - empfand sie als Eindringling und wollten ihn verscheuchen, sobald er sich blicken ließ. Ich versuchte, sie mit einem Besen zu vertreiben, wenn ich Waldi in den Garten lassen wollte. Das kümmerte die Katzen wenig. Erst als ich auf die Idee kam, Hans-Günthers Wasserpistole auf sie zu richten, suchten sie das Weite. Nur Max, der dicke Kater, entwickelte Beschützerinstinkte für Waldi. Er brachte ihm auch bei, wie man auf der Wiese stundenlang ruhig vor einem Mäuseloch sitzen muss, um zu einem fetten Braten zu kommen.

Das Haus war schon Mitte November fertig, und so entstand die Situation, dass wir schon drei bis vier Wochen vor Günther im Glottertal wohnten. Günther konnte während der Zeit, die er noch im Fackelverlag arbeiten musste, bei seiner Schwester Anneline wohnen. Ihr Mann hatte sich von seinem Bruder in Ulm getrennt und in Stuttgart ein Sanitätsgeschäft übernommen. Ich hatte mich darüber sehr gefreut, denn ich hatte jetzt Anneline in der Nähe gehabt und wir hatten uns oft sehen können, was nun durch unseren Umzug leider wegfiel.

Diese ersten Wochen musste ich allein zurechtkommen. Es galt, die Schulfragen zu regeln. Schon die richtige Schule zu finden, die einigermaßen den Anschluss an die Stuttgarter Ausbildung gewährleistete, war gar nicht so einfach. Im Goethegymnasium musste ich bei der Rektorin meine ganze Überredungskunst aufbieten, um zu erreichen, dass Kristin mitten im Schuljahr aufgenommen wurde. Das Bertoldsgymnasium, von dem ich nur Gutes gehört hatte, konnte Hans-Günther nicht aufnehmen, weil für den Wohnort Glottertal nur das Friedrichsgymnasium in Frage kam. Zur Regelung all dieser Fragen musste ich mehrere Vormittage mit dem Bus nach Freiburg fahren. Der kleine Hund musste allein in der Küche eingesperrt bleiben. Wenn ich wiederkam, sah diese schlimm aus: Aus dem Feuerholz unter dem Ofen hatte er Kleinholz gemacht, Hundewürstchen und Pipiseen waren auf dem Kachelofen zum Glück leicht zu beseitigen. Notgedrungen lernte aber Waldi dadurch das Alleinsein.

Das Glottertal ist ja eine bezaubernde Landschaft. Leider sah ich die ganzen ersten vier Wochen so gut wie nichts davon. Ein undurchdringlicher Nebel vermittelte mir den Eindruck, als sei ich auf dem Mond gelandet. Ich fühlte mich abgeschnitten von der übrigen Welt und musste gegen eine schleichende Schwermut ankämpfen. Eine Waschmaschine und ein Kühlschrank erleichterten mir inzwischen den Haushalt, aber die drei Öfen zu heizen, war mir ungewohnt. Der Gang blieb kalt und auf der Toilette konnte man sich nicht lange aufhalten, ohne zu frieren. Die Kinder hingegen fanden den zehnminütigen Weg morgens auf dem einsamen Nebelsträßchen zum Bus angenehm abenteuerlich. Nur waren sie lange unterwegs, weil der Bus nicht oft fuhr, und sie kamen spät zum Essen.

Doch dann wurde es Frühling. Das milde Klima und die Pracht der Obstbaumblüte, ließen mich aufleben und die Schönheit der Landschaft in vollen Zügen geniessen. Die anfangs wehmütige Erinnerung an Stuttgart verblasste immer mehr. Es folgte ein herrlicher Sommer. Wenn es im Tal zu heiß war, fuhren wir hoch nach St. Peter und badeten in einem kleinen See. In 800 m Höhe war die Temperatur immer angenehm. Günther ließ es sich nicht nehmen, zuhause Mittag zu essen. Wenn die Kinder abends etwas vorhatten, brachten wir sie in die Stadt, warteten auf sie und gönnten uns ein Viertele.

Es waren zwar nur 12 km bis ins Zentrum von Freiburg. Aber die tägliche Fahrerei war umständlich und wir schlossen das Glottertal, so idyllisch es war, bei unseren Überlegungen als zukünftigen Wohnort aus. Unsere Vorliebe galt Herdern, am Hang gelegen und mit Blick auf die Stadt und auf das Münster, aber dort waren die Preise unerschwinglich. Wohnungen waren schon damals verhältnismäßig teuer.

Der Gedanke, ein Haus zu bauen, drängte sich immer mehr in den Vordergrund, aber würden wir es finanziell schaffen? Vater hatte uns des Öfteren besucht. Unseren Vorschlag indes, zu uns zu ziehen, lehnte er rundweg ab: „Was soll ich bei Euch tun, die Wände anschauen?" Er war noch so lebendig, aber auch in gewisser Weise eigen. Ein Beispiel: Ich hatte Vater versprochen, am Tag vor seinem Geburtstag zu ihm zu kommen, damit ich ihm schon das Geburtstagsfrühstück bereiten könnte. Nun wurde aber Hans-Günther krank, hatte etwas Fieber und Bauchbeschwerden. Der Arzt schloss eine Blinddarmentzündung nicht aus, man müsse die Nacht abwarten. Ich rief Vater an, erklärte ihm die missliche Lage, versprach ihm aber, dass ich gleich mit dem ersten Zug am Morgen fahren würde, wenn es irgendwie möglich wäre. Ich hörte nur ein mürrisches „Ja, ja", damit war unser Gespräch beendet. Über Nacht bewahrheiteten sich unsere Befürchtungen nicht, Hans-Günther ging es besser. Günther fuhr mich im Morgengrauen nach Freiburg zum Zug. Als ich bei Vater ankam war er nicht da. Ich klingelte wieder und wieder, niemand öffnete die Türe. Vom unteren Mieter erfuhr ich dann: „Ihr Vater ist gestern Abend mit einem Koffer im Taxi weggefahren". Kein Zettel an der Tür, keine Nachricht. Er hätte mich doch anrufen können, aber nein, er wollte mir wohl eine Lektion erteilen, dass er Vorrang vor allem habe. „Nicht mal gratuliert haben sie", beschwerte er sich noch, dabei erfuhr ich erst Tage später, dass er zu Tante Hanna nach Konstanz gefahren war. „Man kann mir doch nicht zumuten, meinen Geburtstag alleine zu verbringen", war seine Begründung. Ja, so konnte er auch sein.

Was nun das Hausproblem anbelangte, so waren wir unermüdlich auf der Suche, verfolgten die Anzeigen und besichtigten unzählige Objekte.

In Stuttgart hatten wir ein Spiel daraus gemacht, uns vorzustellen, in welcher Gegend Freiburgs wir wohl einmal wohnen würden. Dazu hatten wir einen Stadtplan von Freiburg mit Umgebung auf dem Tisch ausgebreitet. Jeder von uns musste mit geschlossenen Augen auf eine beliebige Stelle zeigen. Und nun fiel uns im Frühjahr 1964 bei der Fahrt von Freiburg ins Glottertal plötzlich das Abzweigungsschild „Wildtal" ins Auge. Das war doch der Ort, auf den Kristin gedeutet hatte, den wollten wir uns einmal ansehen. Ein großes Plakat wies darauf hin, dass dort 18 Reihenhäuser erstellt würden, und wir besichtigten sofort die Baustelle. Nun war es aber schon fast Abend und ein trüber, regnerischer Tag, sodass alles keinen einladenden Eindruck machte. Erst waren wir gar nicht begeistert. Das sollte sich aber rasch ins Gegenteil kehren, als wir später noch einmal bei Sonnenschein dort waren. Wir gerieten in Euphorie: „Welches der 18 Häuser soll unseres werden?" Dieses, nein, das liegt zu nahe am Gasthaus, das Eckhaus hier? Nein, das wird zu teuer. Dieses? Nein, es liegt zu nahe an der Straße. So ging es hin und her, bis ich ausrief: „Schaut mal, hier hätte ich so einen schönen Blick aus der Küche auf den bewaldeten Hang und die Straße, die ins wilde Tal führt". Alles Andere stimmte auch. Nun blieb noch die Frage: Ist das Haus noch zu haben? Es war und es wurde das unsrige, in dem wir nun seit 45 Jahren leben.

Ehemaliges Familienunternehmen von
Ursula Zimmermann

1926 – Ursula mit Hund
in Dittmarsdorf

1926 – Günther,
Spitzname Bimbi

1946 – Günther und Ursula
baden an der Iller

1931 – Ursula

1968 – Günther im
Herder Verlag

1955 – Erstkommunion
Tochter Kristin und Bruder
Hans-Günther

Auszug vom Tagebuch

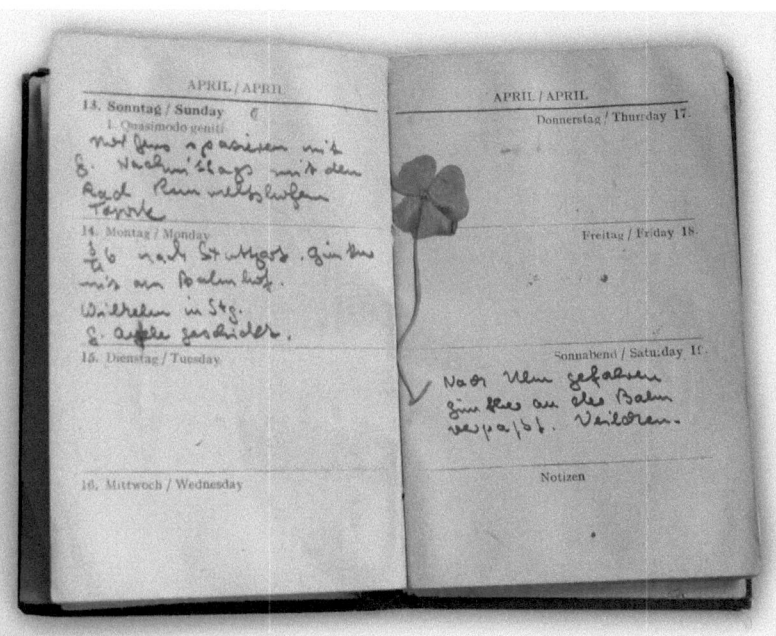

© 2009 Christian Walter

Autor: Ursula Zimmermann

Satz und Layout: Heiko Frey, HJT-Design

Umschlagsgestaltung: Christian Walter & Heiko Frey, HJT-Design

Fotos: Fotolia; Ursula Zimmermann

Herstellung und Verlag: Books on Demand GmbH, Norderstedt

ISBN 9-783839-102176